# BELLE-AMIE

## Du même auteur

**Romans**

*La Mésange et l'ogresse*, éditions Plon, 2016 ; Points Seuil, 2017.

*Lignes Brisées*, éditions Héloïse d'Ormesson, 2015.

*Jim*, éditions Plon, collection Miroir, 2014 ; Le Livre de Poche, 2016.

*Au nom du père, du fils et du rock'n roll*, éditions Héloïse d'Ormesson, 2013 ; Le Livre de Poche, 2015.

*Dieu surfe au Pays basque*, éditions Héloïse d'Ormesson, 2012 ; Le Livre de Poche, 2013.

*L'Entrevue de Saint-Cloud*, éditions Héloïse d'Ormesson, Prix du Style, 2010 ; Le Livre de Poche sous le titre *Le Rendez-vous manqué de Marie-Antoinette*, 2012.

*Un hiver avec Baudelaire*, éditions Héloïse d'Ormesson, 2009 ; Le Livre de Poche, 2011.

*Le Reniement de Patrick Treboc*, éditions JC Lattès, 2007.

**Essais**

*Petit éloge du Charme*, François Bourin éditeur, 2012.

*Mirabeau, le fantôme du Panthéon*, éditions Séguier, 2002.

**Albums pour la jeunesse**
(sous le pseudonyme d'Arsène Lutin)

*Sissi*, éditions Auzou, 2012, illustrations Thomas Tessier.

*Croc-Blanc*, éditions Auzou, 2011, illustrations Antoine Guilloppé.

Harold Cobert

# BELLE-AMIE

Roman

LES ESCALES
DOMAINE FRANÇAIS

© Éditions Les Escales domaine français, un département d'Édi8
12, avenue d'Italie
75013 Paris – France
Courriel : contact@lesescales.fr
Internet : www.lesescales.fr
ISBN : 978-2-36569-377-6
Dépôt légal : février 2019

Imprimé en France
Couverture : Hokus Pokus Créations
Mise en pages : Nord Compo

Le Code de la propriété intellectuelle interdit les copies ou reproductions destinées à une utilisation collective. Toute représentation ou reproduction intégrale ou partielle faite par quelque procédé que ce soit, sans le consentement de l'Auteur ou de ses ayants cause, est illicite et constitue une contrefaçon sanctionnée par les articles L335-2 et suivants du Code de la propriété intellectuelle.

*Puis, relevant les yeux, il découvrit là-bas, derrière la place de la Concorde, la Chambre des députés. Et il lui sembla qu'il allait faire un bond du portique de la Madeleine au portique du Palais-Bourbon.*

Guy de Maupassant, *Bel-Ami*

# PREMIÈRE PARTIE

# 1

Quand le serveur déposa sur la nappe le petit plateau d'argent contenant la monnaie de l'addition, Georges Du Roy de Cantel le poussa sur le côté, signe de pourboire pour le personnel.

Il s'appuya contre le dossier de la banquette en cuir, prit son verre de cognac dans le creux de sa main, le fit tournoyer avec nonchalance pour le chauffer, frisa sa moustache avec un geste familier d'homme du monde puis but une longue rasade. L'alcool lui enflamma la gorge, sa chaleur réconfortante ruissela jusque dans son ventre. Il aimait cette brûlure ; comme le picotement âcre du tabac, elle lui rappelait qu'il avait un corps et qu'il était en vie.

Il laissa planer un regard évasif et circulaire sur la salle. Les boiseries essaimaient une obscurité grandissante malgré le jour encore accroché dans le soir d'été ; cette pénombre relevait la luminosité des lampes éclairant les tables où, lorsqu'ils se penchaient sur leurs assiettes, apparaissaient les visages des clients venus dîner dans cet établissement. La belle société se pressait ici pour la discrétion du lieu, pour sacrifier à l'usage particulier de cette comédie de mœurs tacite où l'on feint de ne reconnaître quiconque et de n'être reconnu par aucun. Georges Du Roy de Cantel goûtait avec une délectation intense d'appartenir à cette élite, il jouissait de surprendre les yeux de certaines femmes s'attachant une fraction de seconde de trop sur sa personne, trahissant la faiblesse qu'il continuait de leur inspirer.

Léon Clément, le député radical qui faisait trembler tous les ministres en exercice, tira un étui à cigares de son veston :

« Georges ? »

Du Roy se tourna vers lui :

« Merci, Léon. »

Clément interrogea le troisième convive :

« Paul ? »

Paul Friand, le chef de file des opportunistes à la Chambre des députés, se redressa et accepta en remerciant d'un hochement de tête busqué.

Léon Clément arborait une physionomie anguleuse malgré un crâne rond qui commençait à se dégarnir et un embonpoint naissant. Ses yeux noirs, légèrement rentrés dans leurs cavités, étaient vifs, gaillards, pénétrants. Une épaisse moustache s'enracinait sous ses narines et tombait de la commissure de ses lèvres jusqu'à son menton, conférant à son sourire un caractère plus large, franc, mais aussi féroce. Il était l'homme politique le plus redouté de France. Originaire de Vendée, médecin, fils d'un médecin républicain farouchement athée, il avait le tempérament trempé dans la sauvagerie impérieuse de l'Atlantique. On craignait tout autant sa plume et sa langue que son épée et son pistolet. Sa plume, car il assassinait d'un billet ses adversaires dans les colonnes de son journal, *Le Glaive*, dont le nom seul montrait quelle vertu de la justice emportait son affection. Sa langue, car sa rhétorique affilée et sa voix de stentor ne comptaient plus le nombre de gouvernements renversés, roulés d'une épithète au pied de l'hémicycle, faits d'armes oratoires qui lui avaient valu son surnom de « tombeur des ministères ». Son épée et son pistolet, enfin, car ceux qui avaient osé attaquer sa personne, son honneur ou son patriotisme en avaient été quittes pour un duel dans les brumes laiteuses de l'aube dont il était toujours ressorti invaincu.

Paul Friand, quant à lui, était à l'image de son obédience politique : un physique moelleux de bon vivant, des joues charnues couvertes d'une barbe à la Victor Hugo, l'œil bleu malicieux et moqueur. Fils d'un avocat du Calvados, avocat lui-même, son allure débonnaire inspirait un sentiment de confiance instantané, donnait une impression de rondeur souple qu'augmentait sa voix grave imprégnée de bonne chère, de liqueurs et de tabac. Pourtant, derrière son aspect bonhomme se cachait un esprit calculateur, aiguisé, tranchant, dont les saillies verbales blessaient à mort quiconque en était la cible. Sa corpulence fleurait les gauloiseries des banquets républicains, elle dissimulait la vélocité cynique de ses opinions derrière des apparences de chat replet ; de ces chats qui restent immobiles sur un canapé ou au coin du feu, que l'on croit volontiers somnolents ou absents à la situation, mais dont le coup de griffe part sans crier gare si jamais on pénètre dans son espace vital sans y être invité.

Georges alluma les cigares de ses deux soutiens politiques. Les volutes de fumée serpentèrent un instant dans l'air, entremêlées avec leurs pensées silencieuses. Du Roy posa ses coudes sur la table :

« Bon, nous sommes donc d'accord ? »

Clément but une gorgée de son cognac et s'exclama :

« Foutre oui ! »

Friand défit un bouton de son gilet :

« Ne négligez pas les marchés lorsque vous serez en campagne à Canteleu et à Rouen. Les petites gens sont la proie privilégiée de votre adversaire bonapartiste. »

Clément éclata d'un rire sonore qui fit se retourner une partie du restaurant :

« De La Barre est un pleutre de la pire espèce, Georges ne va en faire qu'une bouchée. Il est fort en gueule mais n'a rien dans le pantalon. Lorsque je me suis battu en duel avec lui l'année dernière, il tremblait comme une fille et appelait après sa mère ! »

Friand leva un sourcil avec une expression dubitative :

« Restez sur vos gardes, Georges. Écoutez, serrez des mains, compatissez. La proximité, c'est la clef. »

Du Roy acquiesça :

« Trois ans que je laboure déjà le terrain, seul ou avec Suzanne, pour rappeler l'enfant du pays et faire oublier le patron de presse parisien. Espérons que cela aura porté ses fruits. »

Clément vida son verre d'un trait et conclut :

« Vous êtes prêt, toutes les conditions sont réunies pour votre victoire. »

Il s'étira et proposa :

« Messieurs, j'ai rendez-vous avec une danseuse des Folies Bergère et plusieurs de ses amies, vous vous joignez à moi ? »

Comme personne ne répondait, il ajouta :

« Friand, ne faites pas votre protestant, je vous sais amateur de jupons autant que moi, sinon plus ! Et puis ce ne sera pas la première fois que nous partagerons des danseuses ou des actrices... »

Friand sourit en signe d'acquiescement et de capitulation. Clément se tourna vers Du Roy :

« Vous en êtes ? »

Georges rajusta le revers de sa redingote :

« Pas ce soir. J'ai construit toute ma campagne sur la probité, je ne peux décemment pas m'afficher dans ce lieu de perdition. En tout cas, pas tant que l'élection n'est pas passée. »

Clément se leva :

« Vous avez raison. Nous nous rattraperons après votre triomphe ! »

Il lui adressa un clin d'œil. Friand se leva à son tour. Les trois hommes échangèrent de chaleureuses poignées de main.

Alors qu'il tournait les talons, Clément se ravisa :

« Vous venez toujours demain, à la conférence de Lesseps ? »

Du Roy confirma :

« Bien sûr ! Et comptez également sur moi pour venir avant à la Chambre vous voir mettre à mort le ministre des Affaires étrangères. »

Clément lui donna une tape amicale sur l'épaule :

« Ce nigaud de Rouaux, il va tomber de haut, faites-moi confiance. J'aurai quelqu'un à vous présenter à la grand-messe de Lesseps pour le Nicaragua, quelqu'un qui peut beaucoup vous aider dans vos projets. »

Il coiffa son chapeau et, suivi de Friand, quitta l'établissement sous les murmures des clients.

Georges les observa partir avec un rictus satisfait. Il avait leur soutien. Clément tenait l'Assemblée et les radicaux au bout de ses effets de manche légendaires ; Friand menait les opportunistes et assurait l'union de la gauche lorsque cela se révélait nécessaire pour gagner contre les boulangistes, les bonapartistes ou les royalistes.

Il s'était présenté trop tôt à la députation après son mariage avec Suzanne. Emporté par sa consécration personnelle, grisé par la concupiscence du Tout-Paris rassemblé pour son mariage avec la fille d'un millionnaire et devenir lui-même millionnaire, tous ces gens importants qui le dévisageaient avec envie pour certains, une jalousie rentrée pour beaucoup, lui, le fils de petits paysans et aubergistes cantiliens, l'ancien sous-officier d'Algérie qui rançonnait les Arabes dans les petits postes du Sud, il avait réellement cru qu'il lui suffisait de réapparaître dans sa province natale auréolé de son succès parisien pour gravir d'une seule foulée les marches de la Chambre des députés et prendre place dans l'arène du pouvoir. Aveuglé par son amour-propre et son orgueil, il avait oublié le caractère bourru des Normands, leur défiance envers tout ce qui n'est pas eux ou ceux qui, pis, partis tôt du bercail, reviennent en les prenant de haut, corrompus par l'arrogance de la capitale.

Il avait connu son premier revers de fortune et n'avait pas été élu. La province est féminine mais se laisse moins facilement séduire que les grandes bourgeoises parisiennes ; elle veut des gages multipliés et croit n'avoir rien obtenu tant qu'il lui reste à obtenir. Elle est vorace, presque cupide de sa personne, méfiante envers ceux qui prétendent la représenter sans vivre les pieds fermement enracinés dans la fange de son terroir.

À ce jeu des vanités, il s'était cru arrivé avant d'être parti. La presse nationale avait raillé son échec à longueur de colonnes, instillant en lui une farouche volonté de revanche. Suzanne, malgré son jeune âge, s'était révélée une alliée précieuse, un stratège insoupçonné dont l'instinct s'indexait sur le seul bon sens, le même qui guidait les benêts dont il briguait les voix et les bulletins dans l'urne. Depuis bientôt dix ans qu'ils étaient mariés, elle n'avait cessé de le surprendre. Elle le conseillait habilement pour ses relations, la manière de se les attacher sans que cela semblât factice ou calculé ; pour ses articles qu'elle relisait, corrigeait, préparait au besoin en compulsant une documentation ardue sur des sujets techniques et la lui expliquant d'une façon accessible. Si elle avait perdu de sa fraîcheur et de sa finesse suite à ses deux grossesses, elle restait espiègle et vive comme lorsqu'il l'avait enlevée pour forcer ses parents à lui donner sa main. À bien y réfléchir, Georges se disait qu'elle représentait une synthèse étonnante entre Madeleine Forestier, sa première épouse, pour l'acuité d'esprit et le goût des affaires publiques, et Clotilde de Marelle, sa première amante du beau monde, pour la malice et la friponnerie de son caractère. Pourtant, de temps à autre, ses simagrées de jeune fille plus toute jeune le lassaient ; l'âge, l'argent et la fréquentation des hautes sphères du pouvoir avaient raffiné ses désirs, il rêvait de femmes plus capiteuses, enclines à des vices plus sophistiqués, capables aussi bien d'une débauche distinguée que d'une dépravation brutale. Il avait cherché consolation auprès des filles du Chabanais, parfois avec des filles de joie vulgaires racolant sur les pavés, mais l'avilissement qu'il en avait retiré ne lui suffisait plus, il voulait plus que le simple petit frisson du bourgeois qui s'encanaille, il aspirait à être remué par des sensations et des sentiments plus forts, plus dangereux, irrémissibles.

Il écrasa son cigare, se leva, salua le patron de l'établissement d'un discret mouvement de la main, coiffa son haut-de-forme avec assurance, et sortit. Sur son passage, il aperçut certaines de ses connaissances venues dîner ici avec leurs maîtresses officielles ; il retourna les quelques saluts qu'on lui adressait, cambra sa taille qui n'avait rien perdu de sa tenue des années où il était sous-officier, frisa sa moustache d'un geste militaire et familier en réponse aux regards teintés d'une langueur muette que lui lancèrent à la dérobée plusieurs femmes attablées.

Sur le trottoir, il demeura immobile, se demandant ce qu'il allait faire. On était en juin, le soir était chaud, une de ces soirées d'été où l'air manque dans Paris. Les passants allaient et venaient, tête nue, le chapeau à la main, marchant d'un pas accablé, lesté de cette chaleur prégnante qui enserrait les rues dans un étau invisible. Les immeubles se dressaient avec mollesse dans la demi-pénombre, harassés eux aussi par la fournaise environnante.

Sur la chaussée d'en face, l'attendait sa voiture. Georges traversa et rejoignit son cocher :

« Vous pouvez disposer, Jacques. Prévenez Madame que je rentre à pied en flânant sur les boulevards.

— Très bien, Monsieur. »

Il observa l'attelage s'éloigner, tourner dans la deuxième rue à gauche et disparaître de son champ de vision. Puis, après avoir hésité sur son itinéraire, il se mit en route en direction de la Madeleine.

Du Roy marchait sans se presser, les jambes entrouvertes comme s'il venait de descendre de cheval. Il avançait avec moins d'agressivité que lorsqu'il n'avait pas le sou en poche, qu'il dévisageait avec une rage et une colère rentrées le public des buveurs installés en terrasse, dont les verres contenaient des liquides rouges, jaunes, verts, bruns, et dont les carafes enfermaient les gros cylindres transparents de glace qui refroidissaient l'eau claire. À l'époque, il devait calculer avec soin pour pouvoir boire un bock ou deux quand la soif lui séchait la gorge ; il lui fallait arbitrer entre se désaltérer, toujours trop vite, et se priver de deux collations au pain et au saucisson pour le déjeuner ou du maigre souper du lendemain. Aujourd'hui, il pouvait racheter la brasserie si l'envie lui en prenait, il pouvait se payer autant de bocks qu'il voulait sans mégoter à la dépense ; et même si l'idée de faire une halte pour sentir la sensation délicieuse des boissons coulant dans sa bouche lui titillait le gosier, il prenait plaisir à différer le moment de son contentement pour le rendre plus intense quand il y céderait.

La nuit tombante ressemblait à cette autre nuit, celle où, plus jeune, il avait croisé Charles Forestier alors qu'il rôdait sur ces boulevards, avide de gloire et de fortune. Les égouts soufflaient par leurs gueules de granit leurs haleines empestées, les cuisines souterraines jetaient à la rue, par leurs fenêtres basses, leurs miasmes infâmes des eaux de vaisselle et des vieilles sauces. Les concierges, en manches de chemise, à califourchon sur des chaises en paille, fumaient la pipe sous des portes cochères, les clients débordaient de la terrasse de L'Américain et la foule glissait autour de lui sur les trottoirs, exténuée et lente. Il allait avec le même air de défi, le torse bombé, mais avec plus de souplesse dans sa démarche, plus de sournoiserie dans ses mouvements chaloupés et plus de rouerie dans le fond de l'œil, sans pousser les passants ni heurter leurs épaules, il se fondait dans le flot des promeneurs tout en s'en distinguant par sa seule personne et la qualité évidente de ses habits, confectionnés sur mesure par le meilleur tailleur italien du Palais-Royal. Parmi les flâneurs anonymes, il reconnaissait ceux qui, comme lui jadis, sortaient de quelque gargote bon marché, de celles qu'on trouve vers la rue Notre-Dame-de-Lorette en remontant vers Pigalle, des jeunes gens qui déambulaient avec une faim viscérale au ventre, une ambition ardente brillant au tréfonds de leurs prunelles, et cette envie furieuse nichée dans leur menton hautain malgré leurs frusques défraîchies, cette voracité d'en découdre avec l'existence, de la prendre au collet, de lui faire rendre souffle pour respirer mieux, plus fort, plus haut, dans les sphères où l'air est plus pur et plus rare.

Il regardait cette jeunesse affamée de succès avec une sympathie fraternelle. Ils étaient de la même espèce, ils appartenaient à la race des loups insatiables et solitaires, dévorés par la rapacité, des prédateurs sans conscience ni morale pour qui la fin justifie tout, peu importe les moyens, seule compte l'élévation au-dessus de sa propre condition, dussent-ils détruire des réputations, trahir ceux qui les ont aidés, laisser dans leur sillage autant de cadavres décharnés qu'il leur aura été nécessaire de gravir de marches.

Il les voyait, ces jeunes ambitieux, avancer brutalement dans la rue pleine de monde, bousculant les gens, les poussant pour ne point déranger leur route, dévisageant avec colère les nantis installés en terrasse, jalousant les verres glacés qu'ils sirotaient et l'argent qu'ils avaient dans leurs poches, rêvant âprement d'être à leur place, se jurant dans le flux ininterrompu de leurs pensées de tout faire pour y arriver le plus vite possible. Et il se revoyait, lui, inclinant légèrement sur l'oreille son chapeau haut-de-forme fané, battant le pavé de son talon, errant comme ses petits frères misérables, et croisant soudain Charles Forestier à l'endroit où il se tenait maintenant, au coin de la place de l'Opéra.

Georges se demandait quelle aurait été sa vie s'il n'était pas tombé sur son ancien compagnon de régiment ce soir-là ; si, bien que l'ayant reconnu après un bref effort de mémoire, il n'avait point allongé le pas pour aller frapper sur son épaule. C'était peut-être la seule fois qu'il avait agi sans calcul, à la hussarde, porté par la surprise improbable de rencontrer une connaissance dans ce grand désert d'hommes qu'est Paris ; surtout lui, alors petit employé aux bureaux des chemins de fer du Nord à quinze cents francs par an, qui avait si peu de relations dans cette ville, à l'exception de ceux avec qui il travaillait, des quelques prostituées qu'il fréquentait, quand il voulait se donner l'illusion de mener la grande vie. Après, tout s'était enchaîné très vite : un dîner chez Charles et sa femme Madeleine le lendemain, où il était venu avec des habits d'occasion et bon marché, payés grâce à l'argent que lui avait donné la veille son ancien camarade ; dès le surlendemain il commençait en tant que chroniqueur à *La Vie française*, le journal qu'il dirigeait désormais depuis une dizaine d'années.

En arrivant le jour dit à sept heures et demie chez les Forestier, au 17 rue Fontaine, il n'avait pas conscience à quel point cette soirée allait infléchir radicalement le cours de son destin, à quel point toutes les personnes nécessaires aux différents degrés de son ascension seraient présentes : Madeleine, qui lui apprendrait les rudiments du journalisme avant de devenir quelque temps sa femme après la mort de Charles ; Virginie Walter, mariée au patron de *La Vie française*, aujourd'hui retirée dans un couvent près de Rouen, qui serait sa maîtresse et dont il épouserait ensuite la fille, sa femme actuelle et légitime ; Clotilde de Marelle, sa première amante du monde, celle vers qui il reviendrait sans cesse, celle qu'il quitterait plusieurs fois pour mieux la reprendre, même après son mariage avec Suzanne.

Il regardait la coupole de l'Opéra, dont les statues jetaient des éclats dorés dans la nuit grandissante, les lustres éclairant le foyer et les coursives scintillaient timidement, des étoiles lointaines dans un ciel d'encre ; il pensa de nouveau : « Toutes les femmes sont des filles, il faut s'en servir et ne rien leur donner de soi », et il se remit à marcher en direction de la Madeleine.

Il passa sans s'arrêter devant le Café de la Paix où se pressait une foule aisée parmi laquelle il entrevit des visages d'hommes de lettres, de journalistes, de députés ; il n'avait pas envie d'interrompre sa flânerie ni sa rêverie et poursuivit sa route sur le boulevard des Capucines. Où serait-il sans ces quatre femmes à qui il devait une partie non négligeable de sa position actuelle ? Serait-il monté aussi haut, et surtout aussi rapidement, sans elles ?

La mort de Charles avait été une aubaine, une opportunité qu'il avait su saisir alors que le corps du défunt refroidissait à peine sur son lit de gisant. Madeleine avait été une alliée capitale : en guidant à ses débuts sa plume lourde comme une baïonnette, en lui suggérant d'aller rendre visite à Clotilde, en lui soufflant de présenter ses hommages à Virginie, en insinuant l'idée que Suzanne aurait été un beau parti pour lui, pour sa carrière, le poussant ainsi à trouver le moyen de se débarrasser d'elle pour continuer son irrésistible élévation. Il la revoyait encore, la première fois qu'il était entré chez elle et Charles, debout dans le salon, avec sa robe en cachemire bleu pâle qui dessinait bien sa taille souple et sa gorge généreuse, ses cheveux blonds relevés au sommet de la tête, frisant un peu sur la nuque, esquissant un léger nuage de duvet au-dessous du cou ; il la revoyait aussi le lendemain matin de ce dîner décisif, enveloppée d'un peignoir blanc garni de dentelle d'où s'envolait le parfum frais de la toilette récente, fumant pendant qu'il prenait sous sa dictée le texte inaugural de sa chronique dont il avait été incapable d'écrire seul la moindre ligne valable ; et il la revoyait enfin, dans le vestibule d'un appartement rue des Martyrs, en chemise de nuit et jupon, la chevelure défaite, les jambes dévêtues, une bougie à la main, piégée en flagrant délit d'adultère avec Laroche-Mathieu, ministre des Affaires étrangères. Elle avait été belle joueuse, avait admis sa défaite sans perdre la face ; elle était taillée dans le même bois que lui, elle savait que leurs chemins pouvaient être amenés à se recroiser, qu'il pourrait éventuellement lui être utile ou du moins ne pas chercher à lui nuire. Et en effet, Georges l'entrapercevait quelquefois, dans les couloirs de la Chambre des députés, dans un restaurant fréquenté par les gens de pouvoir, à une réception mondaine ; lorsque cela se produisait, il condescendait à la saluer d'un discret mouvement de la tête, de loin, du haut de son statut d'homme du monde respectable dont il la dominait. Il continuait de la lire dans les colonnes de *La Plume*, où elle signait sous le pseudonyme ironique de Marie Dereine ; il sentait sa patte dans les articles de jeunes journalistes qu'elle prenait momentanément sous son aile, et sans doute aussi dans son lit.

Il avait eu plus de mal à décrocher Virginie du talon de ses souliers, elle s'était cramponnée à lui avec des minauderies ridicules de jeune vierge effarouchée, elle l'avait persécuté de sa tendresse infantile, elle qui certes présentait encore certains attraits, mais qui était un peu trop grasse, déjà légèrement fanée, à l'âge dangereux où la débâcle est proche. Son romantisme de pacotille, digne des pires romans populaires du temps, l'avait exaspéré jusqu'à l'écœurement, jusqu'à la colère, jusqu'à lui inspirer de la haine et de la violence pour cette femme si convenable qui avait renié tous ses principes, le cœur moral de son être, pour s'abandonner à lui dans un accès de sentimentalité pathétique et désespérée. Il avait pris en horreur ses baisers gorgés d'une gentillesse épaisse de grosse gamine, ses moues grotesques, ses sauteries qui secouaient sa poitrine trop pressante sous l'étoffe du corsage, sa manière de s'offrir chaque fois à lui avec une petite comédie de pudeur enfantine, de petits mouvements de crainte qu'elle jugeait gentils, de petits jeux de pensionnaire dépravée ; et surtout, il abhorrait sa manière de l'appeler « Mon rat », « Mon chien », « Mon chat », des hypocorismes qu'il trouvait à l'inverse charmants dans la bouche de Clotilde, tant les paroles d'amour, qui sont toujours les mêmes, prennent le goût des lèvres dont elles sortent.

Il était arrivé à la Madeleine. L'édifice, plongé dans la pénombre qui avait enveloppé la ville, se découpait dans l'obscurité d'une manière incertaine, floue ; il paraissait se mêler à la noirceur ambiante et basculer dans un monde de ténèbres ; les becs de gaz s'allumaient ; malgré la luminosité qu'ils répandaient autour d'eux, les ombres semblaient s'épaissir, se multiplier, comme si cette lumière diffuse n'avait fait qu'augmenter l'opacité de la nuit et la rendre plus dévorante.

Georges Du Roy de Cantel gravit les marches imposantes de l'église et se tourna vers la Seine. Il se revoyait le jour de son mariage, auréolé du soleil qui illuminait la capitale et chantait ses louanges, debout à la place exacte où il se tenait, fixant le Palais-Bourbon avec la ferme résolution de le prendre d'assaut, d'y entrer élu, le pressentiment qu'il était désormais appelé à pénétrer la machinerie du pouvoir, d'en percer les arcanes, de présider à la destinée du pays pour orienter sa course dans un sens qui servirait son ascension et ses intérêts. Et il revoyait Clotilde avec qui il était fâché, il la revoyait s'approcher de lui à la sortie de la cérémonie, un peu timide, un peu inquiète ; il la revoyait lui tendre la main, il sentait encore l'appel discret de ses doigts de femme contre les siens, la douce pression qui pardonne et qui reprend ; et il la revoyait comme il l'avait alors revue dans son souvenir, rajustant en face de la glace les petits cheveux frisés de ses tempes, toujours défaits au sortir du lit.

Du Roy fut pris de l'envie irrépressible de se rendre au 127 rue de Constantinople, l'adresse où Clotilde louait un appartement pour abriter leurs entrevues secrètes et leurs ébats clandestins. Il descendit les marches de la Madeleine, tourna vers Saint-Lazare et remonta d'un pas rapide jusqu'à la rue de Rome.

Il avait vécu quelque chose de mystérieux avec Clotilde, quelque chose d'immédiat, d'instinctif, qu'il ne s'expliquait pas ; ce n'avait pas été de l'amour, du moins pas pour lui, il ne savait d'ailleurs pas s'il avait jamais été amoureux de qui que ce fût, trop préoccupé qu'il était de lui-même et de sa réussite, mais dès qu'il la regardait, dès que sa peau effleurait la sienne, un désir sourd et primitif s'emparait de lui, le besoin de posséder cette femme qui savait comment donner du plaisir à un homme, qui savait prendre en s'abandonnant, qui avait des goûts canailles, aimait se pocharder dans des lieux interlopes en se frottant au peuple avec la joie d'une jouissance scélérate et défendue.

Le jour où ils s'étaient rencontrés, au dîner chez les Forestier, Clotilde était entrée dans la pièce d'une allure alerte, moulée des pieds à la tête dans une robe sombre toute simple ; à chacune de ses oreilles finement ourlées pendait un diamant tenu par un fil d'or tombant comme une goutte d'eau qui aurait glissé sur la chair ; une rose rouge, piquée dans ses cheveux noirs, marquait sa physionomie, accentuait son caractère singulier, lui donnait la note vive et brusque assortie à son esprit drôle, gentil, inattendu, un esprit de gamine qui voit les choses avec insouciance, les juge avec un scepticisme léger et bienveillant. Elle était venue accompagnée de sa fille Laurine, dont la gravité et le sérieux, presque l'austérité dans les manières, l'avaient fortement impressionné. À la grande surprise de tous, il avait su l'apprivoiser dès ce premier soir en s'occupant d'elle à table, en lui offrant son bras pour rejoindre le salon, en baisant délicatement ses cheveux châtains et ondés pour lui dire au revoir ; quelques semaines plus tard, après s'être décidé à rendre visite à Clotilde pour lui présenter ses hommages, il avait entraîné la fillette dans une partie de chat perché, partie à laquelle Laurine s'était adonnée d'abord timidement pour succomber tout à fait au bonheur du jeu, la figure empourprée d'avoir trop ri ; au fil du temps, elle s'était prise d'une telle affection pour lui qu'elle l'avait rebaptisé « Bel-Ami », sobriquet affectueux qui avait longtemps fait date parmi les connaissances communes de Clotilde et Georges ; mais quand il s'était marié avec Madeleine, Laurine avait retrouvé une distance froide et sévère, l'appelant avec une pointe de rancœur « Monsieur Forestier », et elle avait fini par refuser définitivement de se retrouver en sa présence.

Il était arrivé devant le 127 rue de Constantinople, il avait marché vite, sans rien voir de son trajet ou des passants croisés sur sa route tellement son attention avait été occupée par ces images et ces souvenirs exhumés d'un passé lui semblant appartenir à une autre vie que la sienne. Les fenêtres de leur ancien appartement, au rez-de-chaussée, étaient éclairées. Georges n'avait jamais imaginé un seul instant que cette adresse retranchée du monde où Clotilde et lui s'étaient pris et quittés tant de fois pût un jour être habitée par des inconnus ignorant tout des plaisirs et des drames dont ces murs avaient été les témoins complices et muets. Il se rappelait ce deux-pièces, le salon tapissé de papier ramagé, assez frais, la chambre exiguë remplie au trois quarts par le lit. À quoi cela ressemblait-il ? Quels aménagements avaient opérés les nouveaux occupants dans ce qui avait été leur refuge dérobé ?

« Qu'importe ! », se dit-il ; mais, malgré cette indifférence décrétée d'un ton martial, une étrange curiosité l'habitait, le désir insoutenable de savoir comment l'endroit était meublé, qui habitait ce lieu gorgé de ses rendez-vous avec Clotilde, de leurs étreintes abîmées et de leurs déchirements ratés. C'était ici qu'il l'avait fait pleurer en lui apprenant son mariage avec Madeleine ; ici qu'elle l'avait souffleté après avoir découvert avec fureur les cheveux de vieille que, dans son romantisme écervelé, Virginie avait enroulés autour de chaque bouton de son gilet ; ici qu'il l'avait giflée et frappée comme s'il avait rossé un homme pour mettre fin à l'hystérie ravageuse que l'annonce de ses noces avec Suzanne avait déchaînée en elle ; et cependant, malgré les crises violentes et les ruptures répétées, il leur avait toujours suffi d'une pression discrète de leurs mains en se saluant décemment à la fin d'un dîner où ils s'étaient recroisés pour qu'ils courussent ici et se reprissent avec une frénésie demeurée intacte. Aujourd'hui, elle n'était plus, elle s'était laissée mourir tant elle ne supportait plus de le partager avec une autre, tant elle était en réalité éprise de lui jusqu'au tréfonds de son être.

Lorsqu'il avait appris sa mort, en parcourant par hasard la rubrique nécrologique de son propre journal, il était resté longuement hébété, cloué sur le fauteuil de son grand bureau de *La Vie française* ; il avait accompli ses tâches quotidiennes avec des gestes mécaniques, absent au monde et à lui-même, aux questions qu'on lui posait, incapable d'avoir une réflexion suivie, un raisonnement cohérent, l'esprit assailli de bribes de pensées mâchées. Il ne s'était pas rendu au cimetière du Montparnasse pour les obsèques, trop dangereux pour sa réputation, lui qui commençait à mettre en avant sa propre exemplarité morale pour briguer un mandat de député ; il s'était levé tard, avait pris un temps infini à s'habiller pour rester errer dans son hôtel particulier, prétextant une affection passagère due à l'hypocrisie du printemps, à ses refroidissements cauteleux ; puis les jours et les semaines avaient passé, et à sa grande surprise, le souvenir de Clotilde s'était estompé, un linceul translucide l'avait recouvert, il était revenu à lui, à ses plans de campagne, à ses machinations pour infiltrer le pouvoir ; de toute façon, elle était morte, elle ne pouvait plus lui être d'une quelconque utilité, elle ne l'avait d'ailleurs jamais été, alors rien ne servait de s'apitoyer.

La tentation de se glisser sous le porche de l'immeuble lui devenait insupportable ; aussi s'avançait-il prudemment au moment où s'ouvrit la porte cochère et où sortit une silhouette de femme vêtue d'une pelisse gris foncé, taillée dans une étoffe fine, vaporeuse, et dont la capuche rabattue lui masquait le visage. Elle jaillit sur le trottoir comme un éclair de lune et s'éloigna avec précipitation sur le boulevard des Batignolles en direction de la place de Clichy.

Georges resta sans bouger, médusé par cette mystérieuse apparition ; reprenant ses esprits, il remarqua que les fenêtres de l'appartement étaient désormais éteintes. Sans réfléchir, il se lança à la poursuite de cette inconnue, persuadé qu'elle vivait entre ces murs qui avaient dissimulé les secrets de sa vie avec Clotilde, mû par l'avidité inexplicable de savoir à quoi elle ressemblait, qui elle était.

Il y avait moins de flâneurs sur le boulevard des Batignolles que sur celui des Italiens, pourtant Georges mit plusieurs minutes avant de la repérer tant la pénombre était ici plus épaisse. Elle marchait vite, sa pelisse se bombait et donnait l'impression qu'elle avançait sans toucher le bitume. Il hâta son allure. À l'approche de la place de Clichy, l'affluence des promeneurs se fit plus dense. Elle bifurqua brutalement rue de Douai. Georges faillit la perdre de vue. Il accéléra, bouscula les badauds entravant son chemin, se faufila entre deux fiacres qui filaient vers Saint-Lazare et s'engouffra à son tour dans la rue de Douai.

Elle était déjà loin. Il se pressa. Au croisement de la rue Jean-Baptiste-Pigalle, elle se retourna. Georges ralentit, baissa la tête. Quand il la releva, elle avait traversé et repris sa marche dans la rue Victor-Massé. Il se remit en route plus lentement, veillant à maintenir une distance suffisante entre eux.

Elle s'arrêta devant une enseigne dont Georges n'arrivait à distinguer ni le nom ni la nature, demeura quelques instants immobile ; puis elle disparut à l'intérieur.

Il se précipita à sa suite et se retrouva devant le cabaret du Chat Noir. Il leva les yeux le long de la façade où, depuis la fenêtre du deuxième étage, le félin doré semblait le narguer au milieu des rayons qui l'entouraient. Il n'était jamais venu dans cette célèbre enseigne dont le Tout-Paris faisait grand bruit. Il hésitait à sonner.

Il pensa :

« La victoire sourit aux audacieux » ; et il tira la sonnette.

Un homme grand et chauve à l'expression lugubre ouvrit la porte, le dévisagea de pied en cap avant de s'écarter sans prononcer le moindre mot.

Georges hésita encore quelques secondes, retira son chapeau et entra.

La salle baignait dans un clair-obscur laiteux et inquiétant, la vapeur du tabac dessinait un brouillard brûlant et âcre qui enténébrait la vision. Les sculptures antiques qui chargeaient les murs flottaient dans une brume de marécage démoniaque ; accroché au plafond, un corps de poisson coiffé d'une tête d'ours ou de chien à la gueule béante semblait ondoyer dans des eaux noires et infernales ; et les escaliers menant aux étages paraissaient descendre vers quelque gouffre damné.

Une foule nombreuse, compacte, était attablée devant toutes sortes de liqueurs, vertes, jaunes, brunes, rubis, scintillantes comme des lucioles malades, les yeux rivés sur un écran de toile blanche emprisonné à la manière d'un tableau baroque dans un immense cadre en marbre massif ; derrière cette toile étaient projetées les ombres de figurines en zinc qui rejouaient la débâcle de l'Empereur à la bataille de Waterloo. Les murmures des conversations, les tintements des verres et les effluves d'alcool s'entrelaçaient aux voix du spectacle dans des crissements désagréables.

Il s'avança avec précaution dans cet espace fuligineux, essayant de ne pas trébucher, évitant de bousculer quelqu'un ; il dérivait parmi la masse enchaînée des spectateurs, cherchant la silhouette qui l'avait conduit ici ; mais son regard se perdait dans le flot noirâtre dans lequel il s'enfonçait.

Lorsque l'auditoire applaudit à la défaite de Napoléon, un filet d'air attira son attention vers l'entrée de l'établissement. Il crut voir se détacher la pelisse à capuche qu'il traquait, il se glissa aussi vite qu'il le put jusqu'à la porte et sortit.

Une fois sur le trottoir, il scruta la nuit qui avait englouti la ville. Il n'y avait personne. La rue était déserte et silencieuse.

## 2

Georges Du Roy de Cantel se réveilla le lendemain, quand son valet de chambre tira en grand les rideaux.

La lumière du matin, un matin chaud d'été, entra en flots abondants dans la pièce ; elle ricocha sur l'acajou des boiseries, de la table guéridon, du secrétaire, des commodes ; elle illumina les tapis et les tapisseries d'Aubusson, éclaira les tableaux, se refléta dans la psyché, dans le miroir de la cheminée, embrasa la pendule Apollon, la paire de Sèvres ornant l'encoignure marquetée, arrachant chaque meuble et chaque objet à leur sommeil minéral proche de la mort.

Georges plissa les yeux, se redressa et s'appuya contre les coussins.

« Quelle heure est-il ?

— Huit heures et demie, Monsieur.

— Merci Firmin.

— Monsieur a-t-il bien dormi ?

— Très bien. Madame est-elle levée ?

— Oui, Monsieur. Elle s'apprête avant de descendre pour le petit déjeuner.

— Vous pouvez disposer, je m'habillerai seul aujourd'hui.
— Bien Monsieur. »
Il s'inclina.
Firmin sorti, Georges s'étira et bâilla largement en glissant dans son lit-bateau. Des images confuses de la veille dansèrent dans son esprit, où s'entremêlaient des débris des souvenirs qui l'avaient envahi durant sa flânerie sur les boulevards, des réminiscences parcellaires de cette mystérieuse silhouette de femme qu'il avait suivie sans raison, des impressions fugaces et poisseuses de sa visite au Chat Noir.
Il vagabonda quelques minutes encore autour du fil décousu de ses pensées ; puis il se dit à lui-même :
« Qu'est-ce qui a bien pu me prendre de me comporter de la sorte avec la campagne que je dois mener ? »
Il sourit, moqueur, à son attitude ridicule de la nuit dernière, ce comportement risible de romantique ; il repoussa les draps et les couvertures, se leva, passa sa robe de chambre, marcha pieds nus jusqu'à la fenêtre en s'étirant et en bâillant derechef.
Le jour était déjà haut dans le ciel, les rayons du soleil inondaient le parc de cet hôtel particulier de l'avenue du Bois-de-Boulogne. La nature explosait de vitalité, elle déployait une symphonie de couleurs fières, un tableau impressionniste dont les coloris eussent alterné des teintes pastel et d'autres plus vives, orgueilleuses de leur vigueur intrinsèque : le blanc éclatant des roses, le bleu estompé des hortensias, le

jaune solaire des acacias, l'orange provocant des capucines, le mauve clair des lilas, le pourpre des azalées, le rouge sang des bégonias ; toutes ces carnations saillaient sur le vert frais de la pelouse et le vert profond des buis dans une exhalaison visuelle éblouissante, adoucie çà et là par les arbres feuillus qui esquissaient au fusain des abris d'ombres rafraîchissant l'œil.

Du Roy ouvrit les croisées, le chant des oiseaux se faufila dans la chambre, suivi de près par le bouquet des parfums enlacés, la rumeur de l'avenue, l'écho lointain de la ville et, au-delà, le déchirement sourd des lambeaux faisandés du siècle finissant. Il inspira à pleins poumons l'énergie revigorante de cette journée qui s'annonçait une fois de plus gorgée de chaleur. Il aimait cette saison saturée de puissance, ces matins palpitant de cette vie ambitieuse qui était également la sienne. Il se sentait plus invincible que jamais.

Il mesura de nouveau, presque physiquement, l'ampleur du chemin parcouru. Il ne regrettait en rien l'appartement miteux qu'il occupait jadis au cinquième étage d'une maison de la rue Boursault, le petit lit de fer, la chaise de paille, les murs tendus d'un papier gris décoré d'autant de fleurs bleues que de taches, des taches anciennes, suspectes, dont on n'aurait pu dire la nature, bêtes écrasées ou gouttes d'huile, bouts de doigts graissés de pommade ou écume de la cuvette projetée pendant les lavages. Là-bas, il devait s'éclairer avec des allumettes-bougies dans les couloirs où traînaient des bouts de papiers, des mégots de cigarettes, des épluchures de cuisine, où s'entassaient des odeurs stagnantes de nourriture, de crasse, de fosse d'aisance et d'humanité. Son seul horizon était l'immense tranchée du chemin de fer de l'Ouest sur laquelle donnait sa fenêtre à l'appui rouillé, juste au-dessus de la sortie du tunnel, près de la gare des Batignolles. Au-dessous de lui, dans le fond du trou sombre, des signaux rouges immobiles avaient de gros yeux de bête ; à tout instant des coups de sifflet prolongés ou courts passaient dans la nuit, les uns proches, les autres à peine perceptibles, venus du côté d'Asnières. Cela sentait la misère honteuse, la misère en garni de Paris.

Du Roy contempla longuement la réalité palpable de sa réussite. Il n'en était qu'au début. Les marches qu'il lui restait à gravir étaient plus hautes que celles montées autrefois quatre à quatre, elles réclamaient plus de patience, plus d'effort que les précédentes, plus de sang-froid aussi. Une dernière et il se tiendrait sur le seuil du palier qui lui ouvrirait le grand escalier menant au sanctuaire du vrai pouvoir.

La pendule de la cheminée sonna neuf heures moins le quart. Du Roy fixa le ciel avec défi ; puis il gagna son cabinet de toilette.

Il retira sa robe de chambre, son haut de pyjama et, comme chaque matin, scruta son visage dans le miroir. L'âge paraissait ne pas avoir de prise sur lui. Il était toujours bien fait de sa personne, blond, d'un blond châtain vaguement roussi, avec sa moustache retroussée, qui semblait mousser sur sa lèvre, des yeux bleus, clairs, troués d'une pupille toute petite, des cheveux frisés naturellement, séparés par une raie au milieu du crâne. Même son corps n'avait rien perdu de sa souplesse ou de sa sveltesse d'antan, il résistait à l'embonpoint qui gagne généralement les hommes approchant la quarantaine, surtout quand ils mènent une existence sédentaire ; il y résistait grâce à une activité physique régulière, à des marches quotidiennes dans les rues de la capitale qui lui permettaient de humer l'air du temps mieux que n'importe quel article ou n'importe quel roman populaire.

Pourtant, lorsqu'il s'examinait de près, il remarquait d'imperceptibles changements, presque invisibles à l'œil nu : de fines pattes d'oie se creusaient à la commissure de ses yeux quand il souriait, certaines rides d'expression se gravaient plus profondément sur son front ou dans le creux de ses fossettes ; sa peau offrait plus de flaccidité, elle perdait doucement de sa fermeté de jeune homme ; son regard surtout, malgré son bleu limpide, translucide comme une innocence supposée, trompeuse, dissimulait moins la dureté de sa personnalité, la brutalité et l'égoïsme de son caractère. Il était le seul à déceler ces modifications ; pour le reste du monde, il présentait une physionomie qu'on eût dite sans âge ; aux dires de Suzanne, toujours un peu railleuse au sujet de la préciosité de son apparence, il ressemblait au personnage d'un roman anglais que lui avait rapporté sa sœur partie vivre à Londres, personnage dont le portrait réalisé par un peintre en vogue imprime les stigmates des actes abjects commis par ce lord tandis que son visage reste éternellement immaculé de la beauté et de la candeur de la jeunesse.

Il se rasa avec soin, fit sa toilette et ses ablutions avant de s'habiller avec les vêtements disposés par Firmin derrière le paravent de sa chambre. Une fois prêt, il vérifia l'effet de l'ensemble dans la psyché : sa redingote en soie sauvage tombait à la perfection, sa chemise en lin épousait sa taille, son pantalon dessinait bien sa jambe, ses bottines vernies affinaient son pied, et la lavallière à laquelle il avait sacrifié pour contenter le goût obstiné de Suzanne pour la mode de l'époque lui donnait une élégance de dandy et d'homme de lettres propre à inspirer tout autant le respect que la sympathie. Il travailla alors ses attitudes pour sa campagne électorale à la manière des acteurs apprenant leurs rôles. Il se sourit, se tendit la main, fit des gestes, exprima des sentiments : l'étonnement, le plaisir, l'approbation ; il chercha des degrés de sourire et des intonations pour se montrer galant, affable, attentif, ou au contraire distant, réprobateur, inabordable.

Son rituel matinal accompli, il frisa sa moustache d'un geste conquérant et familier, puis il quitta la pièce.

Il descendit le double escalier en pierre menant au rez-de-chaussée et traversa une enfilade de salons chargés de bibelots, d'œuvres d'art, de plantes exotiques, agencés par la maîtresse de maison selon un subtil désordre apparent, où les styles Louis XVI et

Restauration se mariaient habilement avec les balbutiements de l'Art nouveau.

Suzanne était assise à la grande table en acajou de la salle à manger. Elle était plongée dans les journaux du matin, empilés devant elle avec méthode : à droite ceux qu'elle avait déjà lus, à gauche ceux qu'il lui restait à lire.

En l'apercevant, Du Roy ralentit sa marche pour l'observer. Elle portait une jupe-pantalon bleu ciel, un corsage cintré à encolure dégagée et manches bouffantes assorti d'une veste-jaquette flottante à larges revers, sa tenue pour se déplacer à bicyclette lorsqu'elle se rendait aux réunions de la Société du droit des femmes, où elle militait activement pour que le beau sexe obtienne enfin le droit de vote ; ses cheveux blonds ondulés étaient détachés, elle les avait rabattus en une grande mèche ébouriffée du côté où elle penchait la tête, ils ruisselaient telle une cascade d'un pays sauvage derrière son visage et mettaient en valeur son teint de porcelaine, cette figure de poupée, de miniature percée d'yeux bleu-gris dessinés au pinceau qui avait plu à Du Roy la première fois qu'il l'avait vue. Tout en elle sentait la provocation discrète, l'envie tranquille et pourtant tenace de bousculer les traditions, les structures poussiéreuses de la société par de petites audaces canailles supposées incarner son inclination prononcée pour une vraie modernité républicaine. Ces nouveaux codes vestimentaires avaient en outre la vertu de masquer d'une manière absolument féminine le léger empâtement dû à ses deux grossesses, de la faire paraître presque aussi fraîche que du temps où elle était une proie au Bal des débutantes. Du Roy ne s'opposait pas à ses petits arrangements d'accoutrements ni à ses engagements pour la cause des femmes ; au contraire, il s'en servait pour asseoir son image de progressiste favorable à une moralité publique à valeur universelle, mais aussi pour, en cette période de crise économique qui exacerbait une certaine défiance envers les Juifs et les banquiers, faire oublier l'origine sémite de la fortune de Walter, le père de Suzanne ; fortune dont il avait tiré avantage pour s'élever au rang qui était le sien, et dont ses adversaires perfides pourraient lui reprocher la provenance pour rallier les voix de ceux qui, comme Édouard Drumont, de plus en plus nombreux en France, commençaient à crier au « complot juif ».

Suzanne était tellement absorbée par sa lecture qu'elle ne l'entendit pas arriver. Elle faillit sursauter quand, sans crier gare, il l'embrassa sur le front avant de s'asseoir :

« Bien dormi ?

— Oui ; et toi, comment était ta flânerie d'hier soir ? »

Du Roy déplia sa serviette et l'étala sur ses genoux :

« Très agréable. La nuit était douce. Marcher m'a fait le plus grand bien.

— Et ton dîner avec Clément et Friand ?

— On ne peut mieux : j'ai leur soutien.

— Tu es le seul candidat valable dans cette circonscription, et surtout le seul capable de battre le député bonapartiste sortant. »

Justine, la gouvernante, versa le café dans la tasse de Du Roy. Suzanne le détailla avec un air satisfait :

« Tu vois, parfaite ta lavallière. »

Georges lui adressa un coup d'œil complice.

« Quelles sont les nouvelles ? »

Suzanne referma *Le Gaulois* qu'elle avait fini de dépiauter :

« Rien de particulier. On parle beaucoup des difficultés dans lesquelles s'empêtre le ministre des Affaires étrangères.

— Clément doit lui régler son compte aujourd'hui.

— Il le fait déjà en une de son journal. »

Elle lui tendit *Le Glaive*. Il sourit d'un sourire de mauvais garçon :

« La messe n'est même pas commencée qu'elle est dite ! J'irai à la Chambre pour couvrir l'événement avant de me rendre à la présentation de Lesseps.

— C'est l'autre sujet du moment, tous les journaux relaient cette conférence en des termes élogieux. »

Du Roy prit une tartine en fronçant les sourcils :

« Pas une seule voix discordante ? »

Suzanne attrapa un quotidien en dessous de la pile de droite et le posa devant son mari :

« Si, dans *La Plume*.

— Qui signe ?

— Ton ex-femme. Sous son pseudonyme, évidemment. »

Du Roy déplia la feuille. Il esquissa un rictus moqueur et condescendant en parcourant le papier.

« Tu n'as jamais pensé l'embaucher à *La Vie française* ? »

Georges la dévisagea :

« Qui, Madeleine ?

— Oui. Elle est fine, critique, et ses arguments sont toujours solidement étayés.

— Au sujet du canal que défend Lesseps, elle n'apporte aucune preuve de ce qu'elle avance. »

Suzanne balaya l'objection d'un haussement d'épaules :

« Parce que personne n'en a. Elle se demande simplement si Lesseps ne se précipite pas en lançant son entreprise en grande pompe alors qu'il n'a pas encore tous les rapports scientifiques concernant la faisabilité d'un tel projet. Ce sont des interrogations plus que légitimes. »

Georges s'essuya les lèvres :

« Comment vont les enfants ?

— Bien. Charles est à sa leçon de tennis, Louise avec son professeur de piano.

— C'est vrai qu'on est jeudi. Je les verrai ce soir, je ne rentre pas tard. »

Il se leva, embrassa Suzanne :

« Bonne journée ma Suzon. Continue de faire avancer les droits des femmes, le pays en a besoin.

— Bonne exécution publique à l'Assemblée. »

Du Roy rejoignit le vestibule, où Firmin l'attendait avec son haut-de-forme et sa canne.

Il descendit le perron, traversa d'un pas déterminé la cour gravillonnée, passa le portail et monta dans son cabriolet. Il aimait voir et être vu sur ce trajet où le Tout-Paris s'exhibait fièrement.
« Bonjour, Monsieur.
— Bonjour Jacques. À la Chambre.
— Bien, Monsieur. »
Le cocher fit claquer les rênes, ils s'élancèrent.

La circulation était dense ; sur la chaussée, où les attelages se suivaient en file indienne ; sur les larges trottoirs, où les dames, seules ou accompagnées, marchaient ombrelles déployées comme autant de petits soleils colorés flottant dans l'air tiède du matin. Du Roy distinguait avec aisance ceux qui rentraient d'une promenade au Bois, ceux qui vaquaient à leurs affaires, ceux qui rejoignaient ou quittaient quelque amour illégitime.

En haut des Champs-Élysées, il se laissa griser par la perspective : la descente de cette avenue, lorsqu'il se rendait à la Chambre, lui donnait l'impression de monter, de gravir la pente qui le mènerait enfin dans l'hémicycle du pouvoir.

En cheminant vers la Concorde, il récita à mi-voix, telles les litanies qu'on psalmodie à la messe, les noms, les titres et qualités des gens de la belle société qu'il croisait. Ce jeu l'avait toujours beaucoup amusé, il constatait à chaque fois, sous les sévères apparences, l'éternelle et profonde infamie de l'humanité, et cela ne cessait de le réjouir, de l'exciter, de le consoler : là, un homme célèbre vivant uniquement des rentes de son épouse ;

ici un homme de finance dont l'immense fortune avait un vol pour origine, et qu'on recevait partout, dans les plus nobles maisons ; là encore un homme si respecté que les petits bourgeois se découvraient sur son passage, alors que ses tripotages effrontés, dans les grandes entreprises nationales, n'étaient un mystère pour aucun de ceux qui savaient les dessous de la société.

Il se dit :

« Tas d'hypocrites, bande de crapules ! »

Il partit d'un grand éclat de rire, avant de murmurer entre ses dents, comme on mord :

« La malhonnêteté gouverne le monde. »

Le cabriolet arriva à la Concorde, tourna à droite en laissant la Madeleine dans son dos, passa le pont et s'arrêta à la Chambre des députés.

Du Roy descendit de voiture, salua les huissiers, certains autres journalistes de sa connaissance, se pressa jusqu'aux tribunes. À mesure qu'il approchait, la rumeur des acclamations et des protestations enflait. L'hallali avait commencé.

En entrant, il fut saisi par le spectacle : Clément, debout, tonnait de sa voix de stentor au milieu d'un capharnaüm de « Bravo ! » enthousiastes et de huées virulentes. Du Roy avait beau avoir l'habitude d'assister à ces séances, il ressentait à chaque fois la même fascination, puissante, inaltérée, pour ce que ce lieu dégageait : la grandiloquence des colonnades, l'emphase de l'immense tapisserie d'après *L'École d'Athènes* de Raphaël surplombant le perchoir, encadrée par les statues de la Liberté et de l'Ordre public qui invitaient les députés à résister à la pression de l'exécutif et à s'opposer à toute insurrection populaire, cette solennité antique et républicaine se mêlait au velours rouge des sièges, conférant à cet amphithéâtre des allures d'arène où se jouaient l'avenir du pays, le destin de la nation ; et pourtant, malgré ces symboles appelant à la modération des jugements, à la raison, à la probité, à l'éthique, on fleurait l'odeur féroce des gladiateurs, de la poussière, de la sueur, du sang encore chaud.

Ce n'était cependant pas toute cette mythologie tapageuse qui impressionnait Du Roy et attisait son désir ardent de rejoindre ces gradins, mais ce qui se cachait derrière la vertu du décor, les masques décents des propos, l'honorabilité des postures, l'élégance morale des costumes, et qui n'était en réalité qu'un ramassis de combines, de petits arrangements d'intérêts bien consentis, d'escroqueries, où la vanité la plus exacerbée le disputait à l'égoïsme le plus forcené, et dont lui, Georges Du Roy de Cantel, né Duroy, sorti de l'obscure fange normande, parvenu jusqu'ici par la seule force de ses braconnages audacieux, était bien décidé à prendre sa part.

Il arrivait juste au moment de la mise à mort. À gauche comme à droite, tout le monde réclamait le calme. Le silence tomba sur la Chambre, et Clément entama sa péroraison :

« Messieurs, l'heure où nous sommes rendus est grave, j'estime par conséquent qu'il faut parler net. M. Rouaux ici présent, ministre des Affaires étrangères, ne fait pas que collaborer avec l'ennemi, il couche avec lui dans les draps souillés de la trahison d'État ! »

À ces mots, Rouaux se leva, le doigt pointé sur Clément :

« Je n'ai jamais trahi ma patrie, scélérat, vous m'en rendrez raison ! »

Une partie des républicains opportunistes hua Clément tandis que les bonapartistes, les boulangistes et les orléanistes l'acclamèrent avec force approbations.

Le tombeur des ministères tentait un pari périlleux : faire chuter un gouvernement de sa couleur politique, certes plus modéré que l'aile à laquelle il appartenait, pour placer au pouvoir plus de ministres radicaux sous l'égide de son allié Paul Friand. Et surtout, il se vengeait d'insinuations calomnieuses qu'avait osé répandre Rouaux à son sujet quelques mois auparavant.

Clément se tourna de part et d'autre de l'hémicycle dans un long mouvement circulaire, les bras ouverts, les paumes tournées vers le ciel, avant de planter ses yeux dans ceux de son adversaire :

« J'attends vos témoins le jour et l'heure qu'il vous plaira, vous allez avoir du temps à partir d'aujourd'hui ! »

Des rires et des applaudissements éclatèrent au milieu des injures. Le silence revint.

« Donc, Messieurs, cet homme couche avec l'ennemi, ou pour être plus précis, avec la femme de l'ambassadeur d'Allemagne, une Prussienne mariée à un Prussien. Je vous l'ai déjà dit, et vous l'avez je pense tous lu, je publie ce matin dans *Le Glaive* le procès-verbal du constat d'adultère commandité par l'épouse de M. Rouaux et rédigé par le commissaire Morin. Imaginez-vous cela, Messieurs, le ministre des Affaires étrangères de la France qui couche avec la femme de l'ambassadeur d'Allemagne, des suppôts de Bismarck, l'homme qui a osé se proclamer empereur à Versailles, l'homme qui a amputé notre unité nationale et prive les citoyens d'Alsace-Lorraine de leur mère patrie ! »

Des quolibets et des acclamations s'élevèrent des deux côtés du Palais-Bourbon ; Clément les dompta de sa voix virile :

« Je sais que "le cœur a ses raisons que la raison ne connaît point", je connais mon Pascal, et ce n'est bien évidemment pas moi, avec la réputation fondée qui est la mienne, qui vais porter un jugement moral sur une inclination relevant de la seule vie privée. Mais ici, Messieurs, dans le cas qui nous intéresse, nous ne parlons pas d'une simple liaison de cœur ; non : nous parlons d'un ministre en charge de la diplomatie française qui se livre à des confidences d'alcôve avec une femme dont le mari parle à l'oreille de Bismarck ! »

Clément s'interrompit pour marquer son effet et laisser passer le brouhaha houleux que soulevaient ses attaques.

Il reprit :

« Il y a quelques mois, les amis de M. Rouaux, sans doute à sa demande, m'accusaient dans les colonnes de leurs journaux d'être un traître parce qu'un financier suspecté d'ascendance juive pour sa richesse avait sauvé mon journal de la faillite en rachetant une partie de ses actions dans une transaction tout à fait légale. Eh bien, Monsieur Rouaux, sachez que je préfère l'argent d'un homme d'affaires républicain, fût-il juif, à la forfaiture morale et à la trahison nationale qui sont les vôtres ! »

L'anarchie explosa de nouveau parmi les députés. Le président de la Chambre réclama énergiquement le retour à l'ordre :

« Silence ! Silence où je suspends la séance et fais évacuer la salle ! »

L'ébullition se prolongea quelques minutes avant de retomber.

Clément demeurait immobile, la tête baissée, la main sous le menton comme s'il réfléchissait. Il fixa Rouaux et poursuivit d'une voix plus estompée pour forcer l'attention de la Chambre :

« Dans les temps glorieux où les pères de la Révolution façonnaient l'édifice de notre liberté et de notre République, Mirabeau, dont la vie privée ne valait guère mieux que celle de M. Rouaux ou que la mienne du point de vue de la morale conjugale, Mirabeau, dis-je, se trouva confronté à une cabale visant à lui interdire l'accès au ministère. À cette époque, les ministres ne pouvaient pas être choisis dans les rangs de l'Assemblée, et Mirabeau pensait que c'était pourtant là le meilleur vivier d'hommes éclairés pour gouverner la France. Dans leur obstination à lui faire barrage, ses détracteurs défendaient une motion visant à proscrire tous les élus d'une législature des portefeuilles gouvernementaux. Mirabeau savait que cette mesure était en réalité dirigée contre lui, et contre lui seul. Allait-il laisser faire ? Allait-il laisser voter une loi qu'il jugeait néfaste pour la France uniquement parce qu'on voulait lui fermer la route du pouvoir ? Ce noble élu du tiers état n'était pas de cette trempe-là, il n'était pas un homme de petits calculs ; il avait su conserver de sa particule le sens de l'honneur et du dévouement qui a fait la grandeur de l'aristocratie. Il monta à la tribune sous les mêmes quolibets et le même désordre qui vous agitent en ce moment et, dans un discours homérique que beaucoup d'entre vous connaissent, il proposa avec une ironie mordante de borner l'interdiction à son unique personne, tant il était convaincu qu'ouvrir la composition du gouvernement à des députés élus pour leurs lumières serait profitable à l'avenir de notre belle nation. Malgré ses excès, malgré ses débordements personnels, malgré son goût tant décrié pour la débauche et le libertinage, cet homme préférait sacrifier son intérêt personnel sur l'autel de l'intérêt général parce que, ce qui lui importait par-dessus tout, c'était la France. Sommes-nous encore capables aujourd'hui d'un tel sacrifice ? Sommes-nous encore capables de décider, au-delà de nos clivages, au-delà de notre appartenance politique, que seul prime l'intérêt de notre patrie ? Et sommes-nous encore capables de prendre les décisions qui s'imposent pour que seul prime cet intérêt, quitte à sacrifier l'un des nôtres ? »

Clément balaya longuement la Chambre du regard. Tous se taisaient.

« J'ose le croire, Messieurs, j'ose croire que vous serez dignes des hommes illustres qui sont morts pour que nous puissions débattre ensemble dans cette salle. C'est parce que j'ose croire dans les intentions qui vous animent que j'ose croire que vous voterez cette motion de défiance envers le gouvernement actuel, car plus que jamais, c'est de la République et de la France qu'il s'agit ! »

Un tonnerre d'applaudissements et d'approbations éclata, recouvrant les voix discordantes qui tentaient une ultime mais inutile résistance. La défiance fut votée à une écrasante majorité, le gouvernement fut renversé et la séance ajournée le temps d'en former un nouveau.

Clément sortit du Palais-Bourbon porté en triomphe et rejoignit Du Roy.

« Alors, comment m'avez-vous trouvé ? »

Georges retira son haut-de-forme pour saluer l'artiste :

« Vous avez été pire que d'habitude. »

Clément lui donna une tape amicale sur l'épaule :

« Comme le disait Mirabeau : "Quand je secoue ma terrible hure, il n'y a personne qui osât m'interrompre !" Venez, je connais une bonne table rue de Bourgogne, toutes ces échauffourées m'ont donné une faim de loup ! »

Alors qu'ils déjeunaient au fond d'un établissement au cadre feutré, Du Roy demanda :

« Quel ministère allez-vous prendre ?
— Aucun ! »
Georges fronça les sourcils :
« Pourquoi donc ?
— Parce que ce serait trop tôt, comme vous la première fois que vous vous êtes présenté à la députation.
— Je ne comprends pas : vous êtes le héros du jour, il n'y a pas de meilleur moment pour entrer au gouvernement.
— Justement : tous les regards seront braqués sur moi, au moindre faux pas, on essaiera de m'abattre. Je ferraille déjà assez en duel en étant simple député, alors imaginez ministre !
— Léon, dites-moi la vraie raison.
— Mais c'est la vraie raison ! »
Clément engloutit avec voracité un morceau saignant de sa côte de bœuf. Du Roy s'appuya contre le dossier de sa chaise et le dévisagea. Clément déposa ses couverts :
« D'accord, Georges, je vais vous dire la vraie raison. En tant que président du Conseil, ce vieux matou de Friand va devoir imposer son autorité, et pour cela il ne pourra pas me donner un portefeuille majeur au risque de paraître vouloir acheter mon obéissance ou, pis, avoir peur de moi. Donc, c'est trop tôt. Je prendrai un ministère digne de ce nom quand Friand tombera, ou encore le tour d'après, je verrai selon les circonstances.
— Vous prévoyez donc de le faire chuter ?
— Je compte sur vous pour cela. »

La conversation prit un tour plus léger ; vint ensuite l'heure de partir à la présentation de Ferdinand de Lesseps et de son projet de canal interocéanique.

La chaleur était écrasante, aucun souffle d'air ne venait adoucir la morsure de l'air brûlant qui stagnait dans les rues de la capitale.

Clément monta dans la voiture de Du Roy, dont Jacques avait remis la capote ; ils traversèrent la Seine, remontèrent jusqu'à l'Opéra, bifurquèrent vers la Bourse pour rejoindre enfin la place des Victoires.

Une fois descendus, Clément marchait vers un hôtel particulier devant lequel attendaient deux serviteurs en livrée lorsque Du Roy marqua un temps d'arrêt :

« Chez qui allons-nous ?

— Siegfried de Latour, l'homme d'affaires que je veux vous présenter, celui qui a sauvé mon journal de la faillite.

— Je ne vous imaginais pas proche de l'aristocratie.

— Uniquement lorsque ses membres sont susceptibles de voter l'abolition des privilèges ou la mort du roi ! »

Ils entrèrent.

Clément se déplaçait en habitué du lieu, se dirigeant sans hésitation vers les salons de réception du premier étage. Du Roy détaillait l'endroit d'un œil aguerri : le mobilier, les tentures, les boiseries, les dorures, les tableaux, tous XVIII$^e$, respiraient le goût et le raffinement, un goût délicat mais sûr, un raffinement d'un autre temps, d'un autre siècle. Les tapis, surtout, attirèrent son attention par leur moelleux qui estompait le bruit des pas ; il avait toujours associé l'épaisseur des tapis avec la richesse et le pouvoir, les vrais, ceux qui prospèrent à l'ombre de l'agitation du monde, réclament la discrétion, le secret, le chuintement des murmures, l'éloquence muette des regards entendus, à huis clos, entre initiés.

Au premier étage, un parterre de choix déambulait dans les salons à dominante rouge carmin et coquille d'œuf ; des valets passaient parmi les invités avec des rafraîchissements et des douceurs sophistiquées. Georges reconnut les dirigeants des plus grandes banques françaises, des députés, des sénateurs, les patrons et les meilleurs plumes des journaux qui comptaient, toutes obédiences politiques confondues : *Le Petit Journal, Le Matin, L'Intransigeant, Le Temps, L'Univers, Le Petit Parisien, Le Monde, Le Figaro, Le Gaulois, L'Écho de Paris, Le Cri du Peuple*, et d'autres encore ; personne ne manquait à l'appel, preuve de l'importance de ce qui se tramait ici et de leur hôte. Parmi tous ces visages familiers, il aperçut celui de Langade, son chroniqueur des affaires économiques à *La Vie française*, ainsi que celui de Madeleine, alors en grande conversation avec le rédacteur en chef de *La Plume* qu'elle accompagnait. Elle remarqua sa présence, lui adressa un léger salut de la tête auquel il répondit d'un demi-sourire tout aussi léger.

Des chuchotements se propagèrent parmi la foule ; Du Roy tourna la tête et découvrit Ferdinand de Lesseps, un homme d'un âge avancé, à la belle chevelure blanche peignée sur le côté, le visage rond, la moustache fournie remontant à ses extrémités, élégant, l'œil encore vif malgré ses paupières alourdies par le poids des années. Il était accompagné de son fils Charles, brun, la barbe taillée en carré, le front déjà dégarni, et du célèbre architecte Gustave Eiffel, le cheveu plus sel que poivre, la mèche ondoyante, une prestance de dandy.

Ferdinand de Lesseps serra quelques mains avant d'ouvrir une grande porte à double battant menant à un salon plus imposant que les autres où, face à une estrade surplombée d'un grand rideau ivoire, étaient disposés autant de fauteuils que de personnes présentes.

Toute cette haute société prit place. Du Roy et Clément s'assirent l'un à côté de l'autre. La place à la droite de Georges restait étrangement inoccupée.

Auréolé de son succès légendaire du canal de Suez, Ferdinand de Lesseps monta sur l'estrade, l'air radieux et séducteur :

« Mes très chers amis, c'est pour moi une immense joie de voir rassemblée ici la fine fleur de la finance, de la politique et du journalisme, en un mot tout ce que la France compte d'esprits éclairés, audacieux et visionnaires. La France, voilà ce qui nous lie tous ici ; la France, son avenir, sa prospérité, sa prépondérance dans le concert des grandes nations du globe ! »

Clément se pencha vers Du Roy :

« Voyez comme ce vieux briscard connaît son La Fontaine : dans un monde où tout n'est que vanité, plus la flatterie est outrancière, plus elle est reçue pour un compliment véritable ! »

Ferdinand de Lesseps se tourna de part et d'autre de l'assistance :

« À qui d'autre aurais-je pu m'adresser pour le dessein qui nous réunit en ce beau jour d'été et qui va changer à jamais la face de l'histoire ? À qui d'autre aurais-je pu m'adresser pour réaliser un rêve qui hante notre humanité depuis Charles Quint et qui est désormais juste là, à portée de nos mains ? »

Ferdinand de Lesseps déploya le récit de ses exploits comme on exhibe ses médailles gagnées sur les champs de bataille. Avec emphase, il raconta à l'auditoire l'épopée qu'avait été la construction du canal de Suez, les innombrables obstacles contre lesquels il avait dû guerroyer d'arrache-pied : les difficultés pratiques, les manœuvres sournoises des Anglais qui voyaient d'un œil noir l'accroissement de l'influence française dans cette région située sur un point stratégique de la route des Indes, le choléra qui avait décimé les rangs des ouvriers ; autant de chausse-trapes dont son énergie, sa ténacité et sa détermination sans faille étaient venues à bout pour le plus grand bénéfice de la France et de ceux qui avaient eu l'intrépidité de soutenir activement cette périlleuse entreprise.

Il en vint ensuite au sujet qui l'occupait :

« Depuis des siècles, nos plus illustres dirigeants caressent le songe, que d'aucuns ont longtemps jugé impensable, d'ouvrir une nouvelle voie à nos navires, une voie qui leur éviterait de contourner le cap Horn et d'emprunter le passage de Drake à la pointe australe de l'Amérique du Sud. Eh bien, mes amis, ce qui était jugé impossible hier devient possible aujourd'hui... »

Il se retourna et, d'un geste théâtral, il ouvrit les deux rideaux ivoire, dévoilant une grande carte :

« Le canal interocéanique du Nicaragua ! »

Un murmure parcourut l'assistance.

Ferdinand de Lesseps laissa retomber l'onde de la surprise, puis il attrapa une longue baguette de bois avant de se lancer dans une série d'explications techniques auxquelles Gustave Eiffel, architecte du projet, vint apporter son éclairage et son expertise. L'ensemble était pharaonique : relier l'océan Atlantique à l'océan Pacifique via la mer des Caraïbes, en empruntant la voie fluviale San Juan à partir de San Juan del Sur pour remonter le fleuve jusqu'au lac et traverser l'isthme de Rivas par un canal artificiel au moyen d'écluses. De cette manière, le tracé des routes commerciales serait redessiné en profondeur, le temps dévolu aux transports et aux échanges de marchandises se retrouverait considérablement réduit, mais surtout ce serait la France qui contrôlerait ce nouvel itinéraire, ce serait elle et ceux qui auraient investi dans sa réalisation qui engrangeraient la majorité des profits faramineux générés par cette révolution maritime.

Du Roy écoutait avec un intérêt redoublé, hypnotisé par les perspectives d'enrichissement qui s'esquissaient sous ses yeux.

Ferdinand de Lesseps expliqua enfin que, depuis la création de la Société civile pour le percement du canal interocéanique du Nicaragua, l'avancée des travaux se révélait satisfaisante bien que, comme dans toute action ambitieuse et novatrice, des imprévus eussent surgi sans que ceux-ci remissent en cause la victoire finale. Pour faire face à ces aléas, et aux autres qui pourraient encore jaillir sur leur chemin, il comptait lancer à l'automne une grande souscription publique de trois cents millions de francs ouverte à toutes les âmes aventureuses et progressistes ; souscription pour laquelle il avait besoin du soutien de tous ceux venus aujourd'hui.

Il termina par de grandes envolées lyriques sur le destin de la France et son rôle de moteur aux avant-postes du monde, cita la célèbre harangue de Danton pour défendre la patrie en danger : « Il nous faut de l'audace, encore de l'audace, toujours de l'audace, et la France est sauvée ! » ; puis il céda la parole aux questions de l'auditoire.

En tournant la tête à droite, vers un journaliste du *Matin* qui interrogeait conjointement Ferdinand de Lesseps et Gustave Eiffel, Du Roy découvrit que le fauteuil à côté de lui, auparavant vide, était désormais occupé par quelqu'un dont il n'avait remarqué ni l'arrivée ni la présence. La personne en question était un jeune homme à la physionomie racée, aux traits fins et à la silhouette élancée ; ses yeux noirs, bordés d'ombrageux sourcils, scrutaient la salle avec attention ; ses cheveux de jais étaient plaqués en arrière, lisses et noués par un ruban en un élégant catogan ; il portait une moustache et une barbiche taillée à la manière des mousquetaires, un smoking redingote d'été gris souris, une chemise blanche et une lavallière bleu ciel ; tout en lui dégageait un étrange et savant mélange de raffinement et de virilité.

Clément se pencha vers Du Roy :

« C'est lui. »

Le jeune homme se tourna vers eux, sourit à la vue de Clément, serra la main du tombeur des ministères et celle du journaliste :

« Vous devez être Georges Du Roy de Cantel ? »

Il parlait d'une voix un peu éraillée, teintée d'un léger accent anguleux.

Georges acquiesça à sa question :

« Et vous êtes ?

— Siegfried de Latour. Je suis enchanté de faire enfin votre connaissance, Léon m'a maintes fois vanté vos mérites.

— Vous connaissez son sens de la mesure...

— Il n'a pas eu besoin d'en rajouter, votre parcours parle de lui-même. »

Du Roy le remercia du compliment d'une discrète inclination de la tête. Siegfried croisa les jambes et ajouta :

« Ce que vous avez entendu vous a-t-il convaincu de soutenir ce beau projet dans les colonnes de *La Vie française* ? »

Les applaudissements marquant la fin des questions éclatèrent avant que Du Roy n'ait le temps de répondre.

Siegfried se leva.

« J'espère vous revoir bientôt, Monsieur Du Roy de Cantel, on vous dit promis à un grand avenir. Si jamais vous avez besoin de quoi que ce soit pour votre campagne, n'hésitez pas à faire appel à moi. »

Il s'inclina légèrement et se fondit dans la foule qui se répandait déjà dans les autres salons en quête de rafraîchissements.

Du Roy et Clément se mêlèrent à leur tour aux invités, discutant avec un sénateur, un député, un confrère journaliste. Georges échangea quelques réflexions avec Langade à propos du canal, ils se mirent d'accord sur l'axe à donner à l'article du chroniqueur économique qui s'éclipsa pour retourner au siège de *La Vie française*.

Du Roy continua ses mondanités. Du coin de l'œil, il observait Siegfried passer d'un groupe à l'autre avec l'aisance et l'agilité du félin qui circonvient sa proie pour mieux la dévorer.

Lorsque quatre heures de l'après-midi sonnèrent aux pendules des cheminées, Du Roy et les autres journalistes commencèrent à se retirer ; l'heure de la vérification des articles et des épreuves approchait avant l'impression des journaux du soir et du lendemain.

Georges salua chaleureusement Clément, chercha Siegfried parmi les personnes qui restaient encore mais ne le vit point ; il croisa le regard de Madeleine, en grande discussion avec un sénateur opportuniste et, alors qu'il lui semblait apercevoir un imperceptible sourire sur le visage de son ex-épouse, il quitta les salons et s'engagea dans l'escalier.

Au rez-de-chaussée, il s'arrêta devant le portrait d'une femme d'une grande beauté, peinte sur une plage, ses longs cheveux bruns frisés détachés, sauvages, qu'on eût dit agités par le vent de quelque tempête intérieure, l'œil noir perçant, dur comme de la pierre, et dont les traits rappelaient par endroits ceux de Siegfried.

Georges pensa :

« Une parente, sans doute une sœur. »

Il contempla quelques instants cette beauté froide dont il sentait le redoutable pouvoir de subjugation, puis il sortit dans la chaleur étouffante de cette fin de journée.

# 3

Du Roy froissa le journal qu'il lisait assis dans son grand bureau de *La Vie française* et le jeta devant lui d'un geste rageur.

Il épongea avec son mouchoir brodé à ses initiales les gouttes de sueur qui perlaient sur son front, frisa nerveusement sa moustache pour se calmer, mais il sentait gronder en lui une colère sourde, irrépressible ; elle enflait, une vague déferlant contre la falaise, refluant, creusant sa fureur, s'élançant de nouveau et se brisant sur la roche avec une hargne redoublée.

On frappa à la porte.

« Pas maintenant ! »

François, le secrétaire de rédaction, entrouvrit timidement l'un des deux battants capitonnés.

« Pardonnez-moi, Monsieur de Cantel, M. Léon Clément demande à vous voir. »

Georges serra les mâchoires :

« Pas maintenant, François.

— Il dit que c'est urgent.

— Faites-le patienter.

— C'est que, comme vous le savez, la patience n'est pas vraiment son fort...

— Eh bien mettez-lui Rival dans les pattes, pérorer à propos de leurs duels respectifs les occupera plus qu'il n'en faut !
— Bien, Monsieur. »
François disparut.
Du Roy se leva, arpenta la pièce d'un pas vif, irrité, pour tenter de faire descendre son agacement dans ses jambes et retrouver un esprit clair ; l'immobilité ne lui convenait pas, il réfléchissait mieux quand il était en mouvement.
Il prit l'exemplaire de *La Plume* qu'il avait chiffonné, le déplia et relut la fin de l'article signé par Madeleine :

> Cette candidature de M. Georges Du Roy de Cantel à la députation dans la circonscription de Rouen était un secret de polichinelle, enfin rompu hier par l'intéressé dans les colonnes de *La Vie française*. Voilà plusieurs années que lui et son épouse préparent le terrain en se rendant régulièrement dans cette partie de la Normandie où vivent les parents de celui qui, il y a un peu moins d'une décennie, travaillait encore pour les chemins de fer du Nord et s'appelait simplement « Georges Duroy ». Aujourd'hui directeur d'un des plus grands titres de la presse française fondé par le père de sa femme, que reste-t-il de rouennais chez cet homme originaire de Canteleu qui incarne peut-être plus que tout autre le Paris des

> intrigues et du pouvoir ? Les Normands, dont on connaît la fierté de caractère et le bon sens terrien, avaient répondu à cette question en lui infligeant un revers cinglant la première fois qu'il avait brigué leurs suffrages. Nul doute qu'ils y répondront de nouveau mieux que quiconque au moment de glisser leur bulletin dans l'urne lors des élections législatives de l'automne.

Du Roy referma le journal et se rappela le petit sourire malicieux qu'il avait cru déceler sur les lèvres de Madeleine, presque un mois auparavant, lorsqu'il était parti de la présentation de Ferdinand de Lesseps.

Il pensa :

« Cette langue de vipère préparait déjà les pointes venimeuses de son article. »

Il avait suffisamment vécu et travaillé avec Madeleine pour reconnaître la sournoiserie de ses coups de griffe, sa technique fourbe de la piqûre d'épingle. Elle avait toujours autant de savoir-faire pour égratigner son adversaire : sans le dire de front, elle mettait en cause la sincérité de ses intentions, son envie de représenter les habitants de Rouen, de porter la parole de ses administrés, de défendre les intérêts de sa terre natale à la Chambre ; au passage, elle s'offrait le luxe de rappeler sa précédente défaite, et elle ironisait discrètement aussi bien sur ses origines et son ascension que sur son patronyme à consonance noble ; patronyme qu'il avait pourtant pris sous son impulsion à elle, pour contenter son désir de distinction, sa frustration de particule. Il se revoyait cherchant avec elle une combinaison appropriée, une combinaison qui la satisfît, qui charmât son oreille de femme ambitieuse et comblât son orgueil de parvenue ; il revoyait son air enchanté quand, après avoir griffonné le nom du village de ses parents, elle s'était mise à répéter en s'exclamant : « Duroy de Cantel, Duroy de Cantel, Mme Duroy de Cantel. C'est excellent, excellent ! » Et c'était encore sous son impulsion opportuniste à elle qu'il avait dès le lendemain commencé à signer ses chroniques « D. de Cantel » et ses échos « Duroy », pour ne plus signer que « Du Roy de Cantel » et imposer ainsi son nouveau statut patronymique.

Ce qui l'étonnait, c'était la manière directe dont elle l'attaquait : ils s'étaient parfois livrés à des passes d'armes par articles interposés sur certaines réformes votées par l'Assemblée, sur une proposition de loi de tel ou tel député, mais jusqu'à présent, ils avaient croisé le fer en personnes décentes, à fleurets mouchetés.

Georges trancha la question :

« Elle est jalouse, elle ne m'aurait jamais cru capable d'arriver jusque-là. »

Il se souvenait des mots assassins qu'elle avait osé lui opposer lorsqu'il s'agaçait contre Laroche-Mathieu, un temps en charge des Affaires étrangères : « Fais-en autant que lui, toi, lui avait-elle jeté au visage. Deviens ministre. » Il avait momentanément ravalé sa fierté, pour mieux la prendre en flagrant délit d'adultère avec ce Laroche-Mathieu, ce mélange de jésuite républicain et de champignon libéral comme il en pousse par centaines sur le fumier du suffrage universel. Il les avait surpris dans un petit logis de la rue des Martyrs loué pour leurs escapades illégitimes, une chambre de maison garnie, aux meubles communs, où stagnait cette odeur odieuse et fade des appartements d'hôtel, odeur émanée des rideaux, des matelas, des sièges, des tentures, odeur de toutes les personnes qui avaient couché ou vécu, un jour ou six mois, entre ces murs publics, et laissé là un peu de leur senteur, de cette senteur humaine qui, s'ajoutant à celle des devanciers, formait à la longue une puanteur confuse, douce et intolérable, la même dans tous les endroits de cette nature. Le commissaire de police, flanqué de trois agents en bourgeois, avait constaté les faits, la liaison ordinaire d'une femme de journaliste et d'un homme politique, une infidélité médiocre par son manque d'imagination, minable par sa banalité intrinsèque et semblable au lieu abritant ces ébats illicites. Du Roy n'avait eu qu'à rédiger une poignée d'échos bien sentis dans les colonnes de *La Vie française* pour priver Laroche-Mathieu de son portefeuille ; trois mois plus tard, il était divorcé, regagnant enfin sa liberté matrimoniale, préalable indispensable à son mariage avec Suzanne et à la poursuite de son ascension.

Georges ricana entre ses dents :

« Tu verras : une fois député, plus rien ne m'arrêtera ; et toi, tu retourneras te terrer sous ta maudite butte Montmartre comme la petite vipère insignifiante que tu es ! »

Cette perspective de la voir ramper à même la boue, là où était sa place, le réjouit et l'apaisa. Il replia l'exemplaire de *La Plume*, le rangea dans un tiroir de son bureau et sortit retrouver Clément.

L'agitation régnait au siège du journal où flottait ce fumet particulier, inexprimable, des grands quotidiens : des garçons de bureau marchaient d'un pas pressé, tenant à la main une feuille qui palpitait au vent de leur course ; des ouvriers compositeurs allaient et venaient, leur blouse de toile blanche maculée d'encre laissant voir un col de chemise bien blanc et un pantalon de drap pareil à celui des gens du monde ; d'autres encore portaient avec précaution des bandes de papier imprimé, des épreuves tout humides, criblées des mots qui courraient bientôt dans les rues, agiteraient les esprits, adouberaient ou briseraient des réputations, des ministres, des gouvernements.

Du Roy traversa un couloir, passa dans un salon d'attente poussiéreux et fripé, tendu de faux velours d'un vert pisseux, où attendait une humanité bigarrée – des hommes graves, décorés, importants ; des hommes négligés, au linge visible, à la redingote dessinée de taches sur la poitrine ; des femmes également, certaines souriantes, coquettes, d'autres au masque tragique, ridé, sévère –, puis Georges remonta un long corridor qui l'amena dans la grande pièce réservée aux journalistes et aux chroniqueurs.

L'endroit sentait le renfermé, le cuir des meubles, le vieux tabac et l'imprimerie ; il exhalait cette atmosphère particulière des salles de rédaction où gît un peu partout un incroyable amas de papiers : lettres, cartes, journaux, revues, notes de fournisseurs, documents de toute espèce.

Clément trônait au milieu des meilleures plumes de *La Vie française*, à moitié assis sur la large table verte, donnant allègrement de la verve à son auditoire captif :

« Oui, Jacques, je l'ai blessé à la cuisse, sans doute le seul morceau non faisandé de cet infâme individu ! »

Jacques Rival, son alter ego des duels malgré ses habits noirs, ses cravates blanches, sa moustache précieusement roulée en pointes aiguës, rétorqua avec cet air insolent et content de lui qui le caractérisait :

« Plus maintenant, Léon, car cette blessure au cuisseau aura achevé de gangrener sa personne et son honneur ! »

Tous partirent d'un grand rire claironnant. Même Norbert de Varenne, le critique littéraire historique et désuet du quotidien, habituellement drapé dans le sérieux exigé par sa qualité de poète, riait avec franchise, ses longs cheveux grisonnants et son ventre grassouillet tressautant à chaque secousse de son hilarité.

Du Roy entra en s'exclamant :

« Vous placez bien haut l'honneur de ce coq de Valzan, Messieurs ! »

Clément se redressa :

« Je viserai les parties nobles la prochaine fois, pour qu'il tombe coq et se relève chapon ! »

Georges le rejoignit, les deux hommes se serrèrent chaleureusement la main.

« Je venais vous adresser tous mes vœux de succès ; vous partez bien aujourd'hui labourer nos bonnes vieilles terres normandes ? »

Du Roy acquiesça :

« Suzanne et moi prenons le train en fin d'après-midi. En mon absence, Jacques, votre frère bretailleur, tiendra le gouvernail du journal. »

Clément se tourna vers son compère duelliste :

« Avec pareil brigand à la barre, attendez-vous à retrouver un vaisseau coupable de piraterie ! »

Le tombeur des ministères brandit sa canne à la manière d'une épée en direction de Rival. Le chroniqueur s'empara de sa plume :

« Léon, vous oubliez que la plume est plus forte que l'épée ! »

Clément échangea quelques passes d'armes amicales avec Rival :

« Il m'est arrivé de croiser votre autre plume dans quelque maison de joie, et je ne crois pas me souvenir que vous ayez eu l'avantage ! »

Ils se chicanèrent en ferraillant, puis Du Roy entraîna Clément dans son bureau. En s'asseyant, l'homme politique lança au journaliste :

« Votre ancienne épouse ne vous a pas ménagé dans *La Plume*. »

Georges haussa les épaules :

« Les chiens aboient, la caravane passe.
— Allez-vous lui répondre ?
— Oui, par mon élection.

— Ah, voilà le républicain à particule que je soutiens ! Et d'ailleurs, puisque nous parlons de soutien... »

Les yeux de Clément furetèrent un instant dans les fissures du plafond, comme s'il cherchait dans leurs sinuosités la meilleure formulation de sa pensée. Du Roy s'appuya contre le dossier de son fauteuil, prêt à entrer dans le véritable sujet que son allié était venu aborder sous couvert de lui souhaiter bonne chance pour sa campagne :

« Oui, Léon, que voulez-vous me dire ? »

Le député de Vendée prit un air embarrassé :

« Vous n'avez pas franchement soutenu le projet de Lesseps à *La Vie française*, pourquoi ?

— Bien sûr que si ! Voulez-vous que je vous ressorte l'article ?

— Celui de votre chroniqueur ? »

Du Roy comprit l'allusion :

« Ah, vous auriez préféré que ce soit moi qui signe une tribune à la une du journal ?

— Un cap a toujours plus de poids fixé par le capitaine en personne que par son maître coq !

— Langade est l'un des journalistes économiques et financiers les plus respectés de la profession, sinon le plus respecté. »

Clément exécuta un grand moulinet avec ses bras pour ponctuer son propos :

« Dans la profession, peut-être, mais pas du grand public ! »

Il baissa le ton :

« Et c'est précisément l'opinion qu'il faut nous mettre dans la poche.
— "Nous ?" »
Clément posa ses coudes sur le bureau :
« Vous vous souvenez de Siegfried de Latour, chez qui avait lieu la présentation de Lesseps ? »
Du Roy opina du chef. Le Vendéen poursuivit :
« Il pourra vous être d'un grand soutien et d'une aide précieuse, notamment pendant votre campagne. »
Georges se redressa et posa à son tour ses coudes sur le bureau :
« C'est justement parce que j'ai une campagne à mener que je n'ai pas voulu me mettre en avant. »
Les deux hommes se dévisagèrent. Du Roy reprit :
« Vous devez avoir une dette éternelle envers ce Siegfried pour vous faire ainsi son avocat avec tant de ferveur... »
Le député soupira :
« Je lui dois la survie de mon journal, mon porte-voix dans le pays.
— Ça, je le sais, et votre reconnaissance fidèle est tout à votre honneur. Mais ce projet de canal, qu'en pensez-vous ? Je veux dire : qu'en pensez-vous *réellement* ?
— D'un point de vue technique et scientifique, il subsiste des zones de flou, je vous l'accorde ; zones de flou que votre chienne d'ancienne épouse avait d'ailleurs fort bien aboyées dans l'un de ses précédents papiers. Mais je suis un homme politique, Georges. Ce que je vois dans ce projet, c'est la possibilité de

ne pas laisser cette partie du monde à la merci des Américains et d'étendre l'influence de la France. »

Ils dérivèrent ensuite sur des considérations plus générales sur l'avenir du pays et les dernières brèves de la Chambre.

Lorsqu'ils eurent terminé de feuilleter la gazette du jour, Clément se leva :

« En tout cas, Georges, gagnez-nous cette circonscription, nous sommes tous derrière vous, pour la France ! »

Du Roy le raccompagna jusqu'au pied de l'escalier descendant à l'entrée de *La Vie française*.

Clément lui serra longuement la main :

« Vous me promettez de penser à ce que je vous ai dit pendant l'été ?

— Rappelez-moi quand doit être lancée la souscription publique en faveur du canal ?

— À l'automne, au moment où votre campagne battra son plein, où tous les coups seront permis et où vous aurez plus que jamais besoin de l'appui de tous vos amis. »

Ils cessèrent leur poignée de main.

« À bientôt, Léon. Ne vous battez pas trop en duel pendant mon absence.

— Sur ce point, je ne peux rien vous promettre, même l'abstinence me serait un châtiment plus supportable ! »

Ils rirent ensemble et se séparèrent en honnêtes citoyens, chacun pensant avoir poussé ses pions à son avantage.

Du Roy regarda Clément s'éloigner sur le trottoir, héler un fiacre sur le boulevard Poissonnière et disparaître dans l'agitation de la ville.

Il retourna donner ses ultimes instructions à Rival ainsi qu'aux autres chroniqueurs avant de rejoindre directement Suzanne à la gare Saint-Lazare.

Il traversa la salle des pas perdus, transformée en étuve par la verrière, où les voyageurs marchaient d'une allure accablée, serpentant péniblement entre les colonnes projetées du soleil, mendiant la clémence mensongère de l'ombre.

Les trains à quai ronflaient sourdement au milieu des crissements métalliques stridents et des râles de vapeur que crachaient parfois dans l'air les cheminées des locomotives, dragons d'acier sombres allongés sur le filet des rails se perdant au loin dans les gouffres encore plus sombres des tunnels.

Suzanne l'attendait au pied du wagon, en compagnie de Firmin qui montait et descendait pour charger les malles et les valises.

Georges l'embrassa sur le front :

« Heureusement que tu voyages léger, sinon il aurait fallu réquisitionner la voiture entière ! »

Suzanne lui tira la langue comme une enfant :

« Et encore, je n'ai pas pris mes robes de soirée ! »

Le sifflet du départ retentit dans la gare. Georges aida son épouse à gravir le marchepied, grimpa à son tour, salua Firmin d'un geste de la main et ils regagnèrent leur compartiment de première classe.

Le train s'ébranla, toussotant sur quelques dizaines de mètres, et le paysage se mit à défiler par la vitre. Il traversa doucement la longue gare des Batignolles, puis il franchit la vaste plaine galeuse qui va des fortifications à la Seine.

Du Roy et sa femme échangeaient de temps à autre des mots ou des bribes de phrase avant de regarder de nouveau par la fenêtre.

Quand ils passèrent le pont d'Asnières, un enchantement les saisit à la vue de la rivière couverte de bateaux, de pêcheurs et de canotiers. Le soleil, un puissant soleil de juillet, répandait sa lumière éclatante sur les embarcations et sur le fleuve calme qui semblait immobile, sans courant et sans remous, figé sous la chaleur et la luminosité franche du jour. Une barque à voiles, au milieu de l'eau, ayant tendu deux grands triangles de toile blanche pour recueillir les moindres souffles de brise, avait l'air d'un énorme oiseau prêt à s'envoler.

Georges murmura :

« J'ai toujours adoré les environs de Paris, j'ai des souvenirs de fritures qui sont les meilleurs de mon existence. »

Suzanne le considéra avec une gaieté attendrie :

« Tu te souviens, quand je pêchais à la ligne déguisée en bergère ? »

Du Roy se souvenait parfaitement des six jours qu'ils avaient passés à La Roche-Guyon, au bord de la Seine, comme il se rappelait avec une étonnante précision les heures qui avaient précédé leur départ clandestin.

Il s'était parfois demandé ce qu'il serait devenu si Suzanne ne l'avait pas rejoint ce soir-là, pour qu'il l'enlève avec son libre consentement afin de forcer ses parents à la lui donner en mariage. Cette question revenait le hanter depuis maintenant quelques mois avec une formulation nouvelle : aurait-il pu trouver un meilleur parti ? Aurait-il pu lier son destin à celui d'une femme qui l'aurait aidé à monter plus haut et plus vite ?

Georges sourit à Suzanne et lui prit la main avec une dilection appuyée :

« Comment pourrais-je l'oublier ? Dès le lendemain de notre arrivée, je t'avais acheté du linge et des vêtements de paysanne, tu couvrais ta tête d'un grand chapeau de paille orné de fleurs des champs. Je bénis encore cette nuit, plus joyeuse qu'un jour de grand soleil, où tu t'es enfuie de chez tes parents ! »

Il l'avait guettée, le cœur anxieux, dans un fiacre arrêté place de la Concorde, le long des arcades du ministère de la Marine. De temps à autre, il enflammait une allumette pour vérifier l'heure qu'il était. Quand il avait vu minuit approcher, son impatience était devenue fiévreuse. Sans cesse, il passait la tête à la portière pour regarder. Et lorsque deux horloges eurent terminé de sonner chacune leurs douze coups, il avait pensé, abattu : « C'est fini. C'est raté. Elle ne viendra pas. » Il avait cependant décidé d'attendre, résolu à demeurer jusqu'à l'aube ; les horloges avaient sonné le quart, puis la demie, puis les trois quarts, et elles avaient répété une heure comme elles avaient annoncé minuit. Et tout à coup, le visage radieux de Suzanne était apparu. À cet instant précis, il avait su qu'il avait gagné la partie et qu'il remporterait la mise.

Suzanne serra la main de son mari, émue qu'il se souvienne avec autant d'émotion de ces premiers moments de leur intimité timide et balbutiante.

« Tu te faisais passer pour mon frère. Tu portais une vareuse achetée toute faite chez un commerçant du pays pour nos grandes promenades à pied ou en bateau le long des berges. Cela m'amusait déjà d'être ta femme ! »

Du Roy riait encore à l'idée de la tempête qui avait grondé sous le toit rutilant des Walter ; lui, le Juif parvenu par ses habiles tripotages financiers et politiques, furibond de s'être fait piéger, obligé de brader sa fille à un parti moins lucratif que celui qu'il escomptait ; elle, la vieille bigote, s'étranglant de rage, étouffée par son romantisme de bénitier et sa culpabilité bafouée, refusant avec des hurlements de bête traquée et des suffocations plaintives d'opéra les sermons résignés de son mari doublement trompé, et malgré tout obligée, elle aussi, d'accepter que son ancien amant, cet homme qui l'avait poussée au péché jusqu'à se renier elle-même, prît sa propre fille pour femme.

Georges serra plus fort la main de Suzanne avant de déposer sur ses lèvres un baiser tendre qu'il voulait nostalgique de cette époque révolue.

Ce baiser ramena Du Roy plus loin encore, dans un temps où il n'imaginait pas un seul instant pouvoir épouser Suzanne, un temps où il ne concevait même pas une telle opportunité, le temps de son premier et dernier voyage chez ses parents avec Madeleine. Elle avait à tout prix tenu à leur rendre visite, à leur être présentée en bonne et due forme, à les connaître, persuadée qu'elle était de découvrir de petits cabaretiers de campagne pittoresques, des paysans au charme champêtre et poétique tels que peut se les représenter l'esprit d'une citadine sophistiquée à l'imagination pétrie de lectures pastorales. Georges avait tenté de l'en dissuader, de la faire renoncer à ce projet tant elle risquait d'être déçue par la réalité rugueuse de leur condition, par la simplicité et la rusticité de ses géniteurs, mais n'ayant pu parvenir à briser son obstination romanesque, il s'y était soumis à la fin et, le soir de leur mariage, après une cérémonie sobre à la mairie en présence de leurs seuls témoins, ils avaient pris à la gare Saint-Lazare le train de six heures pour la Normandie.

Suzanne blottit sa tête contre l'épaule de son mari et ferma doucement les yeux. Ils traversaient la forêt de Saint-Germain.

Arrivés trop tard à Rouen pour se rendre à Canteleu dans la foulée, Madeleine et lui avaient passé la nuit dans un petit hôtel du cru dont les fenêtres ouvraient sur le port et le large fleuve. Georges, de plus en plus inquiet à mesure que cette rencontre avec ses parents approchait, avait de nouveau essayé de lui faire abandonner son idée, arguant qu'il n'y avait qu'un lit à paillasse dans sa chambre, que la bâtisse des vieux était fort rudimentaire et qu'ils y seraient par conséquent très mal installés ; arguments vains que Madeleine, dans son entêtement et son enthousiasme bucoliques, persistait à trouver absolument charmants.

Suzanne s'était assoupie ; elle sommeillait, la bouche entrouverte, sa poitrine légèrement soulevée par une respiration calme et régulière. Le train suivait le cours de la Seine, il s'enfonçait dans le soir qui perçait déjà sous la vigueur de cette fin d'après-midi d'été ; les ombres s'allongeaient, s'étiraient, enveloppant d'un crêpe la grande étendue de plaines vallonnées.

L'euphorie campagnarde de Madeleine avait persisté durant leur trajet dans un vieux fiacre rouillé pour rejoindre Canteleu, attisée par le panorama qu'offrait la montée vers le petit village : l'immense vallée parcourue par le fleuve clair, Rouen noyée dans la brume matinale, avec des éclats de soleil sur ses toits, ses mille clochers pointus, frêles et travaillés comme des bijoux géants, ses tours carrées ou rondes coiffées de couronnes héraldiques, ses beffrois, ses clochetons, tout le peuple gothique des sommets d'églises dominé par la flèche aiguë de la cathédrale, surprenante aiguille de bronze, laide, étrange et démesurée, la plus haute qui soit au monde. En face, sur l'autre rive, s'élevaient les minces cheminées d'usines du vaste faubourg de Saint-Sever, cylindriques et renflées à leur faîte ; plus nombreuses que leurs frères ennemis les clochers, elles dressaient jusque dans les lointains leurs hautes colonnes de brique soufflant dans le ciel bleu leur haleine noire de charbon. À l'horizon, la Seine continuait sa route le long d'une grande côte onduleuse, parsemée de navires traînés par des barques à vapeur crachant une fumée épaisse et glissant entre des îles étalées sur l'eau tels les grains inégaux d'un chapelet verdoyant. Et puis, sur le bord de la route, ils avaient aperçu deux vieilles gens qui s'en venaient vers eux d'un pas régulier.

Dans un demi-sommeil, Suzanne posa sa tête sur les genoux de son époux et allongea ses jambes sur la banquette. Le train traversait Mantes.

Le père de Georges était petit, trapu, rougeaud et un peu ventru, vigoureux malgré son âge ; sa mère, grande, sèche, voûtée, triste, la vraie femme de peine des champs qui a travaillé dès l'enfance et qui n'a jamais ri, tandis que le mari blaguait au comptoir avec les pratiques. Ils avaient dévisagé Madeleine avec une crainte inquiète, jointe à une sorte d'approbation satisfaite chez le père, qui avait passé pour connaisseur dans sa jeunesse, et à une inimitié jalouse chez la mère ; puis les vieux l'avaient embrassée, lui avec une gaieté de cidre doux et d'alcool, elle avec une réserve hostile, une hostilité de vieille travailleuse, de vieille rustique aux doigts usés, aux membres déformés par les dures besognes, déçue que sa bru ne fût point la grosse jument poulinière de ses rêves ; la paysanne de labeur voyait en cette Parisienne poudrée une traînée, un être impur dévolu à la fainéantise et au péché, avec ses falbalas et son musc, car tous les parfums, pour la vieille, étaient du musc. Le déjeuner avait été interminable, ponctué d'une suite de plats mal assortis et des plaisanteries grivoises du père, celles qu'il réservait pour les grandes fêtes ; le repas du soir, à la lueur d'une chandelle, avait été plus pénible encore pour Madeleine, prise entre la demi-soûlerie du père, qui ne parlait plus, et la mine revêche de la mère taiseuse. Le lendemain, après une nuit inconfortable, Georges avait donné deux cents francs à ses parents, et ils étaient rentrés à Paris.

Du Roy passa délicatement sa main dans les cheveux de Suzanne pour la réveiller. Ils arrivaient en gare de Rouen.

Le père et la mère les attendaient sur le quai, droits comme des soldats, endimanchés dans des habits de ville rutilants, trop chics pour eux, un rien tape-à-l'œil, engoncés dans une dignité grotesque d'apparat qui, loin d'effacer leur nature bourrue et leur caractère fruste, les soulignaient d'une manière plus frappante que leurs souliers crottés.

Georges les salua en descendant du wagon.

« Bonjour, pé Duroy. »

Sa mère s'exclama :

« Not' fieu ! »

Du Roy marcha à elle, l'embrassa sur les deux joues, d'un gros baiser de fils, puis il frotta ses tempes contre les tempes du père, qui avait ôté son chapeau.

Suzanne descendit à son tour, les embrassa également tandis que Georges hélait un porteur pour décharger leurs affaires du compartiment.

Dans le fiacre, Suzanne nourrissait une conversation enjouée, répondant aux questions de ses beaux-parents au sujet des enfants qui les rejoindraient en août, une fois l'école terminée, s'enquérant de leur état de santé, de leurs affaires, des dernières nouvelles de Canteleu, parlant avec ce naturel et cette aisance des êtres qui, élevés dans les hautes sphères de la société, s'adaptent sans effort aux milieux plus modestes que celui de leur naissance. Cette simplicité et cette bonhomie sincère dans les manières de Suzanne avaient, à la différence de Madeleine et de ses airs de grande bourgeoise dépravée, désarmé en partie l'animosité organique de la mère de Georges dès les premiers instants où elles avaient été présentées, même si la vieille la trouvait par ailleurs trop maigre, la peau trop blanche, les mains trop lisses et trop soignées, des mains de femme du monde, oisive, plus habituées à tenir une tasse de thé ou à rédiger du courrier futile sur du papier à en-tête distingué qu'à bêcher la terre ; elle ne la trouvait pas assez catholique, surtout, trop juive par son père pour être authentiquement honnête dans ces temps où l'on disait de plus en plus que le peuple élu s'enrichissait sans scrupules sur le dos des pauvres gens. Le père Duroy, lui, était plus concret, plus terrestre ; il ne s'embarrassait pas d'arguties philosophiques ou religieuses, répétant avec une sagesse pragmatique cette expression passée pour proverbe qu'il avait entendue jadis : « Quand mes amis sont borgnes, je les regarde de profil » ; en outre, il s'évertuait à admirer Suzanne sous son meilleur angle, celui qui lui avait permis d'agrandir et de moderniser son café, À la belle vue, rebaptisé depuis La Guinguette de la colline, de développer son commerce, de prospérer, de s'enrichir d'autant en faisant travailler d'autres que lui, de construire une belle et spacieuse ferme normande à proximité, dont le premier étage hébergeait les appartements de son fils et de sa bru pour leurs séjours dans la région ; tous ces bienfaits dus au riche mariage de sa progéniture méritaient que l'on fermât discrètement un œil sur de menus détails confessionnels qui, *in fine*, s'accommodaient parfaitement d'une place sous le tapis des secrets familiaux.

Georges restait silencieux, les écoutant d'une oreille distraite ; il repensait à la visite de Clément, aux conseils insistants que le député de Vendée lui avait prodigués au sujet de ce Siegfried de Latour. Suite à la présentation de Lesseps, il avait cherché à se renseigner sur cet énigmatique personnage auprès de certaines de ses connaissances, mais il n'avait réussi à glaner qu'un bouquet fané d'informations, comme si cet homme, si jeune et apparemment si influent, avait toujours pris soin d'effacer derrière lui chacune de ses traces. Certaines sources enracinaient ses origines du côté de Bordeaux, d'autres plus bas dans le Sud-Ouest, vers la frontière espagnole, sans que l'on pût cependant esquisser un début de généalogie financière ou personnelle. Le mystère qui nimbait Siegfried de Latour lui inspirait autant de défiance que d'admiration ; en effet, comment quelqu'un de son âge s'était-il élevé à ce niveau de fortune et de pouvoir au point qu'un homme politique de la trempe de Clément lui mangeât dans la main plus docilement qu'un chien tenu en laisse ?

Ils arrivaient au village, un petit village en bordure sur la route, formés de dix maisons de chaque côté, maisons de bourg et masures de fermes, les unes en brique, les autres en argile, celles-ci coiffées de chaume et celles-là d'ardoise.

Georges et Suzanne furent accueillis avec force démonstrations d'enthousiasme par les habitants du hameau et les employés de l'auberge. Du Roy serra les mains de tous et toutes, glissa un mot pour chacun, les appelant par leur prénom, s'inquiétant des soucis de l'un, se réjouissant de la bonne santé d'une autre, sorte d'échauffement pour la campagne qu'il entamait dès ce soir avec quelques notables de Rouen invités pour un banquet de courtoisie informel à la guinguette familiale.

Suzanne et lui profitèrent des deux heures dont ils disposaient avant l'arrivée des convives pour s'installer dans leurs appartements.

Quand le moment de descendre approcha, tandis que Suzanne finissait de se préparer, Georges ouvrit grand les fenêtres pour laisser entrer le soir qui tombait doucement sur la vallée descendant jusqu'au fleuve. Il respira l'odeur de l'herbe mêlée aux senteurs humides de terre, d'arbres, de mousse, ce parfum frais et vieux des bois touffus qui remontait, poussé par une brise tiède, de la forêt en contrebas.

Ses yeux suivaient le cours de la Seine, sinueuse comme un large ruban d'or fondu sous les reflets du soleil couchant, tortueuse comme les réflexions sans mots que son esprit poursuivait.

Depuis la chambre, la voix de Suzanne le tira de sa contemplation muette :
« Je suis prête ! »
Il lui répondit :
« Je viens. »
Du Roy regarda une dernière fois l'horizon, frisa sa moustache d'un geste conquérant et familier en décrétant dans les replis obscurs et inavouables de ses pensées :
« Je suis né sur cette terre, elle est mienne, elle me revient de droit, à moi et à moi seul. Je la prendrai quel que soit le prix à payer ; je la prendrai comme j'ai toujours pris les femmes, de force s'il le faut ! »
Et il descendit avec Suzanne inaugurer le lancement de sa campagne à la députation.

# 4

Georges se tenait debout devant les fenêtres grandes ouvertes, face à la vallée baignée d'une légère brume enveloppant les rives de la Seine, une brume dont la fraîcheur perlait comme une fine rosée sous les ourlets invisibles de l'air du matin, prémices de l'automne tapi sous une nature fatiguée par des mois de soleil, des arbres aux feuilles imperceptiblement jaunies, prêtes à revêtir leur robe rêche couleur de rouille.

Août touchait à sa fin.

L'été s'était déroulé selon ses plans ; Du Roy avait fait campagne en bras de chemise et canotier, sans ostentation, humblement, il s'était contenté de discuter au débotté avec ses électeurs sur les marchés, aux terrasses des cafés, aux foires des bourgades voisines, aux bals populaires, à la sortie des églises, partout où il se rendait avec sa femme et ses enfants en simple vacancier, en fils du pays venu se ressourcer dans le limon de sa terre natale, offrant de sa personne et de son temps à ceux dont il briguait les suffrages, les écoutant avec attention, les confessant parfois, avec une compassion laïque et républicaine, pour mieux comprendre leurs attentes, démêler leurs aspirations, entendre leurs rêves, pénétrer leurs secrets. Grâce à cette attitude discrète et avenante, il avait pu humer au plus juste l'esprit de ces Normands taiseux, sonder le fond dérobé de leur caractère bourru, et aiguiser ainsi ses arguments sur la pierre angulaire de leurs préoccupations, affiner ses propositions à l'aune de leurs inquiétudes et de leurs peurs. « Écouter est la clef du succès en politique, lui avait maintes fois répété Clément, écouter en donnant l'impression que votre vie entière dépend de la résolution des problèmes de ceux dont vous convoitez les voix, même si vous irez plutôt au bordel avec les deniers de leurs urnes ! » Le député de Vendée disait vrai, il suffisait de froncer les sourcils avec une expression absorbée, de hocher par moments la tête avec assentiment, de répondre à ses interlocuteurs qu'ils avaient raison, que vous les compreniez, que cette situation inadmissible devait en effet être résolue de toute urgence, que le pays ne pouvait rester dans l'ignorance de telles avanies, encore moins les tolérer, de les remercier enfin pour leurs lumières et s'assurer de fait une partie de leur sympathie, de leur confiance, et donc d'un premier revers de leur bulletin anonymement plié. « L'erreur en politique, aimait également à rappeler Clément, consiste à être platonicien, de partir d'électeurs idéaux censés vouloir la même chose que nous, alors qu'il faut partir d'eux, de leur réalité, de leur vie concrète, pour formuler nos ambitions sur leurs désirs et emporter leur adhésion. »

Suzanne et sa mère faisaient merveille à ses côtés ; Suzanne enchantait par sa candeur, sa spontanéité, sa simplicité ; sa mère rassurait par son enracinement paysan, sa réserve rurale, son austérité normande ; et toutes deux, au gré de certaines rencontres réitérées en ville, sur les places des villages ou sur les rives de la Seine, lui soufflaient au besoin les noms des personnes qu'il croisait, de sorte que chacun avait le sentiment que Du Roy se souvenait réellement d'eux, que son intérêt à leur égard était sincère, authentique. Il voyait dans les regards appuyés et les clins d'œil complices qu'on lui adressait désormais la progression de sa popularité, il sentait dans la virilité des poignées de main échangées l'assurance prochaine de leur vote, et au bout de cette fraternité factice qu'il avait su créer, il apercevait la silhouette majestueuse du Palais-Bourbon, l'arène houleuse de la Chambre, le siège de velours rouge où il assiérait bientôt son mandat.

Justine frappa à la porte ; elle avait rejoint ses maîtres avec leurs enfants au commencement des vacances scolaires, en début de mois. Georges se racla la gorge :
« Oui ? »
Justine entra :
« Tout le monde est prêt, Monsieur. La voiture attend en bas.
— Je viens dans une minute.
— Bien, Monsieur. »
Le visage de Du Roy se renfrogna. Ses activités électorales des dernières semaines l'avaient préservé de ces visites auxquelles il n'avait aucune envie de sacrifier ; la perspective de se rendre au couvent des

ursulines de Rouen pour dilapider son temps précieux en compagnie de Virginie, sa belle-mère recluse et ancienne amante, l'enthousiasmait autant qu'une bonne action en faveur des lépreux ou des enfants orphelins ; pourtant, il y sacrifiait une fois l'an, à cette même période, pour plaire à Suzanne qui, elle, sacrifiait toujours avec entrain aux obligations dévorantes de son époux. Bientôt, il moissonnerait les bénéfices de ce qu'il avait patiemment semé et cultivé cet été, le déplaisir que lui inspirerait la vue et la présence de cette vieille bigote, avec son visage flétri par le remords, ridé de repentance, ses yeux fuyants et baissés de martyre, ses épaules rentrées dans cette attitude prostrée d'humilité chrétienne hypocrite, ses mains jointes en pénitence, sa voix et sa chevelure aussi blanches qu'un missel poussiéreux, sans parler du souvenir poisseux de ses étreintes ridicules de femme âgée vivant l'illusion d'une deuxième jeunesse de cœur, ce déplaisir n'était somme toute qu'un prix modique à payer pour s'assurer le zèle et la ferveur redoublés de Suzanne au service de son seul profit.

Du Roy avala une dernière bonne tasse d'air frais avant celui, vicié, du cloître ; puis il referma la fenêtre et descendit.

Avant de monter dans le fiacre, sa mère lui donna un télégramme arrivé avec le courrier. Le texte de Clément était lapidaire :

« De La Barre. Tribune dans *Le Figaro*. Urgent. »

L'instinct de Du Roy s'éveilla : la rentrée parlementaire avait eu lieu quelques jours auparavant ; après être resté tout le mois d'août en villégiature à Deauville, Eugène de La Barre s'était rendu directement à Paris pour siéger à l'ouverture de la Chambre ; il était arrivé la veille au soir à Rouen. La deuxième phase de la campagne commençait, celle de l'affrontement et des coups bas dont lui avait parlé Clément en juillet, celle où il aurait plus que jamais besoin de l'aide et du soutien de ses amis.

Du Roy se dit :

« Rien n'est pire que de ne pas savoir. Clément a le téléphone. Il faudra que j'en fasse installer un ici. »

Il se hissa dans le fiacre où l'attendaient Suzanne et les enfants.

Devant sa mine préoccupée, Suzanne demanda :

« Un souci, Georges ? »

Il lui tendit le câble. Suzanne comprit et le rassura :

« Nous nous arrêterons prendre *Le Figaro* en sortant du couvent. »

Les enfants étaient sages comme des enluminures : Charles, sept ans, assis à côté de son père, se tenait droit sur la banquette, sérieux dans sa vareuse bleu marine à cravate, ses cheveux châtains impeccablement coupés et coiffés la raie au milieu ; Louise, cinq ans, tout aussi impeccable que son frère dans sa robe anglaise rose pâle à dentelles, sa chevelure claire sculptée par deux couettes nouées de rubans assortis, balançait distraitement ses petites jambes dans le vide.

Face au mutisme tourmenté de Georges qui imprégnait l'habitacle et l'humeur ambiante, Suzanne dit à son mari :

« Vois le bon côté des choses : de La Barre a préféré se reposer loin de ses administrés tandis que toi tu occupais le terrain. Les Normands ont la tête dure mais la mémoire longue, ils se souviendront de cette différence au moment du vote. Et puis le premier tour est dans un peu plus de trois semaines, tu n'as pas dit ton dernier mot, n'est-ce pas ? »

Du Roy dévisagea son épouse : elle le comprenait, elle savait lui parler, elle savait quand et comment frapper à la porte de son orgueil, elle savait le piquer à l'endroit exact qui le ferait se redresser. L'atmosphère s'assouplit et les enfants se mirent à parler avec entrain de ce qu'ils feraient cet après-midi, envahissant le fiacre de leur insouciance.

Le convoi s'arrêta rue des Capucins. Les Du Roy de Cantel descendirent et rejoignirent l'entrée du couvent, où une sœur sans âge, au teint parcheminé, les accueillit sans prononcer le moindre mot. Habituée aux visites de Suzanne et de ses deux enfants, elle les conduisit en silence dans le cloître où les attendait Virginie.

Georges nota que la bâtisse tombait autant en ruine qu'en désuétude. Les proportions de l'édifice, la solennité de la pierre centenaire, le recueillement qui régnait sous les voûtes et dans les vastes couloirs en imposaient encore, ils témoignaient d'un défi lancé au temps et à sa dent ravageuse ; toutefois, ils peinaient à dissimuler la vétusté galopante qui rongeait les murs avec l'opiniâtreté de la lèpre, comme l'anticléricalisme et l'athéisme républicains consumaient de leurs feux l'obscurantisme aveugle des croyances chimériques, gangrenant de plus en plus les âmes, même dans les recoins les plus reculés du pays.

Ils arrivèrent dans le déambulatoire encadrant un jardin dont l'harmonie horticole, malgré l'entretien dévoué des chanoinesses, subissait la lente dévoration anarchique des herbes sauvages et indomptées.

La vieille femme, vêtue de la coiffe et de l'habit religieux, se tenait adossée à l'ombre d'un pilier, une Bible ouverte entre ses mains, un chapelet entortillé autour de ses doigts, absorbée par la lecture des Saintes Écritures. Avec ses cheveux dissimulés sous le voile noir posé sur le bandeau en toile de lin blanc enserrant sa tête, prolongé par la guimpe blanche de la même matière recouvrant son cou et ses épaules, elle semblait plus jeune malgré les rides approfondies par le lent creusage des années et des regrets.

Du Roy ne put s'empêcher de sourire en la voyant dans ce lieu de dévotion et cette attitude si pieuse, comme il avait souri lors de leur premier rendez-vous dans un lieu tout aussi pieux, ou du moins supposé tel, à l'église de la Trinité. Il se souvenait du vaudeville sentimental travesti en tragédie qu'elle lui avait joué ce jour-là. Elle s'était agenouillée sur un prie-Dieu pour recevoir ses mots d'amour en se donnant une contenance méditative, mais elle ne faisait que reculer l'inéluctable, elle faisait durer le plaisir de se sentir enfin désirée, un plaisir égoïste bien loin de tout sentiment miséricordieux. Elle avait poussé le vice de sa bondieuserie et de sa dignité jusqu'à pleurer, le supplier de l'épargner, avant de courir se confesser avec des gesticulations de créature déchue pour, le lendemain, en dépit de ses minauderies pudibondes de petite fille, lui céder aussi facilement que la dernière des catins.

Du Roy en riait encore : « Quelle fumisterie que cette religion ! Elle habille les pires perfidies du manteau rapiécé de l'humilité, de l'honnêteté, de la chasteté et de la charité envers son prochain, alors qu'en dessous tout n'est que fatuité, mensonge, luxure, cruauté. Vraiment, ce catholicisme est une vaste farce ! Les religions ne sont qu'un instrument d'enfumage, de l'encens putride et faisandé uniquement destiné à manipuler les petites gens, à dominer les peuples, à les asservir tandis que quelques-uns, les plus forts, les saignent et se servent. Quelle hypocrisie que tout cela ! »

Au bruit de leurs pas qui résonnaient sur les dalles ancestrales, Virginie releva les yeux de sa lecture, le visage illuminé d'un sourire radieux.

« Suzanne ! »

Elle embrassa sa fille ainsi que ses petits-enfants :

« Charles ! Louise ! »

Puis elle fit face à son ancien bourreau, qui se tenait un peu en retrait, affichant une distance décente pour la femme qui voue sa vie aux bonnes œuvres du Très-Haut, et elle l'embrassa à son tour, avec la même distance décente, joue contre joue :

« Georges, comme c'est gentil à vous de venir me voir.

— Virginie, plus les années passent, plus vous semblez touchée par la grâce. »

Elle inclina la tête avec la contrition de ceux qui ne sont pas dignes de recevoir le corps du Christ ou un simple compliment, prit Suzanne par le bras et leur demanda à tous :

« Marchons, voulez-vous ? »

Ils lui emboîtèrent le pas pour remonter la galerie. Du Roy restait quelques mètres derrière eux, les mains croisées derrière le dos. Virginie s'enquit de la bonne santé des petits, de leurs dernières activités estivales, puis elle se tourna légèrement vers Georges :

« Il paraît que votre campagne avance selon vos vœux ? »

Suzanne ne put s'empêcher de répondre à la place de son époux :

« Si vous le voyiez, maman, vous seriez fière de lui, il fait des merveilles, tout le monde l'adore ! »

Virginie approuva avec une expression mélancolique :

« Bien sûr, qui pourrait lui résister ? »

Georges se contenta de sourire pour glisser sur ce sujet et ce sous-entendu périlleux.

Suzanne remarqua l'ombre qui passait dans le regard de sa mère :

« Tout va bien, maman ?
— Ça va.
— Tu as l'air triste tout à coup.
— Oh, tu sais, nous avons tous nos soucis.
— Tu crains les lois anticongréganistes ? »

Certains députés entendaient en effet faire adopter par la Chambre la suppression de certaines congrégations religieuses, ce qui entraînerait la fermeture de nombreux couvents et monastères.

Virginie acquiesça avec une pointe d'affliction :
« Je ne peux décidément rien cacher à ma fille... »
Suzanne s'adressa à son mari :
« Tu pourras faire quelque chose, une fois élu, pour éviter la fermeture de ce couvent ? »
Du Roy se redressa :
« Évidemment ! J'en ferai l'une de mes priorités. »
Virginie fronça les sourcils :
« Pourtant, vous êtes républicain, Georges, et les républicains tiennent la religion en horreur. Votre ami Clément, par exemple, ne dit-on pas de lui qu'il est, pardonnez-moi l'expression, un "bouffeur de curés" ?
— Vous avez raison, Virginie, ce sera un combat difficile. Pour autant, les républicains ne sont pas fous : ils savent que la religion garantit une certaine moralité et, par conséquent, un certain ordre chez nos concitoyens. Ils aboient fort, mais je doute qu'ils finissent par mordre réellement.
— Dieu vous entende. D'un autre côté, si tel est Sa volonté, je m'y plierai. »
Suzanne dévisagea sa mère :
« Que veux-tu dire ? »
Virginie les entraîna dans le jardin, s'assit sur un banc en pierre, invitant sa descendance à l'imiter. Du Roy resta debout. Virginie prit les mains de sa fille dans les siennes :
« J'ai beaucoup réfléchi, tu sais, et je me demande si je n'ai pas fait mon temps ici. »

L'œil de Suzanne s'alluma d'une joie enfantine :

« Tu veux dire que tu envisages de quitter ta retraite ? »

Virginie baissa les yeux avec une expression de petite fille qui minaude :

« Peut-être. »

Suzanne ne put réprimer un cri :

« Quel bonheur ! Rien ne pourrait nous faire plus plaisir. Tu viendras habiter avec nous, pas vrai les enfants ? N'est-ce pas, Georges ? »

Du Roy jaugea du bouleversement et de la dangerosité potentielle qu'une telle situation dessinait sur l'horizon de ses ambitions. Il répondit :

« Sans vouloir blasphémer en ce lieu saint, c'est ce qui s'appelle une "bonne nouvelle". »

Suzanne trépignait :

« Quand ? Quand comptes-tu sortir ? »

Virginie modéra son enthousiasme :

« Du calme, du calme, ce n'est pas pour tout de suite. Je n'ai pas encore pris ma décision, mais j'y pense. »

Du Roy poussa un soupir de soulagement qui se fondit naturellement dans la déception familiale.

Suzanne interrogea :

« Tu disais que tu étais fatiguée du monde des hommes, que tu n'y reviendrais jamais, qu'est-ce qui t'a fait changer d'avis ? »

L'attention de Georges redoubla. Il se demandait quels arguments spécieux se cachaient derrière les réflexions œcuméniques de la vieille.

Virginie joignit ses doigts dans un mouvement de prière et expliqua :

« J'ai trouvé la paix ici, loin de la société, de ses intrigues et de ses coups bas. Là où je trouve un vrai sens à ma vie, c'est dans l'enseignement, comme je le pratique entre ces murs depuis des années. Transmettre, élever par le savoir, passer la lumière, cela me procure une joie pure et indicible. C'est la mission originelle de l'ordre de Sainte-Ursule, instruire et éduquer les jeunes filles pauvres, les rendre riches d'une richesse immatérielle, une richesse qui les émancipe de l'ignorance où on cherche trop souvent à les maintenir. L'éducation et l'instruction sont d'ailleurs deux valeurs sur lesquelles la République et les Ursulines se retrouvent. Éveiller les consciences par la connaissance, il n'y a rien de plus beau, du moins pour moi. »

Virginie se lamenta :

« Où pourrais-je encore enseigner si ce lieu venait à fermer ses portes ? Je pourrais certes trouver une place dans un autre couvent, dans une autre région, avec cependant le risque d'être trop éloignée de vous pour continuer de vous voir. »

Elle s'interrompit, fixa un instant un point indéterminé vers l'autre côté du jardin, comme si elle pouvait voir la ville et les vastes étendues au-delà de l'enceinte centenaire, puis elle se retourna vers Suzanne :

« Je suis de près ton action en faveur des femmes, ma fille, je la suis avec beaucoup d'attention ; plus je t'observe et plus je t'écoute, plus j'en viens à la conclusion que nos combats respectifs vont dans le même sens, et que nous aurions tout à gagner à unir nos forces. »

Suzanne comprit immédiatement l'allusion ; elle explosa de joie, ravie par la perspective de lutter côte à côte avec sa mère pour les droits des femmes.

Du Roy était soulagé, et le sourire qu'il ne put réprimer passait pour du contentement conforme à l'humeur générale. Il se disait en son for intérieur :

« Voilà qui occupera la vieille et servira mes affaires : un député républicain dont l'épouse férue d'égalité laïque et la belle-mère dévote se battent pour les droits des femmes, rien de mieux pour me conférer une image de progressiste et de rassembleur ainsi qu'un blanc-seing moral inattaquable. »

La conversation fila sur cette tonalité allègre et joyeuse jusqu'à ce que sonne le moment du départ.

Le fiacre les conduisit directement au centre de Rouen, où Du Roy se procura enfin *Le Figaro*. En découvrant la tribune d'Eugène de La Barre, ses lèvres devinrent blanches, comme si son sang avait soudainement reflué de son visage ; ce qu'il redoutait arrivait. Il tendit le journal à Suzanne qui, à la simple vue du titre, le lui rendit avec un geste de dégoût :

« Pas devant les enfants. »

Un silence de mort s'installa. Georges regarda sa femme :

« Je dois voir Clément. »

Suzanne acquiesça :

« En prenant le train de la mi-journée, tu y seras pour le dîner. Je lui enverrai un câble avant de rentrer chez tes parents lui indiquant où te retrouver. »

Dans son wagon qui l'emportait vers Paris, Du Roy ne décolérait pas.

Le soir tombait plus tôt. À Mantes, on avait allumé le petit quinquet à l'huile qui répandait sa clarté jaune et tremblotante. La campagne se noyait doucement dans la pénombre, avec ce frisson sinistre, ce frisson de mort que chaque crépuscule répand sur la terre.

À l'approche de la capitale, Du Roy reprit *Le Figaro* et l'ouvrit à la tribune de son adversaire. Le titre le révulsa de nouveau : « Une Normandie juive ? »

Il faillit déchirer le journal, mais il se ravisa ; il devait relire avec une attention scrupuleuse ce ramassis d'infamies pour en débattre avec Clément et réfléchir à la meilleure manière de riposter.

Il plongea dans la prose nauséeuse d'Eugène de La Barre, dont chaque phrase, chaque mot, augmentait sa fureur :

> Voici plus d'un mois que l'ambitieux M. Georges Du Roy de Cantel sillonne la région de Rouen avec l'objectif affiché de se faire élire à la prochaine députation. Il est vrai que cet homme est un enfant du pays ; ses parents vivent toujours à Canteleu où, après une longue désertion, il leur rend régulièrement visite

depuis maintenant plusieurs années, ou devrais-je dire depuis son échec - cuisant - lors des précédentes élections à cette même députation. À l'époque, il avait pensé qu'il lui suffisait de revenir tel le Messie, auréolé de ses lauriers parisiens et de son beau mariage avec la fille d'un financier juif, fondateur d'un grand journal que dirige aujourd'hui ledit M. Du Roy de Cantel, pour marcher sur l'eau de la Seine de notre port jusqu'au Palais-Bourbon. Hélas, les Juifs et le Messie n'ont, de sinistre mémoire, jamais fait bon ménage ; et M. Du Roy de Cantel, à la différence de nos bons Normands catholiques, semble avoir oublié ce détail de l'Histoire.

Je n'ai personnellement rien contre M. Du Roy de Cantel. L'ambition qui est la sienne, l'ambition en général, lorsqu'elle est mise au service d'une noble cause et s'accomplit par des moyens honorables, est une grande vertu, tant politique qu'humaine. Mais que penser d'un homme qui ne doit sa bonne fortune et sa position qu'à ses succès d'alcôve, à une union qui, bien que célébrée en grande pompe en l'église de la Madeleine, n'en reste pas moins une cérémonie marquée du sceau perfide de la pire confession qui soit ? Et surtout, que penser d'un homme qui, pour atteindre ses desseins, n'a pas hésité à renier ses valeurs chrétiennes pour frayer avec

l'engeance juive au point d'en embrasser corps et âme la cause ?
 Car ne nous y trompons pas, M. Du Roy de Cantel est vendu corps et âme à ce peuple cupide ; sinon, pourquoi se pavanerait-il sans vergogne sur nos belles terres normandes de sa lointaine enfance au bras de sa femme à l'ascendance douteuse et entouré de leur descendance méphitique ? Il n'est que le valet de ces financiers aux doigts crochus qui ont fait main basse sur les deniers des honnêtes gens ; il les supplée servilement dans leur vaste complot de déprédation nationale.
 Si ce renégat était élu, la vermine qui l'a corrompu contaminerait nos traditions, notre culture, notre histoire millénaire ; elle s'insinuerait tel un parasite dans les moindres recoins de nos ruelles, de nos campagnes, jusqu'à infecter la pureté de nos nappes phréatiques, et bientôt, à la place de la Croix du Christ de notre belle cathédrale, trônerait l'étoile de David.

**Du Roy referma le journal, les mâchoires crispées par cette lecture.** Ce n'était pas l'antisémitisme affiché contre Suzanne et son beau-père qui l'insupportait : pour lui la religion, quelle qu'elle soit, était une cafarderie crasse, une chimère pour les faibles d'esprit, une fiction pour vieillard terrifié par la mort, et par conséquent les attaques d'Eugène de La Barre lui paraissaient insignifiantes ; ce qui le contrariait, c'était d'être désigné comme vendu à des puissances qui l'auraient manipulé, lui qui, sous couvert d'abnégation républicaine et de moralité publique, ne servait que lui-même. Quand il avait épousé Suzanne, il n'avait pas pensé que les origines du gros Walter auraient un jour pu le desservir ; il n'avait vu dans ces noces que le moyen de devenir riche et d'accéder plus rapidement à l'orée des sphères qu'il ambitionnait de pénétrer coûte que coûte. La haine des Juifs existait depuis longtemps en France, d'une manière latente, insidieuse, plus proche du mépris que de la détestation actuelle, mais la défaite contre la Prusse ainsi que le déclin économique dans lequel s'était enfoncé le pays ces dernières années avaient favorisé sa radicalisation et son expansion tant sur l'ensemble de l'échiquier politique que dans toutes les couches de la société. Du Roy avait suivi ce phénomène avec inquiétude, redoutant que cela ne vienne entraver son ascension, le faire trébucher sur la dernière marche de ses aspirations, sachant surtout qu'il ne pourrait pas se débarrasser de Suzanne aussi facilement que de Madeleine, que même s'il y parvenait, sa position serait toujours marquée au fer rouge par cet hymen sur lequel il avait bâti sa réussite.

À Saint-Lazare, Jacques l'attendait sur le quai pour l'emmener chez Lapérouse, où le câble de Suzanne avait fixé rendez-vous à Clément.

Sur le trajet, la ville, dévorée lentement par l'obscurité de la nuit, lui tendait un visage hostile ; rongés par les ténèbres grandissantes, ces rues, ces immeubles, ces monuments, pourtant si familiers, lui offraient des profils édentés et défigurés, inquiétantes gueules cassées urbaines le dévisageant d'un air inhospitalier.

Il avait tout d'abord été surpris de lire un texte de cette facture dans les colonnes du *Figaro*. Sans briller par son républicanisme échevelé, ce journal n'était pourtant pas sur la même ligne éditoriale que *La Libre Parole* d'Édouard Drumont, la défiance envers les Juifs n'avait jamais été son fonds de commerce affiché, en tout cas pas de manière ostentatoire, encore moins à la façon d'un étendard. Et puis Du Roy avait compris : le scandale d'une telle publication et d'une telle attaque outrancière ferait vendre ; s'il avait été rédacteur en chef du *Figaro* ou de tout autre titre, sans les liens matrimoniaux qui étaient les siens, il aurait probablement publié la tribune d'Eugène de La Barre.

La voiture s'arrêta devant chez Lapérouse.

À la vue de Du Roy, le maître des lieux, habitué aux visiteurs prestigieux et au secret que leur présence réclame, le salua d'un discret signe de la tête avant de le mener à l'étage, dans le salon privé où se trouvait déjà Clément.

Le député de Vendée se leva à son entrée et le salua virilement :

« Georges ! Comment se porte Suzanne ?

— Elle se tient droite dans la tempête. Merci, Léon, pour votre intérêt la concernant, et votre soutien fidèle. »

Du Roy remarqua que la table était dressée pour trois personnes. Son regard fouilla la pénombre feutrée de la pièce aux boiseries chaudes, aux tentures bordeaux, au mobilier Louis XV et aux tableaux évoquant de douces scènes pastorales, quand il aperçut une silhouette attendant dans l'embrasure sombre de la fenêtre.

Du Roy interrogea Clément :

« Vous avez invité l'un de nos alliés ? »

L'inconnu s'avança ; la lumière tremblante des bougies éclaira son visage si jeune qu'il en semblait sans âge :

« Mieux qu'un allié, Monsieur Du Roy de Cantel, un ami. »

Siegfried se tenait face à lui, une enveloppe sous le bras. Du Roy le jaugea un instant avant de lui serrer la main :

« Georges, si vous êtes un ami, appelez-moi Georges. »

Du Roy fut saisi par la poigne du jeune homme à l'apparence si frêle.

Siegfried lui sourit :

« Alors appelez-moi aussi Siegfried. »

Ils s'assirent. On sonna pour les hors-d'œuvre en exprimant toute l'aversion que l'on éprouvait pour cette tribune, et quand les plats furent servis, Clément entra dans le vif du sujet :

« Je vous avais dit qu'à un moment de votre campagne vous auriez besoin de vos vrais soutiens. Ce moment est venu, et Siegfried a un moyen pour vous sortir de l'ornière dans laquelle on vous a jeté. »

Du Roy se tourna vers l'intéressé :

« Vous avez toute mon attention, cher Siegfried. »

Le jeune homme se pencha au-dessus de la table :

« J'ai ce qu'il vous faut pour assassiner politiquement Eugène de La Barre, et le plan à suivre pour y parvenir. »

Du Roy jeta un coup d'œil à Clément. Le tombeur des ministères acquiesça silencieusement.

Du Roy revint à Siegfried :

« Je vous en prie, continuez.

— Tout d'abord, vous n'allez rien faire jusqu'au premier tour des élections, afin que votre adversaire arrive en tête.

— Impossible. On ne comprendra pas que je ne défende ni mon épouse ni mon honneur. »

Clément posa sa main sur le bras de Du Roy :

« Georges, laissez-le finir, croyez-moi. »

Les deux hommes se dévisagèrent. Du Roy soupira et se tourna de nouveau vers Siegfried. Celui-ci poursuivit :

« Je comprends votre colère, Georges, elle vous honore, mais en politique, la colère ou l'emportement, lorsqu'ils ne sont pas feints et contrôlés, sont de mauvais conseillers. »

Il marqua un temps d'arrêt, puis reprit :

« Je m'explique : lui répondre, de quelque façon que ce soit, serait vous abaisser à son niveau de caniveau, et vous prendriez le risque de vous embourber dans un affrontement qui, d'une manière ou d'une autre, vous éclaboussera plus que vous ne l'êtes déjà. »

Il caressa de ses doigts fins l'enveloppe qu'il avait déposée à ses côtés :

« Au lendemain du premier tour, avec les informations que j'ai ici, Clément publiera dans son journal une tribune qui discréditera toutes les attaques dont vous aurez été la cible – car il y en aura d'autres, n'en doutez pas un instant, pires que celle d'aujourd'hui ; cette tribune scellera mieux que des clous sur un cercueil la perte d'Eugène de La Barre. »

Clément approuva :

« C'est un plan parfait, Georges. Vous restez au-dessus de la mêlée, et vous vous offrez ainsi une victoire sans tache, un triomphe d'homme d'État. »

Du Roy observa alternativement les deux hommes, puis il demanda à Siegfried, désignant l'enveloppe à côté de lui :

« Pourrais-je prendre connaissance de ces informations dont vous disposez pour juger de la fiabilité de ce que vous avancez ? »

Siegfried s'appuya contre le dossier de son siège et fixa longuement Du Roy. Dans cette attitude, les ombres qui creusaient son visage lui donnaient des allures de spadassin revenu d'entre les morts. Il caressa la barbe de son menton d'un geste dubitatif qui paraissait familier et répondit :

« Vous ai-je dit que la souscription publique pour le canal du Nicaragua sera officiellement lancée la semaine prochaine ? »

## 5

Du Roy regarda Suzanne, le visage enfoui dans les oreillers, son corps emmitouflé dans la chaleur des draps et le moelleux du sommeil ; il enviait sa capacité à dormir quelles que soient les circonstances, à s'extraire ainsi de l'existence et de ses vicissitudes. Son attitude exprimait une grande quiétude, cette sérénité lisse des rêveurs égarés dans les contrées lointaines des songes ; une grande vulnérabilité, également, une vulnérabilité dont la conscience, comme celle de la mort, fragilise à jamais la pérennité des nuits.

Georges tira sa montre à gousset de son gilet et l'approcha de la lumière tremblotante de la chandelle : six heures approchaient, l'insomnie lui tenait les yeux ouverts depuis bientôt trois heures ; il avait eu beau tourner et se retourner dans tous les sens, essayer de canaliser le flux ininterrompu de ses pensées, de le ralentir, de le tarir, son esprit n'avait cessé de repasser le déroulé de ces deux dernières semaines de campagne ; alors il s'était levé et habillé.

Il redressa la tête et croisa son reflet dans le miroir médaillon accroché au mur face à lui : malgré la fatigue et ses traits tirés, il affichait une figure calme, le masque impassible de l'homme qui contrôle ses sentiments et ses émotions ; sans doute les ombres projetées de la flamme adoucissaient-elles sa physionomie, car sous son épiderme à l'apparence placide, ses nerfs crépitaient d'une anxiété fiévreuse, tendus vers les résultats des suffrages qui ne tomberaient d'une manière certaine que tard dans la soirée.

Il enfila son manteau, souffla la bougie, ouvrit la porte de la chambre sans faire de bruit, descendit l'escalier aux marches grinçantes et sortit dans le matin naissant.

L'air frais et humide le fit frissonner. L'aube se dessinait timidement sur le monde toujours plongé dans la pénombre, seule la légère pâleur des nuages qui cahotaient dans le ciel trahissait le pas discret du jour qui s'avançait.

Il respira une longue goulée de cette vie encore assoupie qui s'éveillerait bientôt, remonta son col, enfonça les mains dans ses poches et suivit la pente de la colline en direction de la Seine. Une brume épaisse, laiteuse, inondait le fond de la vallée ; elle recouvrait le fleuve, l'amplifiait, débordant comme une crue, coulant entre la cime des arbres dont les branches émergeaient, çà et là, en des bribes de silhouettes décharnées et inquiétantes.

Marcher lui faisait du bien ; les mouvements coordonnés de ses bras et de ses jambes mettaient de l'ordre dans le flot anarchique de ses réflexions. Les dernières semaines avaient mis son calme à rude épreuve. Depuis le retour de son adversaire sur les terres normandes, de La Barre et lui s'étaient constamment croisés sur les marchés, dans les foires, les fêtes de village, à l'église, partout où il y avait des électeurs à séduire et à convaincre. Eugène de La Barre était un homme à l'allure raide, militaire, des favoris fournis moussant sur ses joues sèches, l'œil rogue, le torse bondé de mépris, un catholicisme rigoriste pour étendard moral ; il se déplaçait flanqué de son épouse, une femme austère, effacée, très pieuse et très engagée dans toutes sortes de causes locales désespérées, ainsi que de ses cinq enfants, bien peignés et bien sages, déjà vieux et sérieux comme leur mère ; un archétype de la famille française traditionnelle, qui se rend à la messe tous les dimanches, se signe, prie, communie, se confesse, n'a que les mots compassion et charité à la bouche, affiche une vertu chrétienne sévère dont elle n'applique en réalité que très peu les principes à ses propres mœurs. Un jour de début septembre, ne pouvant décemment l'éviter, Du Roy avait pris les devants et était venu le saluer ; mais le député sortant avait refusé de lui serrer la main, prétextant, après avoir toisé Suzanne avec hauteur et dédain, presque écœuré à sa vue, qu'il ne voulait pas se retrouver « enjuivé ». Au prix d'un effort considérable, Georges n'avait pas cédé à la tentation de lui fracasser le crâne avec le pommeau en ivoire de sa canne, pour lui rétorquer en souriant posément : « Nos administrés jugeront, Monsieur, de votre capacité à l'ouverture, à la tolérance et à la fraternité républicaine. » Le soir même, il rédigeait un éditorial élogieux et hautement favorable à la construction du canal du Nicaragua, parti en urgence par la poste du lendemain. Deux jours plus tard, il recevait un câble de Clément : « Poursuivons le plan. Copies des éléments en notre possession envoyés ce matin. »

Du Roy arriva à la lisière du brouillard. Il se retourna pour observer l'auberge et la maison de ses parents, dont les volets, restés tirés, abritaient jalousement le repos de ses habitants. Il fit ensuite quelques pas, se retourna de nouveau et ne vit plus rien que l'épais rideau vaporeux qui l'entourait comme le doute embrumait pour la première fois sa confiance en lui et en sa réussite.

Pourtant, il n'avait pas douté un instant de son succès quand il avait ouvert le pli contenant les documents dont Siegfried lui avait vanté la teneur lors de leur dîner avec Clément chez Lapérouse. Il avait d'abord été décontenancé par leur nature : il s'agissait en effet de lettres de change, de bordereaux bancaires et de bilans comptables où apparaissaient des mouvements de fonds dont il peinait à saisir la signification, ainsi que d'une photo d'Eugène de La Barre échangeant une chaleureuse poignée de mains avec un homme de petite taille, au visage replet et aux yeux perçants. Suzanne lui était venue en aide ; quand elle eut traduit en langage trivial ce que ces chiffres révélaient, il n'avait pu retenir un rugissement de joie.

Georges avançait à tâtons, suivant l'inclinaison naturelle du terrain et se guidant au léger clapotis de l'eau sur la berge. Il mit le pied sur un petit ponton, où étaient amarrés la barque et le petit bateau à voile de son enfance qu'il avait fait rénover. La Seine s'écoulait paisiblement, offrant une surface lisse dont le gris reflétait celui du voile humide qui l'enveloppait.

L'envie de divulguer ce qu'il savait sur son adversaire, pour lui arracher le manteau mité de son intégrité et dévoiler la vaste cafardise qu'il dissimulait, lui avait maintes fois brûlé les doigts et les lèvres, mais il avait résisté ; il s'en était tenu au plan, il avait continué de ne pas répondre aux perfidies dont de La Barre l'affublait et dont on lui rapportait la teneur. Rien n'est plus réjouissant que la perspective d'abattre son ennemi par les fautes dont il vous accuse. Aussi Du Roy était-il arrivé en deuxième position au premier tour du scrutin, laissant à de La Barre une avance suffisante pour qu'il puisse espérer en sa victoire et, ainsi bouffi de son propre orgueil, amplifier la bassesse de ses attaques. Le bonapartiste s'était alors rêvé en César normand, il avait paradé et péroré martialement à chacune de ses apparitions publiques, vomissant son fiel, convaincu que sa stratégie de dénigrement le conduirait à un triomphe digne d'un dictateur romain. Et puis Clément avait publié sa tribune à la une du *Glaive*.

Georges monta dans la barque et rama jusqu'à ce que la rive ait disparu de tous côtés. La luminosité montait dans le ciel, blanchissant la brume qui l'entourait, polissant la Seine qui prenait des allures de miroir.

Il sourit en repensant à l'éditorial et à son titre ironique, hâbleur comme le député de Vendée : « Vive la Normandie juive ! »

Le texte rappelait cruellement à de La Barre, s'il en était encore besoin, que la plume du tombeur des ministères était aussi redoutable que son épée, son pistolet et sa verve :

```
Mes chers compatriotes,

Des événements étranges se déroulent
depuis ces dernières semaines sur nos
belles plaines normandes ; étranges, parce
qu'indignes de la noblesse de cette terre
et de ses habitants, de leur histoire
tourmentée et héroïque à plus d'un titre.
On se souvient de Philippe Auguste et
de Richard Cœur de Lion, des croisades,
de Jean sans Terre et de la bataille
du Château-Gaillard, une époque où les
hommes s'affrontaient avec fierté, cou-
rage et honneur. L'époque actuelle n'est,
hélas, pas de la même facture ; non que
les enjeux d'aujourd'hui soient moindres
que ceux d'antan - une élection répu-
blicaine vaut bien un siège militaire -,
mais parce que l'un des deux principaux
combattants à la députation se vautre
dans ce que la politique peut produire de
plus abject : l'anathème personnel.
Or, la République, à la différence
d'autres régimes de basse-cour, repose
```

sur des confrontations de projets dictés par la raison et la passion de l'intérêt général, en aucun cas sur les passions flattant les plus vils instincts de l'être humain. Pourtant, un homme, ou devrais-je dire un pourceau tant cet infâme personnage semble aimer patauger dans la fange des idées, espère gagner les suffrages des électeurs normands en traînant son opposant dans la boue dont il se repaît.

Cet homme s'appelle Eugène de La Barre ; les seuls arguments que ce bonapartiste est capable d'avancer contre son adversaire républicain, M. Georges Du Roy de Cantel, se résument ainsi : Mme Du Roy de Cantel est d'ascendance juive par son père. Pour ceux qui n'auraient pas lu la tribune de M. de La Barre dans *Le Figaro*, voici en substance les conséquences qu'il en tire : par son épouse, M. Du Roy de Cantel est vendu au peuple élu dans le grand complot qu'il ourdit contre tous les autres peuples du monde. Que M. de La Barre ait la bêtise de céder à l'ignominie de l'antisémitisme regarde sa conscience férue de charité et de compassion chrétiennes, mais qu'il en fasse un argument électoral montre le caractère abyssal de son ignorance des valeurs de notre République, j'ai nommé la Liberté, l'Égalité et la Fraternité.

Comment peut-on prétendre siéger dans une Assemblée qui a fait de ces valeurs sa devise et agir de la sorte ? Mais surtout, que penser d'un homme qui ne s'applique pas à lui-même ce qu'il reproche à autrui ? Qui est en effet M. Eugène de La Barre ? Et plus important encore : d'où vient l'origine de sa fortune ? M. de La Barre est un industriel qui s'est enrichi dans le secteur du textile. Issu d'une vieille famille noble pourtant ruinée, il a fait des usines d'Elbeuf l'un des fleurons de notre industrie hexagonale en les modernisant grâce à l'énergie hydraulique et aux machines à vapeur. Une question reste cependant en suspens : avec quels fonds a-t-il réussi un tel tour de force ? Réponse : grâce au soutien de la banque Zylberstein[1].

Faut-il en conclure que M. de La Barre est vendu au prétendu « complot juif international » ? Faut-il en conclure, comme il l'a outrageusement fait au sujet de M. Du Roy de Cantel, qu'il œuvre en sous-main au remplacement de la Croix du Christ de la cathédrale de Rouen par l'étoile de David ? Faut-il en conclure qu'il brade les valeurs ancestrales de sa chère Normandie à la supposée cupidité sémite ? Au contraire, nous en conclurons que M. de La Barre a eu le souci d'assurer le développement économique du département dont il a la charge, d'assurer à ses administrés les bénéfices formidables du progrès. Quant à son association avec M. Zylberstein, nous conclurons selon les préceptes de nos pairs - Mirabeau en tête - qui avaient émancipé les Juifs en leur reconnaissant les mêmes droits que tous les citoyens français, quant à son association avec M. Zylberstein, dis-je, nous conclurons qu'il s'est allié avec un patriote audacieux, qui a su prendre des risques pour servir la grandeur de la France.

En revanche, nous conclurons également que la campagne calomnieuse menée par M. de La Barre contre M. Du Roy de Cantel relève de la plus insigne et de la plus infâme mauvaise foi qui ait sans doute jamais été. Et puisque le mariage de M. Duroy de Cantel avec une femme dont le père est d'ascendance juive faisait redouter à M. de La Barre l'avènement d'une Normandie tout aussi juive, nous ne saurions que trop lui recommander, s'il lui reste un soupçon d'honneur et de décence, de s'appliquer sa propre logique à lui-même, et par conséquent de se retirer de la course à la députation.

---
1. Nos lecteurs trouveront la reproduction des preuves de ce que nous avançons dans les pages suivantes de la présente édition.

**Penser à la tribune de Clément lui procurait le même ravissement que le jour où il l'avait découverte,**

une chaleur intérieure et une excitation nerveuse intenses, la joie carnassière des fauves rôdant autour d'un animal à terre dont ils vont bientôt dépecer la carcasse.

Suite à la parution du *Glaive*, au beau milieu des deux semaines séparant le premier et le second tour de scrutin, de La Barre s'était fait plus discret sur les marchés et les places des villages. Du Roy, lui, n'avait rien changé à la fréquence de ses apparitions ni dans son comportement ; quand on lui parlait des révélations du député de Vendée au sujet de son adversaire, il se refusait poliment à tout commentaire, arguant que seul l'intéressait l'avenir de la Normandie et des Normands, leur bien-être et leur prospérité, déroulant son programme à l'envi, répétant son attachement à l'intégrité morale des dirigeants, au gouvernement par l'exemplarité, soulignant la nécessité, dans un monde de plus en plus ouvert et relié par les échanges commerciaux, de se concentrer sur les savoir-faire locaux, de développer la qualité des produits régionaux afin de, justement, les exporter et profiter ainsi de ce grand mouvement à l'échelle internationale tout en affirmant leur identité.

Hier, il avait de nouveau croisé de La Barre sur les quais de Rouen, où il s'était rendu pour assister au déchargement d'un bateau en provenance du Havre. Du Roy se sentait à l'aise avec les marins et les ouvriers des docks ; il aimait la rugosité de leur caractère, la rudesse de leurs paroles ; et il leur répondait sur le même registre, comme lorsqu'il parlait aux Arabes en Algérie, avec leurs mots, des mots âpres, sans se départir de la politesse qu'un député doit témoigner en toutes circonstances à ses interlocuteurs, mais en restant ferme et droit, sans rien céder de sa posture, sans se laisser déstabiliser par des interpellations parfois brutales dans leur formulation. Les dockers respectaient cette attitude franche et virile ; aussi, lorsqu'ils virent de La Barre arriver vers eux, l'accueillirent-ils avec force sifflets et invectives, contraignant le bonapartiste à tourner bride, emmitouflé dans les oripeaux de sa dignité bafouée. À la fin de la journée, Georges les avait tous invités au Café de la Seine pour les remercier de leur soutien à grand renfort de tournées générales.

Le jour dissipait lentement le brouillard, de timides rayons de soleil, un soleil d'automne déjà pâle, tombaient en rais disparates sur la vallée et sur le fleuve, faisant miroiter d'un scintillement d'argent l'eau et les gouttelettes de rosée accrochées aux brins d'herbe. Il était huit heures et demie du matin. Ce soir, Du Roy serait enfin fixé, élu ou battu.

Il revint vers la rive, amarra sa barque et remonta d'un pas tranquille jusqu'à l'auberge. Les volets étaient ouverts ; les tintements des couverts qu'on dispose sur les tables lui parvenaient dans les replis de la brise matinale, signe de la vie qui s'éveillait et s'agitait en prévision de cette longue journée.

Arrivé au sommet de la colline, Georges se retourna et contempla le panorama qui s'étalait devant lui ; les nuages avaient repris leur teinte blanche cotonneuse, ils glissaient dans l'air à une allure débonnaire ; l'horizon était dégagé, déployant une vision profonde de la Seine qui s'égarait dans les lointains ; pour un peu, Du Roy aurait aperçu la silhouette du Palais-Bourbon. « Encore une marche, pensa-t-il, la toute dernière marche. »

Dans l'auberge, il trouva Suzanne attablée devant les restes de son petit déjeuner, biffant des listes de noms inscrits sur des feuilles, en rajoutant, griffonnant en biais dans les marges. Tout autour, le personnel s'affairait ; on déchargeait des cageots de légumes, de viandes, de volailles, on les vidait dans la cuisine, on empilait des caisses de vins contre les murs.

Georges embrassa Suzanne et s'assit en face d'elle.

« Bien dormi ?

— Très bien, et toi ?

— Peu.

— Tu vas gagner. D'ailleurs, j'ai besoin de ton avis sur différents sujets… »

Et elle déroula un ensemble de préoccupations à mille lieues de celles de son mari. Pourtant, il devait planifier la suite des événements pour, s'il gagnait comme il l'espérait, faire une entrée triomphale dans sa nouvelle vie. Un banquet était prévu dans l'établissement parental pour les habitants du village, ses appuis locaux, tous ceux qui pourraient avoir envie de venir célébrer sa victoire. Du Roy aurait pu rentrer directement à Paris après avoir voté et attendre chez lui le câble qui lui aurait annoncé l'issue du scrutin ; sur les conseils de sa femme, il avait convenu de fêter son élection sur la terre qui l'aurait élu afin de prolonger et de nouer plus étroitement les liens qu'il avait tissés pendant sa campagne. Le lendemain, en revanche, il recevrait le Tout-Paris chez lui, les invitations et les instructions pour Firmin devraient partir dès les résultats connus, même tard dans la soirée, il fallait donc décider qui serait ou non convié afin de n'oublier aucun de ceux qui l'avaient soutenu ni aucun de ceux dont il pourrait, dans un avenir proche, avoir besoin pour la continuation de son ascension ; et au milieu de cette masse de personnes à trier, il fallait également penser à ceux qui ne servent à rien mais dont on ne saurait se passer sans prendre le risque d'essuyer de mauvais échos dans les dîners en ville.

Les détails de cette organisation complexe les accaparèrent jusqu'au déjeuner, puis il fallut se rendre au bureau de vote.

Une fois son devoir accompli, en compagnie de Suzanne et des enfants, commença l'interminable attente.

Du Roy avait l'impression que le temps prenait un malin plaisir à s'étirer sur l'infinité de son axe, que les aiguilles de sa montre à gousset s'amusaient à le narguer en s'alanguissant sous le verre de leur cadran. Suzanne mobilisa encore son attention au sujet du choix des plats, des vins, des champagnes, des douceurs, des liqueurs pour leurs invités de ce soir et du lendemain, avant de l'envoyer se dégourdir les jambes et l'esprit dehors tant il avait du mal à se concentrer sur ce qu'elle lui demandait.

La fin de journée tombait sur la vallée, une lumière rasante allongeait les ombres, la pénombre rongeait patiemment le paysage et le fleuve qui jetait ses derniers reflets flamboyants. Des navires montaient et descendaient le cours d'eau, traînés par des barques à vapeur crachant une fumée blanchâtre.

Georges marcha jusqu'à la forêt et s'avança dans le silence épais que les feuillages abritaient. Il y régnait une senteur de terre mouillée, d'écorces et de taillis ; ce parfum frais et vieux des bois broussailleux, mêlé de la sève des branches, de l'herbe morte et moisie des fourrés. Il s'enfonça le plus loin qu'il put, jusqu'à ce que la luminosité, devenue faible, lui fît redouter de ne pouvoir rebrousser chemin.

Il faisait presque nuit lorsqu'il revint enfin à l'auberge. Tout le monde l'attendait dans un état d'euphorie fébrile : le décompte des bulletins avait débuté, et d'après les informateurs dont il disposait dans plusieurs bureaux de vote représentatifs, il caracolait en tête de l'élection. Le temps et la durée commencèrent à se brouiller ; les gens affluaient de plus en plus pour venir le féliciter à mesure que la rumeur s'affermissait, que l'implacabilité des chiffres consolidait son avance incontestable et que la simple probabilité de sa victoire se transformait en certitude. Quand onze heures sonnèrent, même si les résultats n'étaient pas encore officiellement confirmés par la préfecture, la messe était dite : Georges Du Roy de Cantel était élu avec presque 65 % des suffrages exprimés et triomphait d'Eugène de La Barre.

La fête dura tard dans la nuit. On dansa, on chanta, on but jusqu'à plus soif dans une ambiance champêtre et bon enfant. Du Roy ne s'enivra pas de son succès ; il afficha une figure humble et une attitude pénétrée par les responsabilités qui étaient à présent les siennes, soucieux de garder le contrôle de lui-même afin de toujours glisser le mot qu'il fallait à ses interlocuteurs ; mais en son for intérieur, il jouissait de sentir le cercle et la distance invisibles que dessinait autour lui le pouvoir qui était désormais le sien.

Le lendemain, en milieu de matinée, les Du Roy de Cantel montaient dans le train pour Paris. Une fois arrivés, la journée fila plus rapidement que la veille ; plus de deux cents personnes étaient en effet attendues, l'hôtel particulier de l'avenue du Bois-de-Boulogne bruissait comme une ruche des multiples préparatifs à terminer et du personnel engagé en renfort pour l'événement.

Suzanne dirigeait cet incessant ballet d'allées et venues avec la rigueur d'un chef d'orchestre alliée à la poigne d'un général d'armée, vidant un salon pour le transformer en salle de bal, agençant différemment les autres pièces avec les meubles retirés sans que cela brise leur harmonie originelle, choisissant l'argenterie en fonction de là où elle serait disposée, donnant des ordres en cuisine, vérifiant la qualité des aliments qui ne cessaient d'arriver par charrettes entières.

Lorsque le moment de se préparer arriva, Du Roy traversa le vaste salon d'hiver, où se déployaient de grands arbres des pays chauds abritant des massifs de fleurs rares. Sous cette verdure sombre, la lumière glissait comme une ondée d'argent, on marchait sur des tapis semblables à de la mousse entre deux épais massifs d'arbustes. Sous un large dôme de palmiers se dressait un bassin de marbre blanc sur les bords duquel deux imposants cygnes en faïence laissaient tomber l'eau de leurs becs entrouverts. Soudain, au milieu d'un bosquet de plantes singulières qui tendaient en l'air leurs feuilles tremblantes telles des mains aux doigts minces, Georges aperçut le *Jésus marchant sur les eaux* de Karl Marcowitch, toile autrefois acquise à grands frais et à grands bruits par son beau-père, et que Suzanne avait absolument tenu à récupérer le jour où Walter avait quitté Paris pour la Côte d'Azur suite à la décision de Virginie de se retirer au couvent.

Surpris de voir ce tableau en cet endroit, Du Roy passa par les appartements de sa femme avant d'aller revêtir son costume d'apparat.

Suzanne était assise à sa coiffeuse en train de se maquiller quand il entra :

« Tu es magnifique. »

Il l'embrassa dans le cou.

« Tu me chatouilles ! »

Leurs regards se croisèrent dans le miroir.

« Bonne idée d'avoir déplacé le Marcowitch dans le jardin d'hiver.

— N'est-ce pas ? Je trouve qu'il correspond à l'esprit de ce que nous fêtons. Et puis cela fera plaisir à papa de le voir ainsi exposé, cela lui rappellera de bons souvenirs.

— Tu as bien fait.
— C'est fou ce que le Christ tel qu'il est peint te ressemble.
— Je me souhaite une fin meilleure que la sienne !
— Moi, je te souhaite la même gloire et la même postérité. Pour le reste, n'aie crainte, tu as dépassé l'âge fatidique de la crucifixion ! »

Georges sourit à Suzanne, l'embrassa, partit s'habiller et prit place pour accueillir les invités.

La cour était illuminée par quatre globes électriques semblables à quatre petites lunes bleuâtres. Un magnifique tapis descendait les degrés du haut perron et, sur chacun, se tenait un homme en livrée. Dans le grand vestibule en marbre tendu de tapisseries, des valets débarrassaient les hommes de leurs manteaux et les femmes de leurs fourrures, révélant l'élégance stricte des smokings, les couleurs chatoyantes des robes qui se dispersaient dans l'hôtel particulier comme autant de papillons multicolores.

Dans la deuxième pièce, les Du Roy de Cantel accueillaient tout ce que Paris comptait de plus brillant et de plus influent : là, le président de la Chambre et son épouse ; là-bas, l'actrice qui embrasait les planches de la Comédie-Française ; dans le salon anglais, le ministre des Finances et sa maîtresse danseuse étoile à l'Opéra en pleine discussion avec un sénateur opportuniste flanqué de son mignon. Georges et Suzanne les saluaient avec une déférence familière, un mot choisi pour chacun d'eux. Du Roy recevait leurs félicitations avec modestie, leur enjoignant de profiter des réjouissances qu'il était heureux de partager avec eux.

Soudain, retentit la voix tonitruante de Clément :
« *Veni, vidi, vici !* »

Le député de Vendée tenait à son bras une actrice des Variétés qui faisait fureur cette saison.

Du Roy et lui se donnèrent une accolade virile et chaleureuse.

« Encore bravo pour votre victoire, Georges. Vous avez siphonné ce crétin de De La Barre. Grâce à vous, celui qui se rêvait César a fini Pompée ! »

Clément s'inclina ensuite devant Suzanne et lui baisa la main :

« Madame, vous êtes la lumière de notre nuit...

— Venant du plus beau parleur de France, je ne sais comment prendre un tel compliment...

— Si vous pouviez l'accepter comme l'hommage d'un ami sincère, vous me feriez passer au rang d'homme le plus heureux de France ! »

Une fois tout le monde arrivé, Georges et Suzanne se séparèrent pour passer de groupe en groupe.

Cinq salons se suivaient, tendus d'étoffes précieuses, de broderies italiennes ou de tapis d'Orient de nuances et de styles différents, portant sur leurs murailles des tableaux de maîtres anciens.

Tandis que Du Roy discutait avec son beau-père, très en verve de se retrouver à la capitale, il aperçut une femme entrer dans le jardin d'hiver ; sa silhouette lui évoquait quelque chose sans qu'il pût dire quoi ni se souvenir avec exactitude dans quelles circonstances il aurait pu la rencontrer.

Il confia Walter à Jacques Rival et s'éclipsa. Le temps d'échanger quelques paroles de convenance avec les convives qu'il croisa sur son chemin, et il entrait à son tour dans le jardin d'hiver.

Il ne la trouva pas tout de suite ; la pièce était sombre, les arbustes et les plantes exotiques absorbaient le brouhaha des salons dans leur moiteur et diffusaient une atmosphère invitant à parler plus bas, à adopter un ton proche des confidences.

Puis il la vit. Elle se tenait dos à lui, devant le *Jésus marchant sur les eaux*.

Du Roy frisa longuement sa moustache avec contentement et, discrètement, il s'approcha. À sa hauteur, il dit :

« Remarquable, n'est-ce pas ? »

Elle resta silencieuse, absorbée dans la contemplation du tableau.

Le cadre coupait le milieu de la barque où se trouvaient les apôtres ; l'un d'eux tenait une lanterne qui les éclairait à peine de ses rayons obliques et projetait toute la lumière sur un Jésus qui s'en venait. Le Christ avançait le pied sur une vague qu'on voyait se creuser, soumise, aplanie, caressante sous le pas divin qui la foulait. Tout était obscur autour de l'Homme-Dieu. Seules les étoiles brillaient au ciel. Les figures des apôtres, dans la lueur vague du fanal porté par celui qui montrait le Seigneur, paraissaient convulsées de surprise.

Sans détacher son attention de la toile, elle finit par répondre :

« C'est là l'œuvre d'un maître, une de ces œuvres qui bouleversent la pensée et vous laissent du rêve pour des années. »

Sur ces mots, elle se retourna.

« Je vous cherchais, Monsieur Du Roy de Cantel. »

Georges la dévisagea. Elle portait une robe plate bleu nuit qui soulignait sa taille gracile ; ses gants, taillés dans la même étoffe et du même coloris, remontaient sur ses manches, rehaussés d'une montre-bracelet au poignet droit ; ses traits étaient d'une finesse extrême, son visage racé, sa peau lisse et perlée ; ses yeux noirs fixaient Du Roy avec une rare intensité ; ses cheveux bruns, frisés et détachés, dégageaient quelque chose d'indompté et d'indomptable.

Georges cherchait en vain dans son esprit qui elle pouvait bien être.

Elle lui tendit la main :

« Mais pardonnez-moi, je suis une vraie sauvage et manque à tous les usages : je suis chargée de vous transmettre les félicitations de mon cousin, Siegfried de Latour. Il vous prie de bien vouloir excuser son absence, mais il a été retenu par une affaire urgente. »

D'un coup, Du Roy se souvint du tableau qu'il avait vu chez Siegfried le jour de la présentation de Lesseps et qui représentait cette femme sur une plage.

Il prit sa main et y déposa avec une prévenance toute particulière le baisemain de rigueur :

« Votre cousin est un être rare pour avoir eu la délicatesse de vous envoyer comme émissaire, Madame... ?

— Appelez-moi Salomé. Mon cousin m'a tellement parlé de vous et il vous tient en si grande estime que j'ai l'impression de vous connaître depuis toujours. »

Du Roy releva la tête. La jeune femme le fixait avec un sourire indéchiffrable :

« Connaissez-vous la photographie, Monsieur Du Roy de Cantel ?

— Georges, ayez la bonté de m'appeler Georges.

— Très bien. Connaissez-vous la photographie, Georges ?

— Mon épouse est plus au fait que moi de toutes les nouveautés artistiques.

— Un homme en charge de la destinée d'une nation telle que la France devrait se tenir informé des avancées techniques susceptibles de révolutionner l'avenir. Intéressez-vous à la photographie. Un jour, elle supplantera l'art figuratif et obligera la peinture à inventer des formes nouvelles. »

Son attention se reporta sur le Christ.

« C'est vrai qu'il vous ressemble. »

Du Roy la considéra avec étonnement.

« Pourquoi dites-vous cela ?

— C'est ce que disaient les personnes qui étaient là quand je suis arrivée. »

Georges lui offrit son bras.

« Puis-je vous faire les honneurs de mon humble demeure ?

— Malheureusement, quelqu'un m'attend déjà au Chat Noir. Une autre fois peut-être ? »

Elle lui tendit une dernière fois la main et Du Roy sacrifia de nouveau au baisemain de rigueur.

« Au revoir, Georges. »

Alors qu'elle s'éloignait déjà, il l'interpella :

« Où puis-je vous trouver ? »

Salomé se retourna.

« Je sais, moi, où vous trouver. »

Du Roy la regarda disparaître sans bouger. Il lui fallait cette femme, il la voulait, coûte que coûte.

# 6

Suzanne termina d'arranger la lavallière de son mari, recula de quelques pas pour vérifier l'ensemble, puis hocha la tête d'un air approbateur.

« Là, tu es parfait. »

Du Roy s'avança vers l'un des deux grands miroirs du vestibule pour juger de l'effet de sa personne : son costume noir tombait impeccablement, pas un faux pli ou une mauvaise cassure, son gilet soulignait sa taille virile, ses bottines vernies brillaient comme au premier jour.

Firmin l'aida à enfiler son manteau, lui tendit son haut-de-forme et sa canne. Du Roy sourit à son reflet, frisa sa moustache avec satisfaction ; il était prêt pour sa première séance à la Chambre.

Il se tourna vers Suzanne ; elle le rejoignit et l'embrassa.

« Profite bien de ce nouveau chapitre qui commence. »

Georges fit claquer ses talons en s'inclinant légèrement puis, sous le regard de son épouse, dévala le perron, traversa la cour gravillonnée d'un pas conquérant, franchit le portail et s'installa dans son

coupé carré, attelé de deux traits irlandais gris perle.
Il avait l'impression de flotter au-dessus du sol.
« Bonjour, Monsieur le député.
— Bonjour Jacques. »
Il n'eut pas besoin de préciser sa destination ; les rênes claquèrent et ils s'élancèrent sur l'avenue du Bois-de-Boulogne. L'affluence était moindre qu'aux beaux jours sur les trottoirs, les arbres se drapaient doucement de leur parure automnale, embrasant les rues de la ville de leurs coloris de feu, dernière illusion visuelle de chaleur avant l'entrée dans l'hiver.

La fraîcheur faisait regretter à Du Roy de ne pouvoir caracoler en cabriolet ; il avait tant envie d'être vu, de susciter l'admiration des piétons, d'attiser leur jalousie envers sa réussite, qu'on le reconnaisse et qu'on murmure sur son passage : « C'est Georges Du Roy de Cantel, le député ! » ; mais il savait que, même s'il s'était déplacé à découvert, il ne s'était pas encore suffisamment élevé sur l'échelle du pouvoir pour provoquer de telles réactions à sa simple apparition.

« Bientôt, se dit-il, bientôt... »

Ce matin, la perspective qui s'offrait à lui du haut des Champs-Élysées lui apparut encore plus stupéfiante que d'habitude. Il se sentait plus grand, plus puissant ; il lui semblait que les attelages s'écartaient devant le sien avec une déférence mêlée de crainte. Il aperçut une voiture décapotée sur la chaussée d'en face, basse et charmante, traînée au grand trot par deux minces chevaux blancs dont la crinière et la queue voltigeaient ; elle était conduite par une petite jeune femme blonde, une courtisane connue. Il ôta son chapeau et la salua depuis l'intérieur de son véhicule, rendant hommage à cette parvenue de l'amour qui étalait au mépris des convenances le luxe crâne gagné dans ses draps. Il partageait quelque chose de commun avec cette amazone sociale, un lien de nature, une consanguinité de parcours, l'appartenance à une même race, et il se promit de continuer à employer des procédés aussi audacieux qu'elle pour se hisser au sommet des nouvelles sphères où il faisait aujourd'hui son entrée.

L'équipage arriva place de la Concorde, laissa l'église de la Madeleine dans son dos pour poursuivre enfin le bond fabuleux qu'achevait Du Roy entre le portique de l'édifice religieux qui avait sanctifié son mariage et celui du Palais-Bourbon qui consacrait la suite de son ascension.

Il emprunta l'entrée réservée aux représentants de la nation et non celle dévolue aux journalistes ou au tout-venant du peuple. La solennité et la majesté du lieu, la beauté de la pierre et la magnificence du marbre s'accordaient à l'idée qu'il se faisait de son importance. Il marchait d'un pas sentencieux, les jambes ouvertes, martelant le sol de ses talons, le menton haut, le torse en avant, bombé de lui-même et de son succès, une attitude de guerrier victorieux arpentant un territoire conquis de haute lutte.

Il se rendit dans les salons où les députés attendaient avant l'ouverture de la séance. Les discussions étaient animées et malgré tout cordiales : là, Friand conversait avec le chef de file des bonapartistes ; là-bas, Clément s'esclaffait de son rire retentissant avec un socialiste ; rien dans leurs échanges ne laissait deviner les oppositions politiques qui étaient les leurs et qui, pourtant, se manifesteraient avec une véhémence extrême quand ils auraient pris place dans l'hémicycle, comme si leurs différends n'étaient qu'un rôle appris pour la pièce qu'ils interprétaient une fois en scène.

Du Roy se dirigeait vers Clément lorsqu'une voix retentit derrière lui :

« Je n'ai pas eu l'occasion de vous féliciter pour votre victoire. »

Georges se retourna et se retrouva nez à nez avec Eugène de La Barre.

« Je suis passé récupérer mes derniers dossiers. Vous avez mené votre campagne à la manière de la fourmi de la fable tandis que je chantais tout l'été. Bien joué. »

Après un temps de stupeur et d'hésitation, Du Roy serra la main que lui tendait son ancien adversaire.

« Merci.

— J'ai également fait mes compliments à Clément pour sa tribune troussée au sabre. La manœuvre et le coup étaient habiles, vraiment. Qui vous a renseigné sur l'origine des fonds qui ont servi à moderniser mes usines ? De Latour ? »

À l'évocation de Siegfried, Georges scruta de La Barre avec une attention redoublée.

« Le journaliste que je suis ne révèle jamais ses sources, j'espère que vous me pardonnerez cette déformation professionnelle.

— Ce de Latour est l'homme du moment, il était normal qu'il vous soutienne.

— Je n'ai pas dit qu'il s'agissait de lui.

— Et vous avez bien raison, c'est secondaire de toute façon. Mais si ce n'est pas de Latour qui vous a renseigné, rapprochez-vous de lui, il pourra vous être utile.

— Vous le connaissez ?

— Nous sommes en affaires, lui et moi, pour préparer ma candidature aux prochaines sénatoriales. La Chambre, c'est pour les passionnés et les ambitieux de votre âge. Au mien, on aspire à une carrière plus feutrée ! »

De La Barre éclata d'un rire sardonique.

« Bon, il est temps pour moi de céder la place. Présentez mes excuses à votre épouse pour les attaques dont elle a été la cible. Votre programme était tellement meilleur que le mien que je n'ai eu d'autre choix que de racler les fonds de tiroir visqueux de l'antisémitisme. »

Georges le dévisagea.

« Parce que vous ne l'êtes pas ?

— Pas le moins du monde ! Pour preuve, ma fille aînée se mariera l'été prochain avec le fils cadet des Zylberstein, mon banquier. »

Du Roy le fixa avec un étonnement évident :

« Alors pourquoi avoir joué cette carte-là pendant votre campagne ?

— Je vous l'ai dit : votre programme m'a coupé l'herbe sous le pied, j'étais d'accord avec toutes vos propositions ! Il ne me restait pas grand-chose pour vous combattre. L'antisémitisme m'offrait un double avantage : il est, hélas, de plus en plus à la mode, et il me permettait de ratisser le plus largement possible à droite en espérant capter quelques votes des socialistes les plus fanatiques. »

De La Barre désigna d'un geste circulaire l'assemblée des députés présents.

« Tout ça, c'est de la comédie, du théâtre pour épater la galerie. Mais ce n'est pas à vous que je vais l'apprendre, n'est-ce pas ? »

Clément, qui avait surpris de loin leur discussion, se joignit à eux :

« Toujours là, Eugène ? Décidément, tu ne peux plus te passer de moi ! »

Le tombeur des ministères serra la main de Du Roy en lui adressant un clin d'œil.

De La Barre coiffa sont haut-de-forme :

« Comment pourrais-je vivre sans toi et tes coups de gueule, Léon ? C'est pour avoir le plaisir de t'affronter de nouveau que je m'en vais de ce pas préparer mon entrée au Sénat.

— Je compte sur toi pour être digne de ton patronyme et me tenir la barre haute !

— Toujours ! »

Clément le regarda avec sa mine grivoise de mauvais garçon :

« Ce n'est pas ce que m'a dit ta femme !

— Pourtant ta maîtresse m'a dit le contraire !

— Laquelle ? »

Les deux hommes rirent ensemble. Puis l'ancien député prit congé et quitta le Palais-Bourbon.

Clément passa son bras autour des épaules de Du Roy.

« De La Barre a du panache dans la défaite à défaut d'en avoir dans la vie. Quant à nous, Georges, allons écrire l'avenir ! »

Et il l'entraîna à sa suite dans l'hémicycle.

Du Roy n'avait jamais vu la Chambre sous cet angle. Il fut presque déçu : autant depuis les tribunes, cette enceinte donnait le sentiment d'un gouffre sauvage et menaçant, prêt à broyer et à dévorer quiconque ne serait pas assez chevronné pour oser s'y aventurer, une arène où se jouaient la vie et la mort de la Nation dans une gigantesque corrida oratoire ; autant depuis le parterre où il se tenait maintenant, malgré la hauteur sous verrière, malgré l'ampleur des colonnes réunissant les étages des loges réservées aux journalistes et aux spectateurs, l'éventail des sièges paraissait encaissé, tassé, presque rabougri ; tout semblait plus petit, plus anodin, plus insignifiant. Il s'attendait à ressentir un véritable vertige, comme on en éprouve au pied de certaines falaises ou de certaines montagnes, qui obligent à se tordre le cou pour apercevoir leur inatteignable sommet, mais là, il avait tout juste l'impression d'être face à un quelconque amphithéâtre d'université.

Il prit place à quelques mètres de Clément, et la séance commença.

Le président leur souhaita la bienvenue, énonça l'ordre du jour, puis Friand monta à la tribune pour donner les grandes orientations des différents volets de l'action gouvernementale à venir : finances, travaux publics, marine et colonies, justice, postes et télégraphes, instruction publique, commerce et industrie, guerre, affaires étrangères. Vint ensuite le tour des ministres, ceux nouvellement nommés, ceux présents dans la précédente législature, dépositaires du même maroquin ou en charge d'un nouveau portefeuille. Leurs interventions respectives constituaient surtout des déclarations de bonnes intentions, des engagements consensuels, et n'étaient pas de nature à déchaîner les passions : prolongation d'une ligne de chemin de fer dans le sud-est du pays, construction de nouvelles routes dans le Nord, déploiement et renforcement du maillage du réseau téléphonique et télégraphique, consolidation de la flotte militaire nationale pour tenir la dragée haute aux Anglais, et autres sujets aussi techniques que spécifiques. Seules les questions liées aux relations diplomatiques avec l'Allemagne, aux droits des indigènes dans les colonies ou au statut des congrégations religieuses en rapport avec l'enseignement réveillèrent brièvement l'Assemblée de son étrange léthargie.

À la sortie de la session, Clément rasséréna Du Roy, dont la déception se lisait sur le visage :

« C'est la rentrée, Georges, tout le monde est un peu rouillé, chacun se remet de sa campagne, prend ou reprend ses marques. Et puis on ne s'attaque pas à des lignes de force générales, on attend le projet de loi pour s'écharper. Soyez patient, les grandes houles hivernales approchent ! »

L'hiver arriva, mais sans tempête ; tout au plus la Chambre fut-elle agitée de quelques bourrasques et remous qui n'émoussèrent en rien Du Roy ni ne lui permirent de se démarquer des autres députés.

Il découvrit surtout le caractère ingrat de son mandat, fait de commissions, de rapports, d'études, et pis, le temps perdu à Rouen dans sa permanence, à écouter les doléances, selon lui anecdotiques et dérisoires, de ses administrés. De toute façon, quelles mesures concrètes pouvait-il prendre contre le gel qui avait décimé les plantations de ce paysan et augurait de mauvaises récoltes ? Quel décret pouvait-il faire adopter par la Chambre pour empêcher l'abattage du pommier de cet homme dont les branches empiétaient sur le terrain de son voisin ? Quel réel poids aurait un courrier de sa part adressé au pape pour ce mari qui voulait divorcer de sa femme et se remarier impérativement à l'église ? Parfois, il se disait que ses électeurs le confondaient avec le maire ou, plus grotesque encore, qu'ils le prenaient pour un roi capable de guérir les écrouelles.

Il pensait :

« Quelle bêtise j'ai faite en promettant à ces nigauds de Normands de ne pas être un député fantôme, d'être présent parmi eux deux jours par semaine ! »

Les dimanches soir, il prenait le train pour sa circonscription avec ce sentiment pénible qu'éprouvent les écoliers à la veille d'une nouvelle semaine de classe, l'âme grise et lourde de l'ennui qui les attend. Les départs étaient sombres et maussades sur les quais baignés d'obscurité de la gare Saint-Lazare, le trajet lui apparaissait interminable, terne, de même que les heures passées dans l'appartement du rez-de-chaussée qu'il louait dans le centre-ville pour recevoir les complaintes abrutissantes de ceux dont il avait la charge, celles passées chez ses parents où il séjournait, creuses et sans surprise. Un découragement morne l'envahissait comme un crépuscule étendant une nuit sans fin sur le monde, une morosité de l'âme contre laquelle ses activités et ses fonctions à *La Vie française*, autrefois excitantes, ne lui apportaient aucun réconfort ; au contraire, elles nourrissaient son accablement tant l'actualité ne se préoccupait que de la rigueur exceptionnelle de l'hiver qui s'était abattu sur la France, préoccupations météorologiques qui le ramenaient sans cesse à celles qu'on lui soumettait en Normandie, et qui l'exaspéraient. Au plus profond de sa déréliction, il repensait à Salomé ; il ne savait où la trouver, elle ne lui avait donné aucun signe lui permettant d'espérer quoi que ce fût d'elle, et cette impossibilité d'agir sur les événements, de les provoquer, lui laissait une désagréable sensation d'impuissance qui accroissait sa désespérance.

Pour tuer cet abattement qui le rongeait, il marchait des heures durant dans les rues glaciales de la capitale. Il allait là où ses pas le portaient, sillonnant des quartiers en périphérie où il ne s'était jamais aventuré auparavant. La vague de froid qui sévissait sur le pays faisait des ravages : l'absence de neige alliée à la froidure extrême détruisait la majeure partie des céréales, répandant la misère et la famine ; la Seine était entièrement gelée ; même l'Algérie souffrait de températures négatives atteignant à Sétif jusqu'à −13 °C.

Au fil de ses déambulations, il fut frappé par le contraste entre ceux qui profitaient de ces conditions climatiques inhabituelles et ceux qui en souffraient. Les plus démunis peinaient à se chauffer, à se nourrir, grelottant à en mourir, se battant pour avoir une place la nuit dans les asiles, s'étripant dans les longues files des soupes populaires pour ne pas crever, tandis que les bourgeois jouissaient sans retenue des plaisirs du patinage, du fauteuil-traîneau et de la chaise à patins sur l'étang du bois de Boulogne, où les dames se montraient vêtues de longues robes chaudes, de manteaux de fourrure, de chapeaux doublés de laine, colorés et somptueux ; toilettes coûteuses et volumineuses qui, en cas de chute, provoquaient des tableaux cocasses et des éclats de rire joyeux. Au milieu de la Seine s'était installé un bar à vins qui attirait les nantis en quête de frissons, mais rapidement fermé par la préfecture, interdiction qui frappait désormais les passages et les glissades sur le fleuve parisien, la Marne et ses canaux.

Ce fut lors de ces errances que, début janvier, par un bel après-midi à l'air coupant, l'idée frappa Du Roy. Elle lui apparut comme un soleil dont les perspectives réjouissantes lui revigoraient l'esprit à mesure qu'il en suivait les rayonnements potentiels. Il la laissa reposer plusieurs jours afin de juger si sa force continuait d'irradier en lui et si elle ne recelait pas de zones obscures où il aurait pu s'abîmer. Pour confirmer son intuition, il emmena Suzanne et les enfants patiner le dimanche après-midi au bois de Boulogne. Il eut du mal à contenir sa joie de voir le ministre de la Justice juché sur des patins en compagnie de sa maîtresse, ou encore tel député radical ou tel autre orléaniste entourés de leurs familles, riant à gorge déployée, le visage rougi par l'effort et l'atmosphère polaire. Pour la première fois depuis son élection, il partit prendre son train pour Rouen le cœur battant, se sentant renaître de ses cendres, plus en vie que jamais, trépignant d'impatience de revenir pour mettre à exécution le plan qu'il peaufinait avec jubilation.

De retour le mardi soir, il soumit à Suzanne les détails de l'action qu'il envisageait de mener ; ensemble, ils reprirent sans relâche ce qu'il avait écrit pendant sa permanence jusqu'à ce que le mercredi, tard dans la nuit, ils en fussent pleinement satisfaits.

Le lendemain, sous le regard attentif de Clément, Du Roy prenait la parole à la Chambre des députés :

« Monsieur le Président, Monsieur le Président du Conseil, Messieurs les ministres, mes chers collègues,

« Si je m'exprime pour la première fois devant vous, c'est pour interpeller notre gouvernement sur un sujet dont on parle partout en France sauf entre les murs de cette auguste assemblée. Voici plusieurs mois déjà que je siège parmi vous. Je vous ai longuement observés, je vous ai écoutés avec attention pour me familiariser avec nos usages parlementaires et profiter de vos lumières sur toutes les questions cruciales qui sont abordées dans cette enceinte. Aujourd'hui, les circonstances extraordinaires que traverse notre pays m'obligent à faire violence à ma timidité naturelle et à sortir de ma réserve.

« Il n'aura échappé à aucun d'entre vous qu'un hiver particulièrement rigoureux souffle sur la France. »

Des rires éclatèrent de part et d'autre de l'hémicycle ; Du Roy entendit distinctement certains quolibets railleurs : « Tu n'as qu'à te couvrir, espèce de nicodème ! », « Demande donc à ta femme de te tricoter un pull ! »

Clément bondit sur son siège et rugit comme un tigre sur les brocardeurs :

« Les conditions climatiques qu'évoque notre collègue normand saccage la vie de millions de nos compatriotes ; par respect pour eux, laissez s'exprimer M. Du Roy de Cantel ! »

Un député boulangiste lança :

« Normand, mon cul ! »

Clément se tourna vers lui :

« Monsieur Michaux, venant d'un homme né dans les Hauts-de-Seine et élu en Savoie grâce à sa femme originaire de cette région, je pense pouvoir me considérer comme aussi basque que vous êtes savoyard ! »

Des applaudissements fusèrent pour saluer le coup de griffe porté par Clément.

« Et maintenant, laissons poursuivre M. Du Roy de Cantel. »

Du Roy remercia le député de Vendée d'un hochement de tête et reprit :

« Il n'aura échappé à aucun d'entre vous, disais-je, qu'un hiver particulièrement rigoureux souffle sur la France. En revanche, il me semble qu'aucun d'entre vous n'a remarqué à quel point cet hiver était ravageur et désastreux pour une immense partie de nos compatriotes. »

Des huées retentirent sur les bancs. Du Roy les laissa passer avant de continuer, un ton plus haut :

« Je suis peut-être l'un des seuls parmi vous qui aie réellement pris la mesure de la situation. J'ai sillonné les rues de notre capitale, j'ai arpenté les quartiers périphériques, je suis allé au-delà des boulevards extérieurs ; j'ai fait de même à Rouen, dans ses faubourgs et dans sa campagne ; partout j'ai vu se répandre la consternation et la misère ; partout j'ai vu des vies en sursis, soit parce que le gel avait détruit toutes les récoltes de la saison prochaine, soit parce que le froid s'insinuait jusque dans les berceaux de nourrissons trop fragiles pour résister à son funeste baiser ; partout j'ai vu les files des soupes populaires grossir comme au temps des grandes famines ; partout j'ai vu des hommes se battre pour un morceau de bois, s'entre-tuer pour un quignon de pain rassis ; mais nulle part, je dis bien *nulle part*, je n'ai vu un seul d'entre vous. Ou plutôt si... »

Une partie de la Chambre explosa en injures envers l'orateur tandis que l'autre se taisait face à sa propre négligence.

Du Roy resta imperturbable et poursuivit :

« Ou plutôt si : j'ai vu nombre d'entre vous se réjouir de pouvoir boire du vin chaud au milieu de la Seine, j'ai vu nombre d'entre vous patiner avec un bonheur manifeste sur l'étang du bois de Boulogne ; je le sais, j'y étais, et vous m'avez vu comme je vous ai vus, profiter allègrement de ces plaisirs dignes d'un autre climat que le nôtre. Je nous ai vus, nous, représentants de la Nation, nous dont le devoir est de servir nos concitoyens, nous dont le souci premier doit être le bien-être et le bonheur de nos compatriotes, je nous ai vus nous amuser sans penser un instant à ces milliers d'hommes, de femmes et d'enfants qui meurent chaque jour sous la dent intraitable de cet hiver aussi extrême qu'inhabituel. Pourtant, les journaux ne cessent de nous rappeler quotidiennement cette terrible réalité, et nous, nous persistons dans notre insouciance coupable. Au regard de ces circonstances extraordinaires et de notre inconséquence collective, quel est aujourd'hui notre devoir ? »

Plus personne n'osait lancer la moindre pique ou faire un quelconque bon mot à l'attention de son voisin. Tous sentaient où Du Roy voulait en venir.

« Vous l'avez compris, Messieurs, en des jours ordinaires, notre devoir serait de déposer une motion de censure contre l'actuel gouvernement. »

Un flot de murmures parcourut l'Assemblée. Du Roy le laissa s'essouffler avant de reprendre :

« Voilà, Messieurs, ce que nous devrions faire en des circonstances ordinaires. Mais à conditions exceptionnelles, mesures exceptionnelles. Déposer une telle motion ne ferait qu'aggraver la situation : le temps de former un nouveau gouvernement serait autant d'heures perdues à ne pas légiférer pour venir enfin en aide à nos concitoyens, et le remède serait pire que le mal. Je propose donc de bouleverser l'ordre du jour et de ne nous séparer qu'une fois prises les mesures d'urgence que notre pays réclame ! »

Un tonnerre d'applaudissements recouvrit la conclusion de Du Roy. Clément lui adressa un clin d'œil admiratif et lança une brassée de « Bravo ! » qui fleurit sur l'ensemble de l'hémicycle.

Les débats durèrent jusqu'à tard dans la soirée. La Chambre vota un crédit de deux millions pour nourrir les plus démunis ainsi que la transformation de plusieurs lieux publics en asiles de nuit chauffés et dotés de couchettes.

À la sortie de cette séance, Clément vint féliciter Du Roy :

« Vous vous êtes taillé la part du lion, et avec une noble cause. Je m'en vais de ce pas tresser les éloges du nouvel homme fort de France ! »

Et effectivement, le lendemain matin, le tombeur des ministères lui consacrait la une du *Glaive* comme, du reste, la grande majorité de la presse nationale.

La stratégie de Du Roy alliée à la plume effilée de Suzanne avait réussi au-delà de ses espérances : on louait à longueur de colonnes la prise de conscience publique et le sursaut républicain entraînés par son intervention ; et surtout, on saluait avec force admiration son attitude responsable consistant à ne pas céder à l'opportunité de renverser un gouvernement pour servir son ambition ou sa gloire personnelle, cette exemplarité dans la manière de servir l'intérêt général et non son intérêt particulier, cette honnêteté de s'inclure lui aussi dans l'incurie dont s'était rendue coupable la représentation nationale dans son ensemble. À l'exception de *La Libre Parole* d'Édouard Drumont et de quelques autres feuilles obscures à tendance antisémite qui minimisaient son triomphe, les conclusions étaient unanimes : M. Georges Du Roy de Cantel avait fait montre des qualités que l'on attend d'un véritable homme d'État. Pour l'opinion, il devenait ainsi hautement ministrable.

Lui et Suzanne fêtèrent dignement cette victoire en folâtrant une partie de la journée, puis Georges se rendit en fin d'après-midi à *La Vie française.*

Sur le chemin, malgré sa voiture fermée, il vit avec une satisfaction avide des promeneurs s'arrêter sur son passage.

« Je suis Georges Du Roy de Cantel, se disait-il, et je serai bientôt ministre ! »

Au journal, tous le congratulèrent ; sur son bureau l'attendait un monceau de câbles et de petits bleus, autant de compliments pour son succès de la veille, dont un mot de Friand qui lui témoignait sa reconnaissance pour la magnanimité dont il avait fait preuve en ne renversant pas son administration.

Le soir tombait. Du Roy relisait encore et encore ces mots flatteurs qui, un jour, lui demanderaient une faveur ; il s'en repaissait à l'envi lorsque François vint l'avertir qu'on demandait à le voir.

« C'est à quel sujet ?

— Cette personne n'a rien voulu me dire, elle ne veut parler qu'à vous et à vous seul.

— De qui s'agit-il ?

— Elle n'a pas voulu me donner son nom.

— Une femme ?

— Je ne saurais dire... »

Du Roy s'appuya contre le dossier de son fauteuil et observa son secrétaire de rédaction avec un air amusé.

« Voilà bien des mystères, mon cher François ! Je suis de bonne humeur, faites donc entrer... »

François s'éclipsa et, quelques instants plus tard, se tenait dans le bureau une silhouette vêtue d'une pelisse à capuche dont l'ombre dissimulait l'identité.

« À qui ai-je l'honneur de parler ? »

Des mains fines rabattirent la capuche et dévoilèrent le visage de Salomé.

« Bonsoir, Georges. »

Il se leva d'un bond et, avec des gestes confus et précipités, lui offrit de s'asseoir en face de lui.

« Que me vaut le plaisir de votre présence ?

— La joie de vous féliciter pour votre intervention d'hier à la Chambre. »

Du Roy inclina la tête en signe de remerciement.

« Quelque chose me dit que la courtoisie n'est pas la seule raison de votre visite, ai-je tort ? »

Salomé le fixa sans ciller :

« Enfin vous donnez votre pleine mesure, nous commencions à nous demander si nous avions eu raison de miser sur vous. »

Georges scruta son interlocutrice : elle était d'une beauté renversante. Il fit un effort pour ne pas perdre d'emblée le fil de la passe d'armes qui s'annonçait.

« Nous ?

— Siegfried et moi.

— À ce propos, comment se porte votre cousin ?

— Très bien, je vous remercie pour lui. »

Le regard de Salomé s'était assombri à la question de Du Roy.

« Vraiment ?

— Vous avez raison, je ne sais pas mentir. Siegfried est bien plus aguerri que moi à ce jeu de masques.

— Votre cousin aurait-il des ennuis ?

— Disons qu'il est quelque peu... préoccupé.

— Y a-t-il quelque chose que je puisse faire ?

— Il vous en parlera lui-même, le moment venu. »

Le député posa ses mains jointes sur le bureau.

« Il paraît que vous allez soutenir la candidature d'Eugène de La Barre au Sénat ; pourquoi ?

— La politique est la chasse gardée de Siegfried, pas la mienne. Moi, je lui apporte les têtes dont il a besoin. »

Georges ne put retenir un mouvement de stupeur.

« Ne faites pas cette mine, je faisais seulement allusion à la légende de mon prénom. La connaissez-vous ? »

Il hocha négativement la tête.

« Vous devriez lire plus que vous ne le faites, cela vous aiderait pour vos interventions à la Chambre. »

Du Roy fut piqué au vif dans son orgueil. Il n'avait jamais beaucoup lu, ou pour ainsi dire pas du tout. Les ambitieux de son espèce n'aiment pas qu'on leur rappelle leurs faiblesses.

Il sourit à la pointe acide de Salomé :

« Je compte sur vous pour me conseiller dans mes lectures.

— N'avez-vous pas une épouse pour faire votre éducation littéraire ? On la dit fort fine et fort cultivée.

— Ce serait plus instructif si vous vous en chargiez, ne croyez-vous pas ? »

Elle réfléchit un instant.

« L'idée de vous rendre plus humain par les lettres n'est pas pour me déplaire...

— Dois-je comprendre que vous acceptez ?

— Disons que je ne suis pas farouchement opposée à ce type de commerce entre nous. Connaissez-vous *Point de lendemain* d'un certain Vivant Denon ? »

Georges hocha de nouveau la tête de manière négative.

« Je ne suis pas étonnée, seuls quelques initiés connaissent ce conte libertin du XVIII<sup>e</sup> siècle. »

Au mot libertin, l'attention de Du Roy s'aiguisa.

« Et de quoi cela parle-t-il ?

— D'une femme qui enlève l'amant de sa meilleure amie pour une nuit clandestine de plaisirs. Un chef-d'œuvre de manipulation, et l'un de nos ouvrages favoris, à Siegfried et à moi, avec *L'Art de la guerre* de Sun Tzu.

— Très bien, je me le procurerai dès demain. »

Un silence s'installa. Salomé semblait soudainement absente, perdue dans le secret de ses pensées. Puis elle sourit et dévisagea Du Roy avec intensité :

« Auriez-vous par hasard des projets pour ce soir ? »

Georges la regarda, surpris de ce changement d'attitude et de ton.

« Aucun qui ne puisse être reporté. »

Salomé se leva.

« Alors avertissez que vous ne rentrerez pas souper. Et point de question, point de résistance. »

Du Roy obtempéra. Il rédigea à la hâte un petit bleu prévenant Suzanne qu'il était retenu pour affaires, confia le pli à son cocher, monta dans la voiture de Salomé qui l'attendait devant le journal et ils partirent pour une destination inconnue.

Georges nota qu'ils se dirigeaient vers les boulevards extérieurs ; quand ils y arrivèrent, Salomé tira une étoffe noire de sa pelisse et lui banda les yeux.

« À partir de maintenant, vous devez tout ignorer de notre itinéraire et conserver un silence absolu. Vous ne devez rien dire, rien me demander, seulement m'obéir. Si tel n'était pas le cas, tout se dissiperait plus rapidement qu'un songe. »

Ainsi plongé dans une cécité totale, Du Roy tentait de saisir le moindre bruit extérieur pour esquisser mentalement où ils pouvaient bien se trouver et où ils pouvaient bien se rendre. Ils filaient à vive allure, Georges ne percevait que le clapotement sourd des roues sur la route et, parfois, le hululement lugubre d'une chouette ou d'un hibou, preuve qu'ils évoluaient au milieu d'étendues de campagne bordées de forêts comme il y en avait des centaines une fois franchies les portes de la capitale. Le cahotement de la voiture le berçait, éteignant progressivement sa vigilance, le plongeant dans un état d'alanguissement contre lequel il cessa de lutter.

Alors qu'il s'assoupissait presque, leur train ralentit, il sentit le convoi tourner sur la droite ; au crissement de l'attelage sur des graviers, il comprit qu'ils entraient dans l'enceinte d'une propriété.

Salomé lui retira son bandeau.

« Je vous laisse admirer le lieu où nous sommes afin de nourrir votre imagination pour la suite des événements. »

Après ce long séjour dans une obscurité peuplée de formes confuses surgies de ses seules pensées, Du Roy plissa les yeux, ébloui par la lumière, pourtant faible, qui éclairait la façade du château devant lequel ils s'étaient immobilisés aux côtés d'une poignée d'autres équipages griffés d'armoiries mystérieuses. La pierre de la bâtisse, jaunie par les caresses répétées des siècles, prenait des teintes ocres et orangées sous l'effet de la luminosité feutrée que diffusaient des lanternes rouges.

En descendant, Georges fut saisi par le froid, plus intense et plus mordant qu'en ville.

Ils gravirent les marches du perron ; Salomé sonna, ils attendirent sans bouger ni parler, puis la porte s'ouvrit.

Une femme vêtue d'une robe à paniers en brocart bleu nuit brodé d'argent les accueillit sans prononcer le moindre mot dans un vestibule aux boiseries sombres et aux tentures chaudes, dorées par le clair-obscur que répandaient les rares chandeliers accrochés aux murs. Dans cette demi-pénombre, émergeaient des tableaux exhibant des corps féminins dévêtus dans des attitudes langoureuses.

Salomé murmura quelque chose à l'oreille de la femme, qui acquiesça et, une chandelle à la main, les précéda dans l'escalier menant aux étages. Les marches craquaient sous l'épais tapis à mesure qu'ils en gravissaient les degrés ; sur leur passage, la flamme du bougeoir faisait surgir des ténèbres des angelots et des peintures érotiques qui semblaient s'animer avant de s'éteindre de nouveau dans la nuit environnante.

On introduisit Du Roy dans une chambre dont le verrou extérieur coulissa derrière lui. La pièce était vaste et décorée dans des tons rouge bordeaux et rouge sang ; un immense lit à baldaquin trônait en son milieu, entouré de quatre grands miroirs sur pied ; un feu brûlait dans l'âtre.

Il fit quelques pas, détaillant certaines des toiles et des gravures qui décoraient l'endroit : leur propos était nettement pornographique, mettant en scène des femmes s'offrant sans réserve à des satyres en rut, à des hommes aux pieds fourchus, à tête de bouc ou de diable, tous dotés d'attributs démesurés, et dont les ébats dégageaient une impression de sauvagerie inquiétante.

Une porte dissimulée derrière un paravent s'entrebâilla sur le côté de la cheminée ; Salomé apparut avec une coupe de vin.

« Bois. »

Le tutoiement et le ton n'avaient rien d'une invitation ou d'une proposition. Georges s'exécuta sans poser de question.

« Déshabille-toi et allonge-toi. »

Il obéit.

Salomé se pencha au-dessus de lui et lui banda de nouveau les yeux.

« Tu ne retireras ce bandeau que lorsque tu seras autorisé à le faire. Les bras en croix maintenant. »

Du Roy prit la position exigée ; Salomé lui attacha les mains et les pieds avec des cordes qu'elle noua à chaque pilier du baldaquin. Il entendit ensuite le froissement d'une robe que l'on retire, puis plus rien.

Après d'interminables minutes plongées dans un silence uniquement rompu par les craquements du bois dévoré par les flammes, une main se posa sur lui, suivie d'une deuxième, d'une troisième, d'une quatrième, et de tout autant de bouches qui l'embrassaient.

Il essayait de se représenter combien de femmes l'entreprenaient de la sorte, mais leur vélocité ainsi que les frissons et les jouissances qu'elles lui arrachaient voilaient sa conscience, obscurcissaient sa raison envahie d'images chaotiques et décousues, où s'entremêlaient des silhouettes de faunes diaboliques, de femmes lascives, où se mélangeaient les souvenirs des femmes qu'il avait connues, et dont les lignes mouvantes reconstituaient, par bribes, celui de Salomé.

Il ne sut combien de temps dura cette orgie ni combien de fois il fut possédé sans relâche. Lorsqu'il fut porté au bord de l'évanouissement, tout s'arrêta.

Il reprit progressivement possession de son corps et de ses esprits ; en posant la main sur son front inondé de sueur, il comprit que les liens enserrant ses poignets et ses chevilles avaient été dénoués.

Il se redressa ; il sentait une présence. Il retira son bandeau et découvrit avec stupéfaction cinq femmes alignées devant lui. Elles étaient parfaitement immobiles, vêtues du même corset de velours bordeaux, des mêmes bas blancs, portant toutes le même masque à plumes.

Lentement, elles enlevèrent leur masque en le regardant fixement : de prime abord, elles se ressemblaient comme si elles eussent été identiques, mais à les observer avec plus d'attention, il remarqua d'imperceptibles différences dans chacune de leurs physionomies, et chacune de ses différences assemblées recomposait, d'une manière fragmentaire, le visage de Salomé.

Du Roy restait médusé, incapable de bouger ou d'articuler la moindre parole face à ce qu'il voyait. Il lui sembla entendre un rire retentir dans les lointains, un rire railleur et mauvais. Il essaya de se lever, mais la tête lui tournait ; il retomba sur le lit, et puis ce fut le noir.

# 7

La voiture de Du Roy s'immobilisa devant la gare d'Austerlitz.

Le ciel de ce début mai était d'un bleu limpide, les arbres du boulevard et du Jardin des Plantes étaient en fleurs. Après les rigueurs de l'hiver, les passants flânaient sur les trottoirs avec une insouciance retrouvée, la nonchalance des beaux jours, profitant des premiers vrais rayons du soleil, un soleil qui réchauffait la peau à travers les tissus des redingotes et les étoffes des robes. Certains hommes allaient tête nue, le chapeau à la main, s'offrant entièrement à l'air du printemps, tandis que les femmes protégeaient la pâleur de leur teint sous des chapeaux à bords larges ou sous des ombrelles colorées.

Jacques mit pied à terre et ouvrit la portière.

Georges descendit en plissant les yeux sous l'effet de la luminosité, coiffa son haut-de-forme, inspira profondément la brise tiède et la légèreté qui soufflaient sur la chaussée ; puis il se tourna vers son cocher :

« Trouvez-moi un porteur et disposez, vous allez avoir fort à faire ensuite avec Suzanne et sa réunion.

— Bien, Monsieur. »

Jacques s'éloigna. Du Roy fit quelques pas pour se dégourdir les jambes, tira sa montre à gousset de la poche de son gilet : son train partait dans un peu plus d'une vingtaine de minutes, il avait le temps.

Après son coup d'éclat à la Chambre, sa notoriété était doucement retombée, sa vie avait repris un rythme monotone entre sa permanence à Rouen, les séances au Palais-Bourbon, les commissions, les études, les rapports ; une apathie et une inertie moelleuses dont il cherchait depuis des mois à contrecarrer la fatalité.

Jacques revint avec un jeune homme râblé vêtu d'un bourgeron gris anthracite. Il ôta sa casquette pour saluer Du Roy avant de s'emparer des deux grosses valises à l'arrière du véhicule et de les charger sans peine apparente sur sa brouette.

« J'enverrai un câble à Suzanne une fois arrivé à ma première destination. »

Le cocher s'inclina.

« Bien, Monsieur le député. Je souhaite un bon voyage à Monsieur.

— Merci, Jacques. »

Suivi du porteur, Georges marcha en direction de la gare.

Avec le redoux, le dégel avait entraîné une crue de la Seine qui s'était élevée à un niveau inquiétant. Du Roy avait profité de cette nouvelle opportunité climatique pour rejouer l'intervention qui avait fait sa gloire durant les heures de grand froid, mais le phénomène s'était endigué de lui-même, il n'en avait retiré qu'un faible regain de publicité et de renommée. Depuis, il cherchait un sujet ou un événement susceptible de le mettre de nouveau sur le devant de la scène pour s'imposer définitivement comme ministrable et accéder enfin là où se situait le vrai pouvoir, dans cette sphère restreinte où les secrets d'État et le silence qui les accompagne se monnayent à prix d'or.

Georges entra dans la gare. Il n'était jamais venu à Austerlitz auparavant, comme il n'avait jamais voyagé dans l'Hexagone ailleurs qu'en Normandie ou sur la Côte d'Azur, à l'époque où il était parti soutenir Madeleine lors du décès de Charles Forestier. Il fut saisi d'admiration devant la grande halle métallique qui déployait à la manière d'un éventail dentelé le triomphe de la modernité. Il pensa avec envie à toutes ces fortunes qui s'étaient construites et continuaient de prospérer dans le secteur des chemins de fer, aux pots-de-vin que certains députés et certains ministres avaient dû palper pour laisser s'étendre ces grandes lignes de rails à travers le pays. Il regrettait de ne pas avoir été riche et puissant plus tôt pour prendre lui aussi sa part du progrès ferroviaire.

Le porteur posa un instant sa brouette et lui demanda :

« Quelle est votre destination, Monsieur ?
— Bordeaux.
— Si vous voulez bien me suivre, le quai est par là. »

Du Roy lui emboîta le pas. Il n'était pas mécontent de partir quelques jours dans le Sud-Ouest. Il avait besoin de changer d'air, de voir de nouveaux paysages, un nouvel horizon. Depuis cette étrange nuit avec Salomé, sa vie avec Suzanne lui paraissait d'une fadeur extrême. Pourtant, son épouse était toujours aussi enjouée et investie dans son ascension publique, mais ses attitudes de gamine l'agaçaient parfois, elles lui rappelaient celles qu'adoptait sa mère, Virginie, quand elle se donnait à lui ; un sentiment de lassitude le gagnait, il ne cessait de le ronger chaque jour davantage. Toutes ces simagrées conjugales lui semblaient d'une niaiserie confondante en comparaison de la cruauté raffinée de Salomé. Il avait maintes fois espéré un signe de sa part, qui n'était jamais venu ; elle ne lui avait laissé qu'un souvenir dont il finissait par douter de la véracité, il n'arrivait plus à savoir si ces ébats effrénés avaient été ou non une hallucination, ni si Salomé y avait réellement participé. Il s'était réveillé dans son bureau de *La Vie française* alors que l'aube embuait déjà les fenêtres, allongé sur la méridienne où il lui arrivait de faire un somme après un déjeuner trop copieux ou trop arrosé. S'était-il assoupi ici par inadvertance ? Avait-il rêvé la visite de Salomé, leur escapade dans ce château et ces femmes masquées ? Incapable de trancher nettement la question, il était rentré chez lui en feignant de revenir d'une promenade matinale suite à une mauvaise insomnie.

Le porteur chargea les bagages dans le compartiment de première classe, Georges lui donna une pièce de cinq francs qui réjouit le jeune homme, puis il monta dans le wagon.

Il se mit à parcourir la presse du jour et s'interrompit quand le train s'ébranla. Par la vitre, il regarda défiler la ville, l'observa se transformer en bourgades de maisons basses et de chaumières, de plus en plus clairsemées, jusqu'à ce que ne subsiste plus autour de lui que l'épaisse forêt d'Orléans.

À la suite de plusieurs entrefilets et articles plus fournis publiés ces dernières semaines, il s'attendait à être contacté par Salomé ou Siegfried. Des informations préoccupantes concernant la construction du canal du Nicaragua traversaient en effet l'océan Atlantique et commençaient à se propager, notamment sous la plume de Madeleine. On écrivait que des fièvres avaient décimé une grande partie de la main-d'œuvre locale, répandant parmi les autochtones la superstition qu'une malédiction frappait le chantier ; on prétendait que les fonds levés grâce à la grande souscription publique que Du Roy et tant d'autres avaient soutenue dans leurs colonnes étaient déjà épuisés, que les travaux étaient à l'arrêt, augmentant jour après jour le déficit de l'entreprise et laissant planer le spectre inquiétant d'une possible banqueroute. Aussi n'avait-il pas été surpris de recevoir un câble de Siegfried lui demandant s'il pouvait s'absenter quelques jours de Paris pour le rejoindre dans sa propriété de Linxe, dans les Landes, où il s'était retiré pour soigner l'asthme qui l'assaillait lorsqu'il respirait trop longtemps l'air vicié de la capitale. Georges avait réservé sa réponse ; puis, après réflexion, poussé par Suzanne qui s'émouvait toujours de la santé fragile de ses semblables et savait ce que Siegfried avait fait pour son mari, il avait répondu favorablement à l'invitation. Si la situation au Nicaragua était aussi problématique qu'il avait cru le deviner entre les lignes des papiers qu'il avait lus, voire pire, il pourrait sans aucun doute tirer un bon prix de l'aide que Siegfried devait attendre de lui, un beau maroquin de ministre. « Et puis, se disait-il avec agitation, peut-être Salomé sera-t-elle auprès de lui ? »

Quand il eut passé la ville de Tours et la Loire, ce fleuve aux mille îles, le plus long de France, aux courants et aux bras morts si dangereux malgré son apparente placidité, il déjeuna au wagon-restaurant et, de retour dans son compartiment, il s'assoupit.

Il se réveilla en gare de Poitiers, l'esprit engourdi d'avoir trop dormi dans une position inconfortable. La végétation et le caractère changeant du ciel, presque torturé, lui rappelaient la Normandie ; seule l'architecture des habitations, avec leur pierre crayeuse et leurs toits en tuiles, indiquait qu'il était loin de sa circonscription natale.

Il dépiauta tous les journaux du matin dans leurs moindres détails pour tuer le temps de ce trajet interminable. Ils l'occupèrent jusqu'aux abords d'Angoulême, fièrement juchée sur son éperon rocheux qui lui avait permis de résister à tant de sièges à travers l'histoire.

Le jour tombait, embrasant une campagne aux allures nouvelles pour Du Roy, plus douce, plus ronde ; une campagne discrètement vallonnée, quadrillée de vignes feuillues à mesure qu'il approchait de sa première destination. La lumière était plus chaude, plus ocre, annonçant un autre Sud, différent de celui de la Côte d'Azur, un Sud moins rocailleux, moins aride, un Sud à la terre humide, fertile, et dont l'air était gorgé d'iode, fouetté par les embruns, tendres ou féroces, de l'océan.

Georges prit *Point de lendemain* dont Salomé lui avait tant vanté la lecture ; lecture à laquelle il s'était essayé sans succès à plusieurs reprises. Il restait hermétique à cette langue, pourtant si affilée, qui lui paraissait aussi précieuse qu'absconse. Une fois de plus, il abandonna, rageant contre lui-même, contre son manque de culture et son incapacité à l'étude.

Dehors, des hameaux et des bourgs fleurissaient à l'approche de la capitale du Sud-Ouest ; la Garonne dévidait son lit sombre et boueux, encore plus assombri sous les derniers feux du crépuscule qui étendait son empire de nuit et de ténèbres. Lorsque le train traversa la passerelle Eiffel pour enjamber le fleuve, la masse noire de la cité se découpait en ombres chinoises sur l'horizon rougeoyant avec des allures gothiques et spectrales.

En gare de Bordeaux, un porteur et un cocher envoyés par Siegfried le prirent en charge pour le conduire à son hôtel du centre-ville. Les rues étaient désertes, un caractère immuable transpirait des murs, comme si le temps s'était suspendu, comme si le présent s'enroulait sur lui-même ou sur l'axe immobile du siècle précédent.

Il dîna sobrement, se coucha dans la foulée et s'effondra dans un sommeil de plomb. Le lendemain matin, à la première heure, il reprenait un train en direction de Bayonne.

De nouveau, il eut l'impression d'entrer dans un monde inconnu et une temporalité différente. Des rangées régulières de pins s'étendaient à l'infini tout autour de lui, le vert profond de leurs aiguilles saillait sur le bleu du ciel, net et dur, lessivé par les vents chargés d'air salin ; leurs troncs étaient pour beaucoup entaillés au flanc, blessures en dessous desquelles de petits pots coniques en terre cuite recueillaient la sève palpitante sous l'écorce. Le sol, tapi de fougères, d'herbes sèches et de flaques d'eaux, scintillait de sable blanc, immixtion du rivage marin dans cet univers végétal et forestier. Ce paysage essaimait une douceur monotone, une langueur paisible et délicieuse ; il distillait en Du Roy une sérénité inédite, un calme inhabituel et pourtant enivrant.

Georges descendit en gare de Laluque, où l'attendaient un attelage et son cocher, un Landais à la carrure imposante, bourru, coiffé d'un béret, sabots aux pieds ; après avoir emprunté des chemins de terre chaotiques, Du Roy arriva enfin à Linxe.

La demeure de Siegfried était stupéfiante, elle tranchait fortement avec les fermes rustiques alentour. Dissimulé derrière d'épais feuillages d'arbres centenaires, se cachait un château dont la toiture en ardoise et les tourelles pointues rappelaient ceux de la Loire construits sous la Renaissance.

Georges fut accueilli par une femme sans âge, à l'accent rugueux, aux mains calleuses et au visage parcheminé, la peau burinée par le soleil. Elle lui proposa une collation pendant que le cocher montait ses affaires dans les appartements qui lui étaient réservés.

« Siegfried est aux écuries, il vous fait dire de vous installer et de faire comme chez vous. »

Du Roy se restaura dans une salle à manger décorée de tentures bordeaux, de meubles bruns et massifs, de tableaux représentant des scènes de vie de la région ou des portraits d'hommes et de femmes, probablement des ancêtres du maître des lieux. Malgré les objets du décorum, choisis et agencés avec goût, ce séjour dégageait une atmosphère brute, authentique, à l'image des pins rectilignes s'étirant à perte de vue.

Georges monta ensuite dans sa chambre pour défaire ses bagages. La pièce était vaste et haute, meublée à l'instar du reste du château, avec des boiseries sombres tempérées par des bibelots raffinés aux couleurs claires et vives. Les fenêtres, encadrées de lourds rideaux rouges, ouvraient sur un parc boisé et se fermaient avec des volets intérieurs. Il rangea ses vêtements dans une armoire aux robustes proportions, puis il s'allongea un instant sur le lit à baldaquin taillé dans un bois massif et vernis. Enfoncé dans le moelleux des édredons, il se laissa gagner par un sommeil sans rêve.

Un hennissement le réveilla en sursaut. Il se passa la main sur le visage comme pour en retirer les poussières de son assoupissement, se leva et regarda par les croisées. Il remarqua alors un enclos qu'il n'avait pas vu auparavant, où évoluaient deux hommes et un cheval à la robe noire, à la silhouette racée et puissante.

Il sortit et marcha jusqu'à l'endroit où se trouvaient Siegfried et un grand gaillard aux cheveux grisonnants. Le pur-sang trottait sous la longe et les ordres du colosse qui lui intima de passer au pas et de s'arrêter. Siegfried s'approcha. Ses mouvements étaient souples, calmes, sans crainte ni peur. Quand il fut tout proche, il leva doucement le bras, avança sa main vers le cheval, qui eut un brusque mouvement de recul. Siegfried attendit, impassible. Il réitéra les mêmes gestes avec assurance et précaution, se mit à le caresser, d'abord le museau, puis l'encolure, la crinière. Avec une extrême lenteur, il détacha la longe, le caressa encore, du garrot à la croupe ; l'autre homme le rejoignit et lui donna la selle ; Siegfried la plaça délicatement sur le dos du fier destrier et la sangla sous son ventre ; puis il prit le licol en cuir, introduisit le mors dans la bouche de la bête qui secoua nerveusement la tête, frappa du sabot le sol poussiéreux, mais Siegfried lui imposa le respect d'une voix ferme et sans appel. Il termina d'ajuster le mors avec soin et fit face à l'étalon ; il le fixa avec une expression franche et déterminée avant d'envelopper les bras autour de son cou et de le tenir ainsi un long moment enlacé. Enfin, il contourna sa monture, s'assura les rênes dans une main, mit délicatement son pied dans l'étrier et, d'un coup, il monta. Le cheval se cabra, rua violemment pour désarçonner le cavalier ; Siegfried tenait bon, le regard dur et enflammé, son corps frêle, tendu à l'extrême, faisant montre d'une force et d'une autorité peu communes pour son gabarit. La lutte dura, puis elle se fit moins acharnée, jusqu'à ce que l'animal reconnût la domination de l'homme qui le chevauchait.

Le gaillard aux cheveux grisonnants suivait Siegfried des yeux avec un air approbateur ; Du Roy observait la scène avec une admiration réelle pour ce qu'il venait de voir, surpris et soufflé de découvrir en Siegfried, derrière ses manières et ses apparences si précieuses, un homme au tempérament masculin si affirmé.

En descendant, Siegfried échangea une accolade virile avec le colosse :

« Magnifique travail, Aimeric. Il sera bientôt prêt pour galoper dans les vagues ! »

Il retira ses gants et vint échanger une poignée de main avec Du Roy :

« Georges, heureux de vous accueillir sur mes terres. »

Du Roy désigna le pur-sang de la tête :

« Impressionnant.

— Je pourrais vivre au milieu des chevaux, eux seuls me ramènent à l'essentiel. Un jour je quitterai le cirque des vanités qui est le nôtre pour me retirer ici. Avez-vous fait bon voyage ?

— Excellent.

— Le trajet est encore un peu long, mais le progrès réduira bientôt les distances et le temps. Je dois encore m'occuper d'Équinoxe avant de me rafraîchir. Nous nous voyons pour le dîner, à huit heures ? »

Du Roy fronça les sourcils :

« Équinoxe ? »

Siegfried sourit :

« Le cheval. »

Georges comprit et sourit à son tour. Siegfried remit ses gants et s'éloigna :

« À ce soir, huit heures ? »

Du Roy acquiesça :

« Huit heures. »

À l'heure dite, il retrouvait Siegfried assis dans un fauteuil du salon, en train de lire et de siroter un verre de vin rouge devant la cheminée. Le maître des lieux se leva pour l'accueillir :

« Bien remis de votre périple ?

— Remis et revigoré par le bon air de votre région !

— Attendez de voir l'océan, vous en reviendrez en homme neuf ! »

Il contourna un grand sofa et ouvrit un coffre de marin.

« Un verre ?

— Volontiers.

— Que buvez-vous ?

— Comme vous, ce sera parfait. »

Siegfried servit Du Roy.

« Trinquons : à vos futurs succès ! »

Du Roy leva son verre.

« Et aux vôtres, cher Siegfried. »

Ils trinquèrent. Georges but une gorgée de vin.

« Fameux. »

Siegfried inclina la tête.

« Château Latour, 1848.

— Des parents à vous ?

— Nullement. Mais mon père les a aidés autrefois à la suite d'une mauvaise récolte. »

Siegfried l'invita à s'asseoir. Georges s'installa dans le sofa.

« Alors, pourquoi m'avez-vous demandé de venir jusqu'ici ? Je suppose que ce n'est pas simplement pour me faire découvrir la beauté des Landes ; je me trompe ? »

Siegfried posa son verre sur la table basse qui les séparait.

« Toujours rapide en besogne... Le secret de vos victoires multiples, si je ne m'abuse ?

— Que voulez-vous dire ?

— Nous nous connaissons peu, Georges, et pourtant je vous apprécie. J'aime les hommes qui savent ce qu'ils veulent et se donnent les moyens de réussir ce qu'ils entreprennent. Profitons donc d'être retirés du monde et de son agitation pour faire plus ample connaissance, qu'en dites-vous ? »

Les deux hommes se jaugèrent à la manière de deux duellistes. Du Roy s'enfonça dans la mollesse des coussins et croisa les jambes.

« Que voulez-vous savoir que vous ne sachiez déjà ?

— La vérité : comment vous êtes-vous hissé si haut en si peu de temps ? Votre ascension si rapide est une énigme pour moi.

— Je ne suis pas allé aussi vite que vous le prétendez. Voilà presque dix ans que je travaille à mon élection.
— Oui, mais avant ?
— Avant ?
— Quand vous êtes rentré d'Algérie et que vous vous êtes installé à Paris. En à peine trois années, vous êtes devenu le numéro deux de *La Vie française* et vous avez épousé l'un des plus beaux partis de la capitale. »

Georges fit tournoyer le nectar velouté avec un demi-sourire évasif.

« Disons que j'ai eu beaucoup de chance.
— Je ne crois pas à la chance. Vous avez su saisir les opportunités qui s'offraient à vous, les créer au besoin. Je respecte cela. »

La femme sans âge qui avait accueilli Du Roy annonça que le dîner était servi.

Siegfried se leva.

« Merci, Élina. »

Les deux hommes passèrent à table dans la salle à manger. La conversation dériva une bonne partie du dîner sur des sujets ayant trait à cette région que Georges découvrait, à son économie, à son administration, à ses habitants.

Quand Élina leur apporta les fromages du pays, Du Roy demanda :

« Et vous, Siegfried, parlez-moi de vous. Si je suis une énigme, vous, vous êtes un mystère. »

Siegfried les resservit en vin.

« Je crains de vous décevoir. Ma vie n'a rien de bien palpitant.

— Si jeune et déjà si influent, permettez-moi d'en douter.

— On a l'âge de ses blessures, pas de ses artères. Certains événements vous font vieillir prématurément et vous privent de votre jeunesse. Que voulez-vous savoir exactement ?

— Comme vous, la vérité. Qui est donc Siegfried de Latour ? »

Les yeux de l'intéressé furetèrent à travers la pièce, puis il s'appuya contre le dossier de son siège.

« Je suis né et j'ai été élevé ici. Mon père a fait fortune en achetant dans toute la France des hectares de terrain dont personne ne voulait. Il ne les a pas acquis au hasard ou pour le plaisir de s'endetter, non. Grâce à son entregent et à certaines de ses relations, il s'était procuré les tracés des différents projets de construction et d'extension des lignes de chemin de fer. Les compagnies qui en ont obtenu la concession ont ensuite dû lui racheter ses terres à des prix plus que satisfaisants. Cela leur coûtait moins cher que de modifier le trajet ferroviaire, et mon père réalisait d'excellentes plus-values, qu'il a fait prospérer en les investissant dans les actions de ces mêmes compagnies avant de les leur revendre. »

Georges salua l'ingéniosité de la manœuvre.

« Astucieux.

— Je dois à mon père mon sens des affaires basé sur la prédation réciproque.

— "La prédation réciproque" ?

— C'est une théorie qu'il avait développée, inspiré par ses lectures de Sun Tzu. Selon lui, une bonne affaire ne consiste pas à prendre le plus possible pour soi seul, mais à faire en sorte que chacune des parties trouve son compte aux dépens de l'autre, sans que la vie de quiconque ne se retrouve en péril. Chacun perd quelque chose pour gagner autre chose. C'est cela qu'il appelait "la prédation réciproque". C'est ce que nous avons fait avec votre élection : vous avez soutenu la souscription publique pour le canal dans votre journal, je vous ai donné des informations sur votre adversaire qui vous ont permis d'être élu.

— Votre père vit toujours ?

— Ma mère et lui sont morts il y a quelques années, emportés tous les deux par le croup durant l'un de leurs voyages dans le nord de l'Europe.

— Je suis désolé. »

Siegfried soupira.

« Je tiens d'eux ma faiblesse respiratoire, raison pour laquelle je reviens souvent me ressourcer ici. L'iode et l'air marin me sont bénéfiques. Même si j'ai peu connu mon père, qui partait beaucoup et longtemps pour ses multiples activités, j'ai vécu une enfance heureuse entre ces murs. Ma mère était une femme dure, mais juste. Je lui dois mon caractère déterminé, à elle et à Aimeric que vous avez vu cet après-midi ; il a été un second père pour moi. Lui et le précepteur jésuite que nous avons eu, Salomé et moi. C'est d'ailleurs un missionnaire jésuite qui a traduit pour la première fois Sun Tzu au XVIII$^e$ siècle. Comme vous le voyez, tout se tient. »

À l'évocation de Salomé, Du Roy ne put dissimuler son intérêt.

« Votre cousine a été élevée ici, avec vous ?

— Vous êtes bien curieux, Monsieur Du Roy de Cantel...

— La curiosité est le vice des journalistes, et chez moi le journaliste n'est jamais loin du député. »

Siegfried posa ses mains jointes sur la table.

« Salomé a perdu ses parents à l'âge délicat où une fille devient une femme.

— De quoi sont-ils morts ?

— Mon oncle a disparu en mer, un accident ; pourtant c'était un marin aguerri. Sa femme, la mère de Salomé, s'est laissée dépérir, elle est morte de chagrin. De toute ma vie, je n'ai vu deux êtres s'aimer autant que mon oncle et ma tante. Mes parents ont recueilli Salomé après cette double tragédie et l'ont élevée comme leur propre fille. Ma cousine ne s'est jamais totalement remise de cette épreuve. Elle en a conservé un caractère à la fois taciturne et exubérant, sauvage et imprévisible. Elle ressemble au cheval que vous m'avez vu monter cet après-midi : fière, indomptable, ne désirant sans doute rien de plus que d'être domptée. »

Le dîner terminé, ils revinrent au salon. Ils prirent un cigare et Siegfried leur servit un armagnac.

« Maintenant que nous sommes plus intimes, Georges, j'ai une faveur à vous demander. »

Du Roy inhala une longue bouffée du havane. Ils avaient jusqu'à présent ferraillé à fleurets mouchetés, l'heure d'échanger de réelles passes d'armes commençait.

« Je vous écoute.

— Comme vous le savez, la construction du canal du Nicaragua rencontre quelques difficultés.

— J'ai lu en effet deux ou trois articles plutôt préoccupants sur le sujet. »

Siegfried eut un geste comme s'il balayait d'un revers de main les papiers en question.

« C'est moi qui les ai tous informés ; pas directement bien sûr ; ces plumitifs n'auraient jamais rien su sans les éléments que j'ai accepté de laisser filtrer à leur intention. »

Il but une gorgée d'armagnac.

« La situation est pire que ce que vous avez pu lire. L'entreprise est au bord de la faillite, mais j'ai un plan pour sauver ce projet. »

Georges contemplait avec admiration les circonvolutions habiles qu'empruntait Siegfried pour enrober sous un jour flatteur la proposition qu'il avait à lui faire.

« Et en quoi consiste ce plan ? »

Siegfried se cala plus confortablement dans son fauteuil.

« Connaissez-vous les emprunts à lots, Georges ? »

Du Roy hocha négativement la tête.

« Ce sont des emprunts basés sur l'émission d'obligations qui rémunèrent leurs souscripteurs à la fois d'une manière classique et par des tirages au sort périodiques de lots sur les obligations émises. »

Devant la mine dubitative de son interlocuteur, Siegfried précisa son propos :

« Imaginons par exemple des obligations à lots émises par une compagnie ferroviaire. Dans ce cas, leurs souscripteurs pourront, outre le rendement normal de leurs obligations, gagner des bons kilométriques sur le réseau ferré français.

— Je vois.

— Cette pratique n'a pour l'instant été que peu mise en œuvre, et cependant les rares opérations de cette nature ont toutes conquis très vite les faveurs du public. Il s'agit de faire de même pour le canal du Nicaragua. C'est là que vous intervenez. »

Du Roy le considéra avec étonnement.

« En quoi la Compagnie du canal pourrait-elle avoir besoin de moi pour émettre ces obligations ?

— Pour une raison extrêmement simple : cette émission n'est possible qu'avec une loi spécifique votée par le Parlement. »

Du Roy comprit instantanément.

« Soit, vous avez ma voix.

— Mais j'espère beaucoup plus que votre vote à la Chambre, Georges. »

Les deux hommes se dévisagèrent.

« Qu'attendez-vous de moi exactement ?

— Que vous convainquiez le plus de personnes possible de soutenir une telle loi : députés, sénateurs, patrons de presse ; il faut que ce projet soit renfloué avec l'assentiment du plus grand nombre. »

Du Roy écarta les bras dans un geste d'impuissance.

« Et comment voulez-vous que je réalise un tel miracle ?

— En les achetant. »

Georges regarda Siegfried avec des yeux éberlués.

« En les achetant ?

— Pas avec votre argent, je vous rassure. La Compagnie du canal vous allouera une enveloppe importante. Tout le monde a un prix, à vous de nous dire celui de ceux que vous approcherez.

— Je croyais que la Compagnie était au bord de la faillite ?

— Certaines personnes ont trop à perdre dans l'arrêt de ce canal, elles sont donc prêtes à puiser dans leurs cassettes personnelles, qui sont loin d'être vides ou insignifiantes, vous pouvez m'en croire. Et puis les dirigeants de la Compagnie emprunteront pour se rembourser ensuite avec une partie des sommes gagnées grâce à la loi que vous aurez fait adopter. »

Du Roy évalua la faisabilité d'une telle entreprise.

« Qu'ai-je à y gagner ? »

Siegfried sourit.

« Dix millions. »

Georges feignit l'impassibilité.

« Je ne suis pas dans le besoin financier. »

Siegfried se redressa et posa les coudes sur ses genoux.

« Je le sais, considérez cela comme le premier volet du portefeuille que je vous offre en échange. »

Du Roy fixa Siegfried avec un intérêt grandissant.

« Vous avez toute mon attention.

— J'ai en ma possession des éléments permettant de faire chuter le gouvernement et le président de la République. »

Georges en resta sans voix.

« Je vous explique : il faut que cet emprunt soit voté à l'automne, en octobre ou en novembre, ce qui vous laisse le temps de convaincre vos confrères parlementaires et journalistes. Une fois la loi adoptée, vous renversez le gouvernement, Clément devient président de la Chambre et vous ministre des Finances.

— Clément est au courant ?

— Pas de la même façon que vous ni des mêmes éléments, cependant il est prêt à faire chuter Friand au vu de ce dont il est coupable et à prendre la tête d'un gouvernement où vous tiendrez le budget de la France. »

Du Roy jaugea longuement Siegfried.

« Et vous, qu'y gagnez-vous ? »

Le maître des lieux resservit leurs verres.

« Je ne suis qu'un intermédiaire, Georges. C'est ce que je fais, je permets à des transactions de se réaliser. Mais pour répondre en toute franchise à votre question, si cette loi est votée, je gagne cinquante millions.

— La prédation réciproque ?

— Exactement. »

Du Roy restait silencieux.

« Il y aura d'autres affaires, beaucoup d'autres affaires, et je n'oublie jamais mes amis. »

Georges semblait perplexe.

« Il y a quelque chose que je ne comprends pas.

— Demandez-moi.

— Pourquoi avoir fait fuiter des informations alarmantes dans la presse et dans l'opinion si vous souhaitez obtenir leur soutien ?

— "Le lieu où je me dirige n'est pas celui où je vais." Une autre leçon des grands stratèges chinois.

— Précisez.

— Pour faire valoir la nécessité de cet emprunt, il faut qu'il y ait urgence à le faire, mais sans effrayer le public quant au succès escompté. »

Du Roy acquiesça.

« Et de La Barre ?

— De La Barre ?

— Pourquoi l'avoir aidé à entrer au Sénat après lui avoir fait perdre les élections à la députation ?

— Parce que la loi dont j'ai besoin doit être votée par le Parlement, et qu'il me faut pour cela une majorité à la Chambre et au Sénat. »

Georges demeura pensif, soupesant mentalement les conséquences qu'entraînerait une telle implication de sa part.

Siegfried vida son verre et se leva.

« Je dois partir tôt demain matin pour aller régler des affaires à Bordeaux. Profitez de ma demeure comme si c'était la vôtre jusqu'à votre départ. »

Du Roy se leva à son tour et serra la main que Siegfried lui tendait.

« Prenez le temps de la réflexion, Georges. Devenir ministre de la République contraint à de grandes responsabilités. Faites un tour au bord de l'océan demain. Je vais toujours marcher sur le sable lorsque j'ai des décisions importantes à prendre.
— Je me fie à vous.
— Je dirai à Aimeric de vous y conduire. »
Siegfried se dirigea vers l'escalier. Sa longue ombre projetée sur le mur ondoyait comme une flamme de ténèbres. Il monta quelques marches avant de s'immobiliser.
« J'oubliais un détail, mais qui a son importance : si vous acceptez ma proposition, nous ne devrons plus avoir aucun contact pendant un certain temps. Salomé fera le lien entre nous. »
Ils restèrent un instant ainsi, l'un en face de l'autre.
« Bonne nuit, Georges.
— Bonne nuit, Siegfried. »

8

Le lendemain, Aimeric conduisit Du Roy jusqu'à la plage.

Georges n'avait pas revu le maître des lieux, parti aux aurores. Son sommeil avait été agité, il avait peiné à s'assoupir. Son esprit avait été assailli de réflexions désordonnées et d'images éparses, étranges, où se mêlaient des bribes de sa conversation avec Siegfried, des questionnements sur ce qu'il lui avait proposé, des fragments de souvenirs du temps où il était militaire en Algérie, des femmes qui avaient jalonné son ascension, de Salomé et de cette nuit nimbée de mystères qui l'obsédait par son irréalité. Il s'était endormi alors que l'aube déposait sa fine pellicule de buée sur les fenêtres de sa chambre, et il s'était réveillé avec cette impression désagréable d'avoir le cerveau en papier mâché, collant contre les parois de son crâne.

Georges chevaucha avec Aimeric à travers une mer de pins de plus en plus vallonnée à mesure qu'ils se rapprochaient du littoral. Le colosse aux cheveux grisonnants conservait un mutisme insondable ; les aiguilles des arbres bruissaient avec des sifflements irréguliers, fluides et sourds ; le sable remplaçait la terre, ralentissant la course des chevaux dont les sabots s'enfonçaient dans cette eau fine et poudreuse de grains clairs.

Arrivés au sommet d'une dune, ils s'immobilisèrent. Le spectacle qui s'offrait à eux était époustouflant de beauté et de sauvagerie. L'horizon s'étirait à l'infini dans un dégradé de verts et de gris-bleu ; le vent les obligeait à plisser les yeux, il hachait les vagues qui se brisaient en désordre dans un grondement caverneux et charriaient jusqu'au rivage des paquets d'écume épais comme des traînées de glaise blanchâtre.

Georges n'avait jamais vu l'océan, il ne connaissait que la Méditerranée, sa surface lisse et faussement inoffensive. Le paysage qui s'étendait face à lui était d'une brutalité franche, dénuée de masque et de faux-semblants.

Il descendit de cheval et s'aventura sur l'étendue déserte qui s'allongeait en une longue bande beige dont les extrémités baignaient dans la brume des embruns.

Il marcha un long moment, suivant le fil redevenu cohérent de ses pensées. La proposition de Siegfried était tentante, même s'il se doutait que le jeune homme ne lui avait pas dévoilé toutes les cartes de son jeu, n'exhibant habilement que celles qu'il voulait bien montrer pour servir au mieux des ambitions connues de lui seul. Sa théorie de la prédation réciproque était séduisante, mais trop belle et trop morale dans l'équivalence affichée de la dévoration pour être vraie, et encore moins réellement honnête ou équitable. Il y avait toujours un vainqueur et un vaincu, telle était la loi du monde, et les alliances duraient seulement le temps nécessaire à l'épuisement des intérêts communs. Pourtant, il avait besoin de Siegfried pour devenir enfin ministre ; malgré ses efforts et ses calculs, il n'avait pour l'instant trouvé le moyen d'accéder au niveau de pouvoir qu'il convoitait, il piétinait sur le seuil de ces sphères qu'il s'était juré de conquérir coûte que coûte. Quoi qu'il décide, il était désormais certain que, tôt ou tard, il devrait se débarrasser de Siegfried ; il devrait se séparer de lui avant qu'ils ne soient liés par trop de secrets inavouables pouvant entraîner sa chute. L'enjeu consistait à ravir tout ce qu'il pouvait à cet étrange individu en lui donnant le moins possible de lui-même, sans franchir le point de non-retour où il se retrouverait à sa merci.

Du Roy s'immobilisa. Il n'apercevait plus la silhouette massive d'Aimeric, qui l'attendait avec les chevaux au-delà de la brise marine. Se retrouver seul dans cet environnement hostile le grisait. Il s'approcha de l'eau ; la férocité de l'océan lui apparut dans toute la force non dissimulée de ses remous qui se fracassaient avec violence sur le sable. Siegfried avait été élevé au milieu de cette nature farouche ; malgré ses apparences si policées, il était capable de dompter un pur-sang ; il convenait de s'en méfier, de l'utiliser comme lui l'utilisait pour mieux l'instrumentaliser et se passer ensuite de lui. Une fois ministre, il le pourrait.

Il inspira de grandes goulées de cet air iodé qui lui fouettait les joues et le sang. Salomé était tout entière dans ces rafales salées et ces flots indomptables, imprévisibles. Il repensa au tableau dans le hall de chez Siegfried, place des Victoires. Elle était peinte sur une plage semblable à celle-ci, devant cette même houle déchaînée. Il était prêt à tout pour posséder et soumettre une femme de sa trempe, la seule qui, pour l'heure, l'eût dominé.

Fort de ces réflexions et de cette confiance aveugle en sa réussite prochaine, il revint sur ses pas et rejoignit Aimeric qui le guida jusqu'au château.

Le soir, il dîna frugalement, se coucha tôt, dormit d'un sommeil noir comme l'oubli et partit à l'aube prendre son train pour Bordeaux, puis sa correspondance pour Paris.

Il était tard lorsqu'il retrouva son hôtel particulier de l'avenue du Bois-de-Boulogne. La nuit était douce, gorgée des fragrances d'un printemps qui s'installait d'une manière durable.

Les fenêtres de Suzanne étaient éclairées. Avant de gagner ses appartements, Georges lui rendit visite. Elle était en train de lire, calfeutrée sous son édredon.

« Tu ne dors pas encore ?

— Je t'attendais. Comment a été ton séjour ?

— Très instructif. Ce Siegfried est un homme étonnant. »

Suzanne referma son livre et se redressa contre ses oreillers.

« Dans le bon ou le mauvais sens du terme ?

— Disons qu'il est un allié aussi précieux que dangereux.

— Alors tu seras prudent, tu prendras le bon et laisseras le mauvais. »

Du Roy cligna lentement des yeux en signe d'assentiment.

« J'ai quelque chose à te dire. »

L'expression de Suzanne était à la fois espiègle et hésitante. Elle caressa la main de son mari, la posa délicatement sur son ventre et, d'un souffle, dit :

« Je suis enceinte. »

Du Roy la regarda avec un air impénétrable, puis un large sourire fendit son visage.

« C'est merveilleux ! Depuis combien de temps ?

— Trois mois. Ce sera un bébé d'octobre. Je suis sûre que ce sera un garçon. »

Georges l'embrassa.

« Il va falloir te ménager, ma Suzon, et pour cela, il faut dormir. »

Il s'empara de son livre pour le ranger sur la table de chevet.

« Il y a une autre bonne nouvelle.

— Laquelle ?

— Maman m'a écrit. L'école de son couvent fermera ses portes début juin. Elle viendra s'installer avec nous à la fin du mois. »

Du Roy encaissa l'information ; il masqua son déplaisir de voir bientôt Virginie vivre sous son toit derrière une mine teintée d'affliction.

« Ça t'ennuie que maman habite ici ?

— Non, pas le moins du monde. Je m'en veux seulement de ne pas avoir trouvé le moyen d'empêcher cette fermeture. À quoi me sert d'être député si je ne peux même pas aider ma belle-mère, et sauver une noble cause ? »

Suzanne, attendrie par la détresse manifeste de son époux, le prit dans ses bras.

« Ne te blâme pas, l'anticléricalisme est intrinsèque à la République. Quoi que tu aies tenté de plus, tu n'aurais rien pu faire contre cette lame de fond. »

Il enlaça sa femme, satisfait de l'effet que le subterfuge de sa contrition produisait sur elle.

Ils discutèrent de leurs enfants et des affaires courantes, dîners en ville, sorties au théâtre ou à l'Opéra, puis Georges regagna sa chambre. La fatigue eut raison des pensées qui l'assaillaient et du mécontentement que la cohabitation à venir avec Virginie lui inspirait ; il s'endormit à peine couché.

Le lendemain, rasséréné par cette bonne nuit de sommeil, il se leva de bonne heure, se prépara et se rendit à *La Vie française*.

Il donna à François la consigne de lui envoyer Saint-Potin dès son arrivée au journal. Pendant son absence, le courrier et les invitations à toute sorte d'événements s'étaient entassés sur son bureau.

Il finissait d'écluser cette paperasserie mondaine quand Saint-Potin frappa à sa porte.

« Tu as demandé à me voir ? »

Avec Rival, le chroniqueur était l'un des rares journalistes de *La Vie française* à le tutoyer.

« Saint-Potin ! Entre, j'ai une mission de la plus haute importance à te confier. »

Il s'assit en face de Du Roy.

« Je t'écoute.

— J'aimerais que tu fasses des recherches sur un certain de Latour. »

Saint-Potin sortit un petit calepin et un crayon de bois.

« Sous quel angle ?

— D'abord au sujet d'un de Latour qui aurait fait fortune dans les chemins de fer, et d'un autre qui serait mort en mer, dans un accident de bateau. Tous deux auraient un lien avec les Landes ; disons le Sud-Ouest en général pour ratisser large. »

Le reporter notait les éléments.

« Ces de Latour ont un lien avec ce Siegfried de Latour dont le nom fait bruisser le Tout-Paris averti ?

— À toi de me le dire. »

Saint-Potin rangea son attirail et, sans un mot, l'esprit déjà plongé dans le maillage de ses relations qui lui permettraient de trouver les informations demandées, il partit se mettre à la tâche.

Les semaines qui suivirent furent denses pour Du Roy. Il sondait discrètement les députés et les sénateurs à propos du canal du Nicaragua ; il évaluait ses chances de succès en fonction des forces en présence : ceux qui seraient faciles à convaincre parce que convertis depuis toujours à la nécessité de l'entreprise ; ceux prêts à se laisser persuader pour peu qu'on les y aidât ; ceux plus retors qui auraient sans doute besoin d'arguments plus fournis, de motivations sonnantes et trébuchantes, pour rallier la cause ; ceux enfin dont l'opposition était sans appel et dont il n'y avait strictement rien à attendre ou à espérer. Cette topographie lui prouva que l'objet de ses ambitions était à portée de vote ; s'il manœuvrait bien, il réussirait à obtenir cet emprunt pour Siegfried. Il ne restait plus qu'à déterminer les modalités concrètes et structurelles de l'opération, afin de ne laisser derrière lui aucune trace de son intervention.

Il avait également discuté à plusieurs reprises avec Clément des difficultés que rencontrait la construction du canal interocéanique, sans rien lui révéler de son séjour dans les Landes ni évoquer l'éventualité d'un emprunt à lots, afin de jauger de ce que le député de Vendée connaissait des intentions de Siegfried ainsi que des véritables raisons qu'il avait de soutenir ce projet pharaonique. Manifestement, son complice radical n'était en aucune façon instruit des manœuvres ourdies par le jeune financier, preuve que cet homme avançait ses pions avec discrétion et qu'il conservait secret le rôle potentiel de Du Roy dans la réalisation de ses plans. Quant aux principes qui motivaient le tombeur des ministères, ils ne variaient pas de ceux qu'il affichait depuis le début : pour lui, la France devait renforcer sa présence dans cette partie du globe ; l'abandon des provinces jadis françaises en Amérique du Nord, conséquence d'une guerre menée en dépit du bon sens par les troupes de Louis XV, demeurait une erreur géostratégique monumentale qu'il fallait impérativement réparer de quelque manière que ce fût si on voulait éviter que ces nations, plus jeunes et plus dynamiques, ne relayassent un jour l'Europe et le pays de Voltaire au rang de puissances secondaires ; en un mot, il en allait de la grandeur et de la prospérité de la Patrie, valeurs qui ne souffraient pas la contradiction, encore moins l'hésitation. Cette constance de Clément dans le fondement de son opinion rassura Du Roy, qui voyait en lui un allié essentiel à son propre triomphe.

L'avant-dernier dimanche de mai arriva sans crier gare, et avec lui une chaleur plus écrasante que celle de l'année précédente. L'été s'annonçait caniculaire. Les promeneurs cherchaient l'ombre des arbres en journée, le frais de leurs frondaisons le soir venu, et les terrasses des boulevards retrouvaient l'affluence d'habitants désireux de se désaltérer.

Cet après-midi-là, à moins d'une semaine de l'installation de Virginie, Georges était chez lui, dans son bureau de l'avenue du Bois-de-Boulogne ; il peaufinait son planisphère du Parlement, soupesant le pour et le contre que cet engagement sans retour impliquait, lorsque, dans le hall, il entendit le rire de Suzanne qui rentrait de l'une de ses réunions pour les droits des femmes. En tendant l'oreille, il lui sembla percevoir le timbre d'une autre voix ; une voix féminine. Perplexe, il rajusta sa lavallière et, sans prendre le temps de passer sa redingote, il descendit en gilet et bras de chemise pour voir quelle personne avait bien pu être conviée au débotté dans leur demeure.

Il eut du mal à dissimuler sa stupéfaction quand, sortant dans le jardin où Suzanne faisait servir des rafraîchissements, il découvrit son épouse en compagnie de Salomé.

« Georges ! Viens vite, nous avons une invitée ! »

Du Roy frisa sa moustache dans un geste protecteur et rassurant puis il les rejoignit.

« Je ne te présente pas Salomé de Latour ? »

Georges s'inclina et baisa la main de leur hôte.

« Inutile, en effet. Comment allez-vous depuis notre dernière entrevue ?

— Vous voulez parler du soir où je suis passée vous enlever à votre journal pour vous entraîner à ce dîner de banquiers tellement ennuyeux ? »

Il la regarda : une lueur malicieuse brillait dans ses yeux ; elle le dévisageait avec cette complicité particulière des bandits et des brigands, cette complicité dangereuse où un mot malencontreux peut ruiner la vie de l'un ou de l'autre. Pourtant, Du Roy n'était pas inquiet ; il était en affaires avec Siegfried, briser son mariage voueraient leur accord à la nullité, voire équivaudrait à une déclaration de guerre qui ne profiterait à personne.

« Je ne m'y suis pas ennuyé un seul instant, mais il faut dire que politique et finance ont beaucoup à se dire. »

Salomé se tourna vers Suzanne.

« La politique me laisse plus encore de marbre que la finance, à l'exception de la cause du droit des femmes. »

Georges interrogea son épouse :

« C'est là-bas que vous vous êtes rencontrées ?

— Oui, n'est-ce pas extraordinaire ? Savais-tu que Salomé connaissait Louise Michel ? »

Du Roy nota que sa femme appelait déjà Salomé par son prénom. Il sourit à ses propos.

« Je l'ignorais tout à fait. »

Suzanne demanda à Salomé :

« Croyez-vous vraiment possible de la faire venir à l'une de nos réunions ?

— Ma chère Suzanne, nous ne nous connaissons que depuis quelques heures, pourtant vous apprendrez bien vite que je n'avance jamais rien que je ne puisse tenir. »

Ils s'assirent et discutèrent à bâtons rompus comme s'ils eussent été des amis de longue date. Ils évoquèrent, dans les grandes lignes, le canal du Nicaragua ainsi que ses difficultés actuelles pour lesquelles Siegfried sollicitait le concours de Du Roy et de *La Vie française*. Suzanne était catégorique :

« Je ne vois pas pourquoi tu hésites, Georges, d'autant que Clément est de la partie, et pour de nobles raisons à ce que tu nous en dis. C'est l'avenir, et tu sais que certains trains ne passent qu'une fois. »

Au moment de partir, Salomé demanda à Suzanne :

« Cela vous ennuie-t-il que je vous emprunte votre mari pour me raccompagner jusqu'à mon cocher ?

— Tant que vous n'en faites pas un lot pour vos souscripteurs du canal ! »

Les deux femmes rirent ensemble et Du Roy prêta son bras à Salomé.

En traversant la cour gravillonnée, il dit comme on s'interroge à voix haute :

« Je ne savais pas que vous vous intéressiez à la cause du droit des femmes...

— Depuis ma plus tendre enfance. Il est plus que temps que nous soyons juridiquement les égales des hommes pour mieux combattre leur brutalité. »

Ils arrivèrent devant la voiture de Salomé. Avant de monter, elle glissa négligemment :

« Suzanne est vraiment charmante, Georges. Prenez soin d'elle, et écoutez ses conseils. »

Une fois à l'intérieur, elle se pencha à la fenêtre de la portière.

« N'oubliez pas que la finance gouverne le monde. La majorité des hommes politiques ne sont que de vulgaires pantins qui jouent le rôle que nous leur écrivons. Vous ne comptez pas rester dans la masse des pantins, n'est-ce pas ?

— Il me faut encore certaines garanties.

— Lesquelles ?

— La plus grande invisibilité possible dans les mouvements financiers qui permettront de convaincre les parlementaires et les journalistes hésitants. »

Salomé eut une expression amusée. De toute évidence, elle s'attendait à cette condition.

« Siegfried y travaille. Tout sera prêt dans une quinzaine de jours, je vous contacterai à ce moment-là.

— Pas plus tôt ?

— Ne vous ai-je pas dit de prendre soin de votre épouse, surtout dans son état ? »

Elle toqua contre le toit du véhicule et l'attelage s'élança. Du Roy l'observa s'éloigner sur l'avenue du Bois-de-Boulogne ; Salomé était l'atout le plus redoutable de Siegfried, le plus dangereux également et, par conséquent, le plus irrésistible. C'était une femme de son envergure qu'il lui fallait, une femme qui puisse le faire accéder au vrai pouvoir.

Quelques jours plus tard, Saint-Potin entrait dans son bureau de *La Vie française*.

« Alors, tu as trouvé ? »

Le chroniqueur sortit son petit calepin et le compulsa.

« Pas dans le détail, mais j'ai déniché trace d'un certain de Latour installé dans les Landes qui a fait fortune en revendant des terrains aux compagnies des chemins de fer, et d'un autre effectivement mort en mer dans un accident de bateau.

— Ont-ils un lien avec ce Siegfried de Latour ?

— Pour l'instant, je n'ai pas réussi à en établir.

— L'essentiel est qu'ils aient bien existé, et dans les conditions que tu décris. Beau travail, Saint-Potin. »

Le reporter restait perplexe.

« Quelque chose te tracasse ?

— Une petite zone d'ombre, trois fois rien.

— Quoi donc ?

— Je n'ai pas réussi à connaître les prénoms de ces de Latour, cette information-là se dérobe encore à mes investigations. Il faudrait que je découvre où ils sont nés pour soudoyer l'employé municipal en charge des actes de naissance. »

Du Roy balaya le pointillisme de son journaliste d'un revers de la main.

« Ne perds pas de temps avec ces broutilles, les éléments que tu as débusqués me suffisent. »

Saint-Potin posa plusieurs journaux sur le bureau.

« Tu as lu *La Plume* ces derniers temps ? »

Georges le considéra avec étonnement.

« Je ne lis que très rarement cette feuille de seconde zone. Pourquoi ?

— Tu devrais y jeter un œil, et plus particulièrement à leur nouveau feuilleton signé d'un jeune auteur qui ne devrait pas rester longtemps inconnu.

— Un jeune auteur ou Madeleine qui signe sous un autre pseudonyme que celui qu'elle emploie pour ses articles ?

— Son protégé du moment, à ce que j'en sais. »

Du Roy prit les exemplaires. Le titre retint immédiatement son attention et éveilla sa vigilance : *Bel-Ami*. Il regarda ensuite la signature.

« Guy de Maupassant. Tu le connais ?

— Un littérateur dont on commence à parler. Il fréquente Zola et ses amis naturalistes des soirées de Médan. Il a écrit une nouvelle dans leur recueil collectif qui a été fort remarquée. »

Saint-Potin parti, il se plongea dans la lecture des chroniques de ce Maupassant.

Il n'en crut pas ses yeux ; il les relut plusieurs fois ; puis, comme le titre le lui avait laissé présager, il se rendit à l'évidence : ce gratte-papier racontait son histoire, la sienne ; ses débuts misérables à Paris, son ambition, son ascension grâce à ses succès féminins, son manque de scrupules et de morale. Bien que les noms fussent changés, l'identité réelle des personnages était transparente pour qui évoluait dans cette frange restreinte du monde à laquelle il appartenait. Madeleine, il n'y avait que Madeleine pour avoir si bien renseigné cet écrivaillon, pour lui souffler des détails si authentiques sur des faits ou des situations qu'il avait vécus.

Une fureur sourde se mit à gronder en lui. Bientôt, le Tout-Paris commencerait à bruisser de ce feuilleton ; on allait le gratifier de demi-sourires à la fois compatissants et moqueurs, on gloserait dans son dos et on jaserait à l'envi sur son statut de parvenu. Cela risquait d'attirer sur lui une lumière peu flatteuse dans un moment où, afin de mener à bien ses tractations, il avait besoin de se faire oublier pour pouvoir œuvrer dans le plus grand anonymat possible.

Une question l'assaillit : jusqu'où irait l'auteur de ces lignes ? Irait-il jusqu'à raconter qu'il avait été l'amant de la mère de son actuelle épouse ? Si le doute s'immisçait dans l'esprit de Suzanne, les conséquences pouvaient être désastreuses, surtout avec l'arrivée imminente de Virginie sous leur toit.

Il lui fallait trouver une parade ; mais laquelle ? Confronter Madeleine et la menacer de représailles si elle n'arrêtait pas ce petit jeu de déstabilisation se révélerait dans tous les cas contre-productif ; elle pourrait même être tentée de forcer le trait ou de révéler des éléments qu'elle aurait tout d'abord compté passer sous silence, comme elle pourrait également trousser un article assassin relatant la visite de Du Roy et sa tentative d'intimidation, faisant ainsi de lui la risée de la bonne société. Provoquer ce Guy de Maupassant en duel pour laver son honneur et couper le venin des mauvaises langues ne lui serait pas plus profitable ; d'autant que cela vaudrait aveu public, cela prouverait qu'il se serait reconnu dans le personnage mis en scène dans cette maudite feuille et provoquerait le contraire de l'effet escompté. Sa rage grandissait : il se retrouvait contraint d'attendre, d'observer comment ces taches d'encre allaient imprégner ou non tous les murmures ; pour l'heure, il était coincé.

Ce qu'il redoutait se produisit : la rumeur se répandit dans les sphères qui étaient les siennes et les ventes de *La Plume* s'envolèrent. Il lisait la raillerie dans les regards qu'il croisait, entendait le persiflage sous les compliments qu'on lui adressait ; et cette impression d'être le dindon d'une farce dont il demeurait le spectateur passif, pris au piège, augmentait sa colère.

Pour éviter que Suzanne ne l'apprenne au détour d'une conversation de salon, il prit les devants et lui donna à lire l'ensemble des chroniques qui inondaient Paris. À la grande surprise de Georges, elle ne manifesta aucune réaction, ne prononça pas un traître mot ; elle referma soigneusement les exemplaires de *La Plume*, les empila l'un sur l'autre dans leur ordre de parution, se leva et monta dans sa chambre.

Pendant plusieurs jours, de son lever à son coucher, Du Roy ne la vit ni ne la croisa ; il dînait seul, ressassant l'éventail des ripostes à sa disposition sans qu'aucune ne le satisfît, spéculant à en perdre le sommeil sur ce qui pouvait bien se passer et se tramer dans la tête de son épouse. Jusqu'au soir où, l'avant-veille de l'arrivée de Virginie, Suzanne vint s'asseoir en face de lui au moment du souper et, de but en blanc, lui demanda :

« Est-ce que tout ce qui est écrit à ton sujet dans ce torchon est vrai ? »

Georges reposa ses couverts et planta son regard dans celui, glacial, de sa femme :

« À l'exception de ce que tu sais déjà, à savoir que j'ai été l'amant de Clotilde et le mari de Madeleine, que nous nous sommes enfuis pour que tes parents acceptent notre mariage, le reste n'est qu'un tissu d'élucubrations pour me fragiliser à un instant crucial de ma vie et de ma carrière. »

Suzanne le dévisagea longuement, scrutant sur les traits et dans les expressions de son mari le moindre tressaillement qui aurait pu trahir la fébrilité du menteur.

Du Roy reprit :

« Et si ta véritable question revient à savoir si j'ai ou non été l'amant de ta mère avant de t'épouser, la réponse est non, catégoriquement non.

— Tu me le jures ?

— Sur mon honneur ! »

Elle l'observa encore, puis elle fixa un point indéterminé de la pièce.

« Que comptes-tu faire ?

— Je ne sais pas. J'ai beau tourner et retourner toutes les solutions possibles, quoi que j'envisage, le remède est pire que le mal. »

Elle soupira.

« J'ai parlé de ton problème avec quelqu'un aujourd'hui.

— Qui ?

— Cela n'a aucune importance. Cette personne a une idée qui pourrait te tirer du bourbier où tu es enlisé. Elle viendra ici demain après-midi, à quatre heures. Si tu avais prévu quelque chose, je te conseille de l'annuler.

— Je devais voir Clément mais je vais bien évidemment reporter. »

Sans rien ajouter, Suzanne se leva et quitta la salle à manger.

Le lendemain, alors que la pendule du salon cessait de sonner le dernier coup de quatre heures, Salomé entrait dans le hall de l'hôtel particulier de l'avenue du Bois-de-Boulogne. Suzanne fit servir du thé et ils s'installèrent.

Après avoir passé en revue toutes les actions que Du Roy avait imaginées, Salomé prit la parole :

« Il n'y a qu'une façon de vous sortir de cette situation par le haut, c'est d'écrire un article sur ces chroniques vous concernant. »

Georges frisa nerveusement sa moustache.

« Un plaidoyer ne ferait que m'enfoncer davantage. »

Suzanne s'agaça :

« Laisse notre amie aller au bout de sa pensée. »

Du Roy résolut de se taire et d'écouter Salomé jusqu'au bout sans l'interrompre.

« Qui vous parle d'un plaidoyer ? Ce serait en effet un mouvement catastrophique, car vous défendre serait reconnaître que votre adversaire a touché juste. Je ne vous parle pas de cela ; je vous parle d'écrire un article élogieux sur ce feuilleton qui sera bientôt publié en roman, un article où vous reconnaîtrez que l'auteur s'inspire effectivement de vous ; qu'au regard de son talent et de son succès vous êtes flatté de passer à la postérité littéraire de votre vivant ; et surtout, vous saluerez son imagination, sa manière d'extrapoler aussi loin à partir de quelques détails réels pour faire une œuvre universelle dépeignant les travers de notre société actuelle. En reconnaissant publiquement que le personnage principal de cette série est bel et bien inspiré de vous, vous neutralisez les attaques et les rumeurs qui circulent sous le manteau à votre sujet ; en louant l'auteur et son travail, vous pouvez apporter toutes les rectifications nécessaires à ses propos et, de cette manière, réécrire l'histoire à votre avantage sans que vos arguments apparaissent comme la défense d'un homme blessé par une quelconque vérité. »

Georges resta silencieux, déroulant mentalement toutes les imbrications du raisonnement de Salomé ainsi que les conséquences concrètes qu'un tel article signé de sa main engendrerait. Cela exigeait une maîtrise de la rhétorique qui excédait ses compétences stylistiques.

Salomé sembla lire dans ses pensées et ajouta :
« Je l'écrirai avec vous, si vous voulez.
— Quand pouvez-vous vous mettre à la table avec moi ?
— Maintenant. »
Suzanne se leva.
« Je vais vous faire préparer la bibliothèque. »
Du Roy et Salomé se levèrent à leur tour. Suzanne prit les mains de Salomé dans les siennes.
« Comment pourrons-nous jamais vous remercier ?
— Si les amis ne vous soutiennent pas dans les instants difficiles, peuvent-ils être véritablement considérés comme des amis ? »
Suzanne lui serra les mains plus fort.
« Je dois continuer de préparer l'installation de maman qui arrive demain.
— J'ai hâte de rencontrer votre mère. Elle sera une excellente recrue pour notre combat en faveur du droit des femmes.
— Vous m'enverrez chercher quand vous aurez terminé, que je lise ce que vous aurez écrit ? »
— Bien évidemment. Vos lumières nous seront précieuses. »
Suzanne lui sourit et les laissa seuls.
Georges guida Salomé jusqu'à la bibliothèque. Il prit place derrière le grand bureau Empire, sortit du papier, de l'encre, une plume, et attendit.
Salomé déambulait dans la pièce en inspectant les rangées de livres qui tapissaient les murs.

« Votre épouse a bon goût en matière de littérature. »

Du Roy trépignait sur son fauteuil, il piaffait d'en finir.

« Par où commençons-nous ? »

Salomé s'immobilisa, sortit un ouvrage des rayonnages et se mit à le feuilleter.

« Vous êtes-vous décidé pour l'emprunt à lots ? »

Le maître des lieux s'emporta.

« Vous savez, lorsque je vous ai vue arriver aujourd'hui, je n'ai pu m'empêcher de penser que vous et Siegfried pouviez être derrière ce maudit feuilleton juste pour me forcer la main. »

Salomé referma calmement le livre avant de le ranger, puis elle s'avança lentement vers lui.

« Vous vous trompez d'ennemi, Georges. L'aide que je propose n'est en aucune manière subordonnée à la décision que vous prendrez concernant vos affaires avec Siegfried. Sachant que je venais chez vous, mon cousin m'a simplement demandé de m'enquérir de vos intentions ; vous n'avez pas oublié que c'est moi qui fais désormais le lien entre vous ? »

Elle tira un fauteuil et s'assit face à lui.

« Et pour votre gouverne, sachez que si Siegfried et moi étions derrière une quelconque machination dont vous seriez la cible, vous seriez déjà mort. »

Elle planta ses yeux noirs dans ceux de Du Roy.

« Auriez-vous une cigarette ? »

Georges ouvrit un tiroir, lui en donna une et lui tendit une allumette enflammée. Salomé tira une profonde bouffée qu'elle recracha doucement, par

saccades, le regard perdu dans le lointain de ses pensées. Elle observa les volutes de fumée ondoyer dans l'air comme des serpents, puis un demi-sourire énigmatique se dessina sur ses lèvres :
« Nous attaquons ? »

# 9

La voiture des Du Roy de Cantel s'immobilisa devant l'Opéra.

L'édifice scintillait de tous ses feux dans la douceur de ce soir de début septembre ; sur la chaussée, les badauds contemplaient avec des yeux ébahis de convoitise le ballet des fiacres, des berlines et des calèches de la belle société d'où descendaient des femmes aux toilettes dont la luxuriance conférait à la scène des allures d'Empire ou d'Ancien Régime.

Georges frisa sa moustache avec un geste élégant et offrit son bras à Suzanne ; saluant dignement de la tête certaines de leurs connaissances, ils gagnèrent l'imposante nef et le majestueux escalier à double révolution où le Tout-Paris se pressait pour assister à la première de *Don Giovanni*.

L'été avait été caniculaire et riche en négociations souterraines pour Du Roy ; il n'avait cessé de rencontrer députés, sénateurs, patrons de presse et journalistes afin d'établir le prix de leur engagement au profit d'un éventuel emprunt à lots pour sauver le canal du Nicaragua. Cette activité continuelle avait porté ses fruits : d'un côté, les journaux avaient commencé à répandre la bonne parole dans l'opinion, les prises de position favorables s'amplifiaient jusqu'à couvrir les rares voix discordantes reléguées au rang de minorités arriérées ; et de l'autre, l'essentiel était en place pour que, le moment venu, les parlementaires votassent dans le sens attendu. Il ne manquait plus que le signal de Siegfried pour que lui et Clément lançassent leurs actions coordonnées telles qu'ils les avaient arrêtées en secret avant la pause estivale.

Georges et son épouse rejoignirent leur loge au premier balcon. Le brouhaha des conversations bourdonnait sous les dorures, le grand lustre illuminait le plafond qui représentait Apollon, Vénus et les différentes muses des arts, montant et descendant dans la lumière du soleil ou dans le clair-obscur de la lune.

La grossesse de Suzanne toucherait à son terme en octobre. Elle affichait une mine radieuse ; d'autant plus radieuse qu'elle se réjouissait de la présence de sa mère sous leur toit, de son retour à la vie civile ainsi que de son implication à ses côtés dans le combat pour le droit des femmes. Du Roy, tout entier dévolu à ses tractations occultes depuis juin, n'avait eu que peu affaire à Virginie ; cette cohabitation lointaine lui convenait, la vue de cette vieille bigote lui rappelant par trop le souvenir désagréable de leurs étreintes ridicules du temps où il sacrifiait à honorer la passion coupable de cette grande bourgeoise qui n'avait jamais été pour lui qu'un marchepied en jupons parmi d'autres. Sous couvert d'urbanité, il gardait néanmoins un œil vigilant sur cette grenouille de bénitier ; une vigilance accrue malgré les quelques mots qu'elle lui avait glissés au détour d'une promenade lors de leur villégiature aoûtienne à Canteleu, en signe de trêve et de réconciliation qu'elle voulait très chrétiennes : « Je vous ai pardonné, lui avait-elle dit en aparté, vous rendez Suzanne heureuse et rien ne compte plus à mes yeux que son bonheur. »

Georges aperçut Clément s'asseoir dans une loge proche de la scène. Il venait applaudir l'une de ses maîtresses qui tenait le rôle d'Elvira dans la distribution du livret. Pour qu'il pût jouer au mieux sa partition politique dans le plan orchestré par Siegfried, le député de Vendée ne savait rien de la vaste entreprise de corruption à laquelle s'était livré Du Roy ; il aurait en effet fortement désapprouvé de telles manœuvres en contradiction avec ses principes ; son ignorance garantissait son implication ainsi que l'authenticité de ses accents et de ses emportements. Il aperçut également Madeleine prendre place dans la fosse avec le fameux Guy de Maupassant, dont les écrits lui avaient causé tant de tracas avant de lui procurer un regain inespéré de gloire qui avait bien servi ses négociations clandestines au sujet du canal du Nicaragua.

L'article que lui avait soufflé Salomé avait fait grand bruit. Le titre, à lui seul, avait séduit par son ironie mordante : « À M. de Maupassant, un mot en passant » ; et le reste du texte avait emporté l'adhésion enthousiaste du public :

Je me dois de remercier ouvertement ici M. de Maupassant, qui vient de publier un charmant feuilleton dans les colonnes de notre confrère *La Plume*. Son style, vif et incisif, capture avec une acuité cruelle les travers de notre époque, et dénonce avec justesse les collusions, hélas trop fréquentes, entre une certaine presse, une frange mineure de la classe politique et la finance ; collusions contre lesquelles se bat la grande majorité des parlementaires de notre pays, tous profondément pétris du sens de l'intérêt général.

Il semblerait que M. de Maupassant ait prêté quelques traits de ma personne à son « héros » - mais le terme de héros peut-il convenir à un aventurier sans morale ni scrupules ? Nous laisserons ce débat aux spécialistes dont les compétences en la matière dépassent de loin les nôtres. Maintenant que s'achève la publication de l'œuvre de M. de Maupassant, la scène finale ne laisse plus de doute sur le sujet, tant elle ressemble à s'y méprendre au mariage qui fut le mien en l'église de la Madeleine. C'est une chose étrange, et un privilège rare, que de devenir de son vivant, du moins pour partie, un personnage de roman, et qui plus est d'un roman dont la parution prochaine sous forme de livre s'annonce comme un immense succès populaire au regard de celui qu'il a déjà remporté, à juste titre, dans les colonnes de *La Plume*. Je dois admettre que l'ambition, au sens noble du terme, dont le personnage de M. de Maupassant fait montre au long de son récit ainsi que quelques autres menus détails font écho à ma trajectoire personnelle ; ils m'ont en outre fait mesurer l'étendue du chemin parcouru depuis ma Normandie natale à mon actuelle députation, preuve que, par le travail et le mérite, quiconque peut s'élever au-dessus de sa propre destinée, fût-il comme moi fils de petits paysans devenus cabaretiers. En cela, je le remercie ; je le remercie d'avoir su rappeler à nos concitoyens les vertus des institutions qui sont les nôtres, un système qui abolit la fatalité de la naissance, et j'ose espérer qu'il aura également su galvaniser toute cette formidable énergie qui est l'apanage de la belle jeunesse de France.

Pour le reste, et pour le plus grand bonheur de ses très nombreux lecteurs, dont je me revendique sans concession aucune, l'imagination de M. de Maupassant a fait merveille. Car c'est bien là que se situe le talent magistral de cet écrivain, dans son extraordinaire inventivité, dans la manière si particulière qu'il a eu de s'affranchir de la vérité pour donner à son propos une dimension universelle, et paradoxalement plus vraie, créant ainsi un personnage qui trouvera une place de choix aux côtés d'Eugène de Rastignac et de Julien Sorel dans le panthéon des figures romanesques de l'ambition, en eût-il essentiellement montré les méfaits pour servir un dessein apte à éveiller les consciences et, de là, faire une œuvre hautement morale. Pourtant, nous savons que M. de Maupassant s'inscrit dans la lignée de ce mouvement de littérateurs nommé « naturalisme », qui veut que l'auteur s'efface devant les faits et la réalité pour en rendre compte au plus près, presque à la manière d'un journaliste, le souffle du style en plus. En ce sens, le *Bel-Ami* de M. de Maupassant consacrerait l'échec du naturalisme en matière de littérature, tant c'est son point de vue, sa vision, et donc ce qu'il a mis de lui-même dans son œuvre et dans son personnage principal, qui ont forgé la gloire de sa chronique.

Cet article de Salomé, signé de sa main en une de *La Vie française*, avait coupé la salive des mauvaises langues, mis les rieurs du côté du journaliste et déplacé le débat dans les colonnes dévolues à la critique littéraire.

Du Roy souriait encore au souvenir du retentissement qu'avaient eu ces lignes et des bénéfices qu'il en avait retiré lorsque, dans une loge voisine, il vit entrer Salomé au bras d'Arthur Raffalovich. Il sentit monter en lui une jalousie irrépressible de la voir au bras de ce diplomate russe qui œuvrait en sous-main à la popularité des emprunts de son pays et dont les réceptions fastueuses au château de l'Ermitage étaient légendaires. Passé cette première réaction impulsive, viscérale, inopportune au regard du caractère indomptable de Salomé, il se demanda avec un sang-froid retrouvé ce qu'elle et Siegfried pouvaient bien échafauder comme combinaisons obscures avec cet homme venu de l'empire des tsars ; mais le noir se fit dans la salle et interrompit ses réflexions.

À l'entracte, Georges et Suzanne se rendirent dans le grand foyer où des rafraîchissements étaient servis à cet aréopage de privilégiés.

Clément vint les saluer, puis il disparut aussi vite qu'il était apparu pour présenter ses hommages à la comtesse Volenska dont il briguait les faveurs.

Du Roy laissa Suzanne en compagnie d'un député républicain et de son épouse de leurs connaissances pour déambuler parmi la foule des spectateurs qui se reflétait dans les miroirs. Ses pas le menèrent dans le salon du glacier, d'où il contempla les fenêtres des immeubles allumées dans la nuit. En se retournant, il se trouva face à Salomé qui lui souriait.

« Georges, quel plaisir de vous voir ! »

Elle lui tendit la main, il la baisa.

« Suzanne est avec vous ?

— Juste à côté, avec des amis.

— Vous l'avez abandonnée ? Quel méchant homme vous faites !

— Et vous, vous avez égaré votre Russe ?

— Arthur discute avec le ministre des Affaires étrangères, et vous savez bien à quel point la politique m'ennuie. Mais allons plutôt retrouver ma sœur de lutte, voulez-vous ? »

Il lui offrit son bras et ils retournèrent dans le grand foyer. À quelques mètres de Suzanne, Salomé glissa à l'oreille de Du Roy :

« Un pli qui pourrait vous intéresser vous attend au journal. »

Les deux femmes tombèrent dans les bras l'une de l'autre. Georges fit les présentations et la discussion reprit son cours léger. Suzanne eut du mal à contenir sa joie quand Salomé lui apprit que Louise Michel l'accompagnerait à leur prochaine réunion pour les droits des femmes. À quelques minutes de la fin de l'entracte, Arthur Raffalovich se joignit à eux, puis chacun regagna sa place pour la suite du spectacle.

Le second et dernier acte sembla une éternité à Du Roy ; il n'avait qu'une idée en tête : partir à *La Vie française* pour découvrir les documents susceptibles de lui ouvrir enfin la voie du ministère.

L'opéra terminé, il raccompagna Suzanne à leur hôtel particulier de l'avenue du Bois-de-Boulogne avant de se rendre au journal.

Sur son bureau l'attendait une enveloppe épaisse ; il l'ouvrit et sortit une liasse de papiers qu'il commença à parcourir avec avidité. Ce qu'il y découvrit dépassait l'entendement.

Il tira sa montre à gousset de son gilet ; il était plus de deux heures de matin.

L'importance de ce qu'il avait entre les mains eut raison de ses hésitations et des convenances ; il décrocha le téléphone qu'il avait fait installer à grands frais, une demoiselle à l'autre bout du fil le mit en relation avec la personne qu'il demandait ; mais comme l'appel sonnait dans le vide, Du Roy la pria d'insister.

Après plusieurs tentatives infructueuses, la voix de Clément retentit avec un agacement perceptible dans le combiné :

« Allô !

— Léon, c'est Georges.

— Georges ? Je suis en pleines vocalises avec ma cantatrice, j'espère que vous avez une bonne raison pour oser me sortir des charmes de sa gorge et de ses arpèges !

— J'ai les éléments.

— Où êtes-vous ?

— À *La Vie française*.

— J'arrive. »

Moins d'une demi-heure plus tard, en chemise débraillée et caleçon long sur lesquels il avait jeté un manteau à la hâte, le député de Vendée entrait dans le bureau de Du Roy.

Lorsqu'il eut terminé de lire le dernier feuillet à sa disposition, il s'exclama :

« Foutre, vu comment nous allons les faire chanter, cela valait bien la peine d'abandonner ma diva ! »

Ils se mirent immédiatement à la tâche et ne se séparèrent qu'en milieu de journée.

Le lendemain, *La Vie française* se répandit comme la peste noire dans les rues de Paris. Les marchands ambulants et les kiosques étaient pris d'assaut ; malgré le tirage exceptionnel, les exemplaires de ce numéro spécial mis en circulation furent épuisés plus rapidement qu'un champ de blé dévasté par des nuées de sauterelles ; une foule en furie assiégeait le journal ; les rotatives tournaient sans discontinuer et on s'arrachait des feuilles dont l'encre encore fraîche bavait sur le papier.

Loin de cette agitation, Georges se préparait pour la séance du jour à la Chambre tandis que Suzanne et Virginie s'apprêtaient pour leur réunion à laquelle devait participer Louise Michel.

Au Palais-Bourbon, l'atmosphère était apocalyptique ; jamais Du Roy n'avait vu l'Assemblée en proie à pareil déchaînement ; un océan qu'aucune digue ni aucune falaise n'auraient pu arrêter. Le tumulte était assourdissant ; les députés étaient debout, agitant *La Vie française*, criant, s'invectivant ; du haut de son perchoir, le président avait beau agiter sa sonnette pour réclamer le retour à l'ordre, il ne faisait qu'ajouter à la cacophonie ambiante et au vacarme général. Seul Clément restait assis, immobile, la main devant la bouche, les yeux dans le vide comme s'il était absent à la confusion environnante ou absorbé dans des abîmes de réflexions.

Georges se fraya un chemin parmi la houle écumante des parlementaires ; à sa vue, des applaudissements se mirent à fuser pour se transformer en un tonnerre d'ovations. On s'écartait sur son passage, on lui tendait des mains empressées et enthousiastes qu'il serrait, on le gratifiait de tapes fraternelles dans le dos, on acclamait son nom.

Du Roy prit place sous les bravos et les vivats ; son regard croisa celui de Clément ; puis le député de Vendée se dressa de toute sa stature et leva le bras pour demander la parole. Le calme se propagea dans l'assistance ; une gravité liait les fronts, une attention proche du recueillement scellait les bouches, et un silence abyssal régnait sur l'hémicycle.

« Messieurs, notre République a traversé bien des tourments, mais aucun n'égale le cataclysme qui s'abat aujourd'hui sur elle. La situation est simple : nous sommes au bord de la banqueroute morale. Nos institutions dans leur ensemble sont en faillite. Nous vivons peut-être les dernières heures de ce rêve républicain pour lequel, depuis un siècle, nos pairs se sont tant battus, parfois au prix de leur sang et de leur vie. »

Il s'interrompit, prit l'exemplaire de *La Vie française* posé devant lui et le brandit.

« "L'honneur de la France vendu par légions !", tel est le titre cinglant, implacable, terrible, de la une du journal de notre confrère, M. Georges Du Roy de Cantel, justement acclamé par vous tous pour la probité, le courage et l'intransigeance dont il fait preuve en publiant ces révélations scandaleuses qui ébranlent notre pays jusqu'aux plus hauts sommets de l'État. »

Il baissa un instant la tête.

« Qui aurait pu imaginer cela, Messieurs ? Qui aurait pu imaginer qu'on pût un jour faire illégalement commerce de notre Légion d'honneur, bradant ainsi la valeur de la plus prestigieuse distinction républicaine ? Qui aurait pu imaginer qu'un tel trafic illicite pût être orchestré de concert par le président du Conseil et par le gendre du président de la République, j'ai nommé ci-devant Messieurs Friand et Wilson ? Personne. Personne n'aurait pu imaginer que des représentants du peuple, supposés servir la grandeur de la nation, puissent un jour la souiller par la plus basse et la plus vile des cupidités. »

À mesure que Clément déployait son discours, Friand et ses ministres se ratatinaient sur leurs sièges.

« Voilà, Messieurs, où nous en sommes rendus ; voilà, Messieurs, les heures sombres et honteuses que nous traversons. Il s'agit là d'un scandale sans précédent dans l'histoire de notre République, un de ces scandales d'État qui entachent et marquent durablement, au fer rouge de l'infamie, l'histoire d'un pays. Face à de telles avanies, il n'y a pas à tergiverser ou à délibérer : le gouvernement actuel, le président de la République et son gendre doivent quitter sur-le-champ leurs fonctions pour répondre de leurs crimes devant la justice ! »

Un ouragan d'applaudissements éclata de part et d'autre de l'Assemblée. Clément les laissa retomber et reprit en donnant du coffre :

« Je dis le président de la République, car aucun d'entre nous ici ne peut raisonnablement concevoir qu'il ait pu ignorer ce qui se tramait jusque sous son propre toit ! Je dis le président de la République, car eût-il réellement tout ignoré de ces pratiques abjectes, il n'en serait pas moins coupable d'un aveuglement répréhensible ou, pis, d'un refus complice de voir ! »

Les acclamations redoublèrent, le tombeur des ministères les dompta de sa voix tonnante :

« Messieurs, le devoir qui nous incombe est écrasant. Pour vaincre cette crise sans précédent, pour sauver notre République de l'effondrement et de la ruine qui la menacent, je propose que le Parlement tout entier siège désormais d'une manière permanente, et que nous ne nous séparions qu'après avoir donné à la France un président et un gouvernement aptes à garantir par leur rectitude morale la pérennité de nos institutions ! »

Une fièvre lyrique embrasa la Chambre qui, dans un élan patriotique, entonna en chœur *La Marseillaise*.

Comme l'avait prévu Clément, un bras de fer s'engagea entre le président de la République et les parlementaires. Le vieux Jules Grévy n'avait aucune envie de rendre les clefs du palais de l'Élysée, où il se sentait fort à son aise ; il était convaincu que tout se résoudrait en faisant ce à quoi il excellait depuis sa nomination : rien. Mais les députés et les sénateurs ne l'entendaient pas de cette oreille : outrés par les révélations de *La Vie française*, galvanisés par la verve et l'énergie de Clément, ils siégeaient en session continue, se relayant dans l'hémicycle pour que, tandis que certains partaient se reposer quelques heures, les autres pussent, grâce au jeu des procurations, assurer la présence d'une majorité républicaine capable de voter n'importe quelle loi et pallier ainsi la vacance du pouvoir laissée béante par la démission du gouvernement.

À l'extérieur de l'Assemblée, Du Roy donnait dans les colonnes de *La Vie française* le ton à l'ensemble de la presse nationale. À sa suite, les journaux exigeaient le départ séance tenante de Grévy. *Le Gaulois* publiait en première page une annonce ironique et frondeuse : « À céder après fortune faite, un fonds de président de la République dans quartier chic. Maison fondée en 1879 au coin de l'avenue Gabriel. » Dans *L'Intransigeant*, Henri Rochefort joignait sa voix aux articles séditieux en imaginant le chef de l'État en train de répondre à des ambassadeurs qui lui demanderaient des nouvelles du mari de sa fille : « Vous êtes bien bon. Je suis allé le voir à Mazas pour lui porter un morceau de saucisson, car l'ordinaire de la prison est maigre. Il se portait assez bien et m'a prié de vous transmettre ses compliments. » Quant au *Figaro*, il n'hésitait pas à surnommer l'homme qui s'accrochait désespérément à ses prérogatives comme un roi à ses privilèges : « Intègre I$^{er}$, le vieux gredin. » Tous ces sarcasmes pénétraient dans l'esprit de la population, relayés par les paroles assassines des chansonniers, qui trouvaient une source intarissable d'inspiration dans l'obstination du locataire de l'Élysée :

« Sous c'nom "Podvins et compagnie",
Mon gendre ouvrit des magasins,
S'associant à des Limousins,
Pour exploiter un fonds d'mercerie,
À sa boutique, y s'chargeait d'vendre
Rubans, faveurs. Ah ! quel camelot !
Maintenant, son commerce est dans l'eau,
Ah ! quel malheur d'avoir un gendre ! »

Au bout d'une semaine de *statu quo*, Grévy fut contraint de sortir de son immobilisme ; il convoqua plusieurs élus pour leur proposer de prendre la présidence du Conseil et de nommer de nouveaux ministres ; à chaque fois, il se heurta à un refus, tantôt embarrassé, tantôt ferme : Clément avait en effet expliqué à tous que, s'ils acceptaient, ils auraient affaire à lui, soit dans l'enceinte du Palais-Bourbon où son verbe les jetterait à bas, soit sur le pré d'un parc au petit matin où ils auraient maille à partir avec son épée.

Le bras de fer se durcissait ; Du Roy continuait de maintenir la presse et l'opinion publique sous pression. Dans ces circonstances, il désertait l'hôtel particulier de l'avenue du Bois-de-Boulogne tant il ne cessait d'aller et venir entre la Chambre et *La Vie française* ; pourtant, l'état de santé de Suzanne l'obligeait à sacrifier une à deux heures par jour sous le toit familial : sa femme se trouvait alitée, prise d'une fièvre qu'aucun médecin ne réussissait à expliquer. Comme elle délirait la majeure partie du temps, il résolut de la confier aux bons soins de Virginie, dont la présence se révélait pour une fois utile, ne passant plus s'enquérir de son épouse qu'en coup de vent lorsque ses activités et ses manœuvres lui en laissaient le loisir.

Faute de parlementaires prêts à accepter la présidence du Conseil, Grévy se retrouva dans l'obligation d'appeler Clément pour lui faire la même proposition qu'à ses prédécesseurs. Le député de Vendée déclina l'offre avec pertes et fracas, ce qui lui valut d'être porté en triomphe quand il revint à l'Assemblée. Il savait qu'en rejetant ce portefeuille, auquel pourtant il aspirait, il se l'assurait d'une manière plus certaine encore une fois le vieux cacique renversé, car il aurait la main sur la nomination de son successeur qui, lui, n'aurait d'autre possibilité que de le choisir pour mener la nouvelle action gouvernementale.

La guerre de positions durait. Le moment de profiter de cette grande confusion institutionnelle était venu. Du Roy réunit secrètement ses troupes corrompues et il monta à la tribune. Tous les regards se tournèrent vers celui qui avait fait éclater le scandale.

« Messieurs, chers amis et compagnons de lutte, dans ces heures troublées que nous affrontons, nous devons néanmoins poursuivre notre travail législatif pour consolider la place de la France à travers le monde.

« Comme beaucoup d'entre vous le savent, la construction du canal du Nicaragua rencontre depuis plusieurs mois de sévères difficultés mettant en péril son accomplissement et sa survie. L'arrêt de cette formidable entreprise serait un échec cuisant pour notre patrie sur la scène internationale ; et dans les circonstances extrêmes qui sont les nôtres aujourd'hui, dans ces instants critiques où le monde entier a les yeux braqués sur nous, nous ne devons pas faiblir, nous devons montrer que les institutions de notre République sont plus fortes que les tumultes qui nous agitent, qu'elles sont indépendantes des hommes qui les incarnent puisqu'elles sont l'expression de la volonté générale qui, elle, ne saurait être bâillonnée ou renversée.

« Je me suis entretenu avec les responsables de la Compagnie du canal interocéanique ; ils m'ont affirmé qu'un emprunt à lots leur permettrait de sortir définitivement de l'ornière où des aléas climatiques les ont fait chavirer. Cet emprunt, vous le savez, n'est possible que grâce au vote du Parlement. L'urgence est réelle, aussi pressante que celle à laquelle nous faisons face, car il y va de la place et de l'influence de la France dans le grand concert des nations qui façonnent l'histoire. »

Les propos de Du Roy furent suivis d'un moment de flottement silencieux.

Clément se leva de son siège et déclara avec solennité :

« Notre confrère normand a raison, l'abandon de la construction du canal du Nicaragua serait aussi néfaste pour notre nation que le prolongement de la crise institutionnelle dans laquelle nous nous enfonçons à cause de l'acharnement d'un seul vieillard sénile qui se croit encore aux temps misérables de la monarchie ou de l'Empire. Nous ne pouvons pas laisser cette partie du globe sans une présence française, au risque d'ouvrir la voie vers une hégémonie américaine qui nous reléguerait tôt ou tard au rang de puissance secondaire. Je propose donc de mettre sans plus attendre aux voix la motion de M. Du Roy de Cantel. »

La majorité des députés présents s'électrisa aux mots du député vendéen ; la Chambre vota l'emprunt, suivie par le Sénat. Par ce tour de force habilement concerté, le tombeur des ministères s'affichait comme l'homme fort du pays, et le patron de *La Vie française* comme hautement ministrable.

Grévy résista encore quelques jours, puis il se rendit à l'évidence et démissionna de ses fonctions.

Le lendemain, alors qu'il s'apprêtait à quitter le journal pour passer prendre des nouvelles de Suzanne avant de se rendre à Versailles où siégeait le Parlement pour élire le nouveau président de la République, Georges reçut un petit bleu :

« Retrouvez-moi au 127 de la rue de Constantinople. Remettez ce pli à la concierge en arrivant. »

Et il était signé : « Salomé. »

Ses tempes se mirent à le brûler ; il rédigea à la hâte une procuration qu'il fit porter à Clément et sauta dans le premier fiacre.

La circulation était à l'arrêt aux abords de Saint-Lazare ; une voiture avait versé sur la chaussée et en barrait la route. Du Roy descendit, paya le cocher et continua à pied.

En marchant, il relut le mot de Salomé, stupéfait de se rendre à cette adresse.

Quand il fut arrivé à destination, il contempla depuis le trottoir d'en face cet immeuble qui avait autrefois abrité ses ébats avec Clotilde de Marelle. Quelque chose en lui l'alertait ; il sentait confusément que, s'il franchissait ce porche, il n'y aurait plus de retour en arrière possible.

Il traversa et se faufila à l'intérieur. Une grosse dame aux joues rouges sortit de la loge :

« Je peux vous renseigner, m'sieur ? »

Il lui tendit le mot de Salomé ; la concierge, habituée sans doute aux situations délicates, opina silencieusement du chef, s'éclipsa et revint avec une clef.

« C'est la porte qu'est là. »

Il prit la clef et, tandis que la concierge s'éclipsait, il demeura immobile. Il était médusé ; l'appartement était celui où il avait vécu, celui où il avait maintes fois retrouvé Clotilde pour leurs étreintes clandestines.

Son instinct lui soufflait de faire marche arrière, de s'enfuir pendant qu'il en était encore temps, mais son désir sourd de posséder cette femme indomptable le poussa à ouvrir la porte et à entrer dans ce deux-pièces qu'il connaissait.

Il eut peine à reconnaître l'endroit. Le salon, jadis tapissé de papier ramagé, était désormais transformé en une chambre meublée Louis XV, entièrement tendue d'une toile de Jouy mélangeant des motifs champêtres et érotiques. Des bougies diffusaient une demi-pénombre voluptueuse ; des miroirs, habilement accrochés aux murs, réfléchissaient leur luminosité chaude. Dans l'un d'eux, apparut le reflet de Salomé.

Il se retourna et la contempla en silence. Elle se tenait devant ce qui, naguère, était la chambre.

« Bonjour, Georges. »

Elle s'avança, prit une carafe de vin sur un guéridon, remplit les deux verres qui y trônaient également et le rejoignit.

« Le lieu est-il à votre goût ? »

Elle leva son verre en direction de Du Roy.

« À notre succès. »

Ils trinquèrent. Salomé s'éloigna de quelques pas.

« Vous avez bien mérité la récompense dont vous allez jouir. »

Georges but une longue gorgée et désigna la seconde pièce, plus petite, de l'appartement.

« Qu'y a-t-il là-bas ?

— Je l'ai baptisée le "boudoir des secrets". C'est là que les femmes se préparent.

— *Les* femmes ?

— Oubliez-vous que je suis multiple ? »

Il frisa sa moustache d'un geste amusé et vida son verre d'un trait. Salomé s'empara d'un bandeau noir qui attendait sur une commode en acajou.

« Vous connaissez les règles ? »

Il acquiesça.

« Donc tout était vrai ?

— De quoi parlez-vous ?

— L'autre nuit, tout était vrai, n'est-ce pas ? »

Le visage de Salomé se fissura d'un sourire énigmatique.

« D'après vous ? »

Il sourit à son tour.

« Déshabille-toi et assieds-toi dos à moi sur le lit. »

Il s'exécuta sans la quitter du regard. Salomé lui banda les yeux.

« Allonge-toi. »

Elle l'attacha comme elle l'avait fait quelques mois auparavant, au château.

« Quand tout sera fini, tu attendras d'entendre la porte se refermer. J'aurai au préalable suffisamment dénoué tes liens pour que tu puisses recouvrer seul ta liberté. Si jamais tu ne respectais pas l'ordre des événements, je disparaîtrais à jamais. »

Se souvenant qu'il ne devait plus prononcer un mot, il ne répondit rien. Il entendit Salomé se diriger vers le « boudoir des secrets », perçut le bruit des étoffes qui glissaient sur le sol, puis le pas léger des pieds nus sur le parquet et les tapis. Un cliquetis métallique attira son attention, mais le profond baiser qu'elle lui donna en se mettant à califourchon sur lui eut raison de sa vigilance.

Lorsqu'elle cessa de l'entreprendre, il avait perdu toute notion du temps et de l'espace. Il reprit lentement ses esprits, guettant les indices sonores qui lui indiqueraient quand se détacher et retirer le bandeau.

La porte se referma ; il se libéra, s'assit et demeura un temps indéterminé dans cette position. Il se leva, marcha jusqu'à l'autre pièce de l'appartement, effectivement aménagée en boudoir aux tentures bordeaux, avec une psyché, un sofa, une commode vernie et une armoire où était pendue une myriade de dessous féminins.

Il revint dans la chambre, se rhabilla et partit.

Dehors, la nuit tombait. Il tira sa montre à gousset de son gilet ; il était huit heures du soir passées de quelques minutes.

Il remonta jusqu'au boulevard des Batignolles, héla un fiacre et rentra à son hôtel particulier de l'avenue du Bois-de-Boulogne, encore enivré des plaisirs qu'il avait reçus en échange de ses loyaux services.

Chez lui, régnait une agitation inhabituelle. Les membres du personnel allaient et venaient, les bras chargés de draps blancs ou ensanglantés, de bassines d'eau claire ou souillée.

Firmin vint à sa rencontre et lui tendit une enveloppe :

« Vous avez reçu un télégramme, Monsieur.

— Que se passe-t-il ? »

Virginie surgit et ne laissa pas à Firmin la possibilité de répondre. Du Roy ne l'avait jamais vue aussi pâle.

« Georges, un malheur est arrivé… »

Elle s'effondra en larmes. Il la prit dans ses bras. Elle le serra de toutes ses forces, hoquetant de chagrin.

« Calmez-vous, Virginie, calmez-vous.

— Nous avons essayé de vous joindre… »

Elle n'acheva pas.

« J'étais à Versailles pour l'élection du nouveau président de la République. »

Ses pleurs redoublèrent. Il se dégagea de son étreinte, se recula et prit son visage entre ses mains.

« Virginie, au nom du ciel, calmez-vous. »

Elle voulait parler mais aucun son ne parvenait à franchir ses lèvres tremblantes.

« Calmez-vous et dites-moi ce qui se passe.

— C'est... affreux... le bébé...

— Comment ça, le bébé ? Que se passe-t-il exactement ? Où est Suzanne ? »

Elle fondit de nouveau en sanglots.

Du Roy monta quatre à quatre les escaliers et entra en trombe dans la chambre de sa femme. Elle était allongée sur son lit, les yeux fermés ; deux hommes étaient penchés autour d'elle. L'un d'eux le rejoignit tandis que l'autre, assisté par Justine, passait des compresses imbibées d'eau fraîche sur le front de Suzanne.

« Monsieur Du Roy de Cantel ?

— Lui-même. »

L'homme lui serra la main.

« Je suis le docteur Ménard. Il y a eu des complications pendant l'accouchement.

— Comment va-t-elle ?

— Votre épouse a perdu beaucoup de sang, elle est encore inconsciente mais elle est maintenant hors de danger.

— Et le bébé ? »

Le médecin baissa la tête.

« Je crains de ne pas avoir de bonnes nouvelles à vous annoncer. »

En disant ces paroles, il se tourna vers le petit bureau où Suzanne rédigeait habituellement son courrier ;

un linge blanc recouvrait une forme dont la taille ne laissait pas de doute sur ce qu'il dissimulait.

Georges s'approcha à pas lents ; il écarta le tissu immaculé et découvrit le corps d'un nourrisson, raide et froid. C'était un garçon et il était mort-né.

Il se laissa glisser sur la chaise à proximité et resta totalement hébété, l'œil vide.

Quand il revint à lui, il réalisa qu'il tenait toujours dans sa main la petite enveloppe que lui avait remise Firmin. Il l'ouvrit machinalement et lu le télégramme de Clément :

« J'ai fait élire Carnot parce que c'est le plus bête de tous ! Que diriez-vous de rejoindre mon gouvernement en tant que ministre des Finances ? Amitiés et joies pour Suzanne et pour vous. »

# DEUXIÈME PARTIE

# 1

Georges Du Roy de Cantel menait enfin la vie qu'il avait tant convoitée.

Installé au palais du Louvre, dans son imposant bureau de l'aile Richelieu, il s'enivrait de sentir, presque physiquement, le pouvoir qui était désormais le sien. Les lustres, les dorures, les moulures et les lambris finement sculptés, le mobilier Empire, le protocole, la déférence qu'on lui témoignait eu égard à son rang de ministre des Finances, tout ce faste lui paraissait à la mesure de sa personne, conforme à l'ampleur qu'il méritait et qui, au fond, même dans ses années misérables, avait toujours été la sienne.

Depuis ses fenêtres, il pouvait apercevoir le Palais-Bourbon sur l'autre rive de la Seine ; il le regardait de haut en frisant sa moustache d'un geste méprisant et arrogant, le torse bombé, le menton fier, l'œil triomphant, avec l'impression de le surplomber, de le dominer de sa stature étatique comme si, de là où il se tenait, il pouvait dicter aux députés la marche à suivre, les lois à voter, jusqu'aux mots de leurs discours prononcés dans l'hémicycle devenu si restreint pour un homme de sa dimension.

Lui, Georges Du Roy de Cantel, né Duroy, à Canteleu, fils de petits paysans et cabaretiers normands, appartenait avec le ministre des Affaires étrangères à la garde ministérielle rapprochée du président du Conseil, le « triumvirat » selon l'expression consacrée dans la presse. À ce titre, il avait ses entrées jour et nuit place Beauvau, Clément assumant conformément aux us et coutumes du régime les fonctions de chef de l'action gouvernementale et de ministre de l'Intérieur ; Georges était de tous les conciliabules, prenait part à toutes les décisions cruciales pour l'avenir de la France, commandant ainsi en partie à sa destinée ; il côtoyait les ambassadeurs des plus grandes nations d'Europe, du monde entier, dont il recueillait les doléances intéressées sous forme de confidences diplomatiques auxquelles il répondait selon son humeur et sa convenance tout aussi intéressées.

Ce sentiment de toute-puissante auquel il s'abandonnait avec une jouissance scélérate, sans réserve, était augmenté par la qualité de ceux qui briguaient ses faveurs avec des assiduités redoublées. Les plus riches industriels du pays sollicitaient ses lumières et ses conseils au sujet de leurs projets ; les plus grands banquiers s'inquiétaient des orientations prochaines de sa politique économique pour modifier leurs investissements à la hausse ou à la baisse ; et les patrons des journaux les plus influents guettaient la moindre de ses expressions sibyllines pour y décoder une information exclusive ou une révélation leur permettant d'augmenter leurs tirages.

Courtisé par tous, ne se donnant à aucun, ne promettant jamais rien à personne et laissant pourtant chacun espérer, il ne comptait plus les invitations aux dîners en ville triés sur le volet, les marques d'intérêt et d'amitié qu'on lui témoignait à grand renfort de cadeaux ou d'avantages en nature. À ce jeu de dupes, Du Roy n'était pas plus crédule que ceux dont il recevait la complaisance, mais il avait tellement attendu et espéré sa position d'aujourd'hui qu'il était bien résolu à en user et en abuser, à prendre lui aussi sa part de fortune que tout ce joli petit monde hypocrite se partageait sans vergogne aucune.

Depuis maintenant six mois qu'il était entré au gouvernement, plus rien ne lui résistait ; le printemps de ce mois d'avril qui frémissait timidement dans les rues de la capitale lui semblait avoir commencé le jour où il avait pris possession de son portefeuille. Seul l'état de santé de Suzanne était venu ternir sa réussite et la satisfaction qu'il en retirait. Suite à la tragédie qu'elle avait vécue au début de l'automne, elle s'était enfoncée dans une longue et profonde neurasthénie dont l'ombre allongeait une aile macabre sous son toit ; elle était restée prostrée la majeure partie de l'hiver au fond de son lit, le regard éteint, muette, se nourrissant à peine malgré l'affection constante et vigilante de sa mère qui n'avait pratiquement pas quitté son chevet. Du Roy s'était montré prévenant, attentif et compréhensif, jusqu'à ce que, comprenant que cette pesanteur était vouée à s'enraciner plus que de raison, il se résolût sans trop de scrupules à abandonner Suzanne aussi souvent qu'il le pouvait aux bons soins de Virginie, de sa dévotion maternelle et très chrétienne. Pour lui, si la nature n'avait pas prêté vie à leur dernier fils, c'est que cet être n'était pas viable ; cet événement leur avait évité d'hériter d'un enfant qui aurait été un poids, une source de complications quotidiennes, et surtout une tache dommageable dans la lignée d'un homme de sa condition ; par conséquent, une fois passée la douleur du drame, il y avait plus lieu de se réjouir que de s'affliger. Pourtant, Georges n'hésitait pas à afficher une affliction pudique lorsqu'il était amené à évoquer ce sujet en société, en particulier si ses interlocuteurs étaient des femmes, toujours plus enclines à s'émouvoir de la détresse soucieuse d'un homme pour son épouse. Néanmoins, la situation s'était lentement améliorée et continuait de s'améliorer avec le retour du père de Suzanne. Lorsque Du Roy avait appris la décision du gros Walter de revenir s'installer à Paris pour cesser de faire de perpétuels allers-retours avec sa résidence cannoise et être plus près de sa fille dans ces heures difficiles, cette perspective de se retrouver avec l'actionnaire majoritaire du journal qu'il dirigeait dans les pattes l'avait tout d'abord fortement agacé, puis il y avait vu l'opportunité de se délester des lourdeurs administratives que lui imposaient ses fonctions à *La Vie française* sur ce vieux grigou, trop content de reprendre du service dans la grande marche du monde et de recouvrer un statut social plus reluisant que celui de rentier juif ; cela lui permettait, en outre, de se consacrer pleinement aux multiples plaisirs liés aux privilèges de sa charge, ainsi que tenir loin de lui la triste mine de Suzanne, d'autant plus loin que le travail consciencieux des petites mains du ministère, auxquelles il déléguait toutes les affaires ingrates, le laissait libre d'honorer la majorité des sollicitations mondaines dont il faisait l'objet.

Siegfried et Salomé avaient littéralement disparu, sans doute appelés par d'autres opérations pour lesquelles ils n'avaient pas besoin de son concours. Si Georges s'était rendu à plusieurs reprises rue de Constantinople dans l'espoir d'y voir Salomé, il avait à chaque fois trouvé les volets fermés, derrière lesquels on devinait les fenêtres plongées dans l'obscurité ; un soir, il s'était risqué à franchir le porche pour tenter de soutirer des informations à la concierge de l'immeuble, mais ce cerbère rougeaud, rompu à la discrétion de son emploi, probablement remercié pour son silence en gratifications sonnantes et trébuchantes, avait hélas été désolé de n'avoir rien de concret à lui apprendre.

Son incapacité à mettre la main sur Salomé préoccupait bien plus Du Roy que l'état de Suzanne. Pour rassasier son besoin inassouvi de posséder cette femme qui lui échappait sans cesse, il fréquentait avec voracité les maisons closes les plus réputées, où il croisait l'ensemble de la société influente qu'il côtoyait durant la journée dans les antichambres du pouvoir ; il venait avec la volonté farouche de s'y perdre tout entier ; pourtant, malgré son désir ardent de s'abîmer dans la luxure pour oublier celle qui se dérobait à lui, son acharnement charnel ne faisait que le ramener au souvenir indélébile des étreintes de Salomé et au manque que son absence creusait en lui jusqu'à l'obsession.

L'huissier entra dans le bureau de Du Roy baigné de lumière en cette douce matinée d'avril et déposa devant lui les journaux du matin. Georges le remercia d'un hochement de tête, suivit encore un instant le fil de ses pensées, puis il se plongea dans les actualités.

L'épilogue de ce que l'on appelait désormais « le scandale des Décorations » occupait l'ensemble des unes. Wilson, le gendre de l'ancien président, dont l'immunité parlementaire avait été levée à la suite de la démission de son beau-père, avait été condamné la veille à deux ans de prison, à une amende de trois mille francs et à la privation de ses droits civiques. Les commentateurs saluaient à l'unanimité cette décision de justice, qui rendait selon eux gloire à la République et à l'intransigeance de ses institutions, alors que ce jugement n'était en réalité qu'une vaste mascarade tant la gravité des faits aurait exigé une sanction on ne peut plus sévère que celle infligée ; preuve qu'un escroc, quand il appartient à la sphère des puissants, s'en sort toujours mieux qu'un justiciable ordinaire, tout ce petit monde se tenant mutuellement en respect par les malhonnêtetés qui les unissent.

La fin de ce feuilleton judiciaire mise à part, aucune autre nouvelle ne paraissait digne d'intérêt à Du Roy lorsque, survolant les titres de *La Plume*, le titre d'un entrefilet, signé par Madeleine sous son pseudonyme officiel, attira son attention : « Vers le naufrage du canal du Nicaragua ? »

Il déplia la feuille et lu ces quelques lignes avec soin :

> Malgré le gigantesque emprunt national voté par la Chambre à l'automne dernier, des rumeurs persistantes affirment que les travaux du canal du Nicaragua seraient de nouveau à l'arrêt, faute de fonds suffisants pour les poursuivre. Des milliers de modestes épargnants, qui ont investi leurs économies personnelles dans ce projet pharaonique censé servir la grandeur de la France sur la scène internationale et venir enrichir les caisses de l'État, ne cessent de réclamer des éclaircissements à la Compagnie du canal interocéanique. À ce jour, leurs inquiétudes et leurs suppliques n'ont récolté que le silence des dirigeants de cette entreprise.
>
> Faut-il en déduire que la banqueroute est proche et que des milliers d'honnêtes travailleurs et contribuables vont se retrouver jetés sur la paille ? Et si tel était le cas, que leur répondraient nos parlementaires qui leur ont assuré avec force enthousiasme le succès de cet investissement ?

Du Roy referma le journal, se leva et fit quelques pas crispés dans la pièce. Les rumeurs concernant l'interruption de ce chantier dantesque étaient-elles fondées ? Si oui, pourquoi lui, le ministre des Finances du pays, n'était-il pas déjà au courant de ces difficultés ? Et surtout, si la faillite qu'évoquait Madeleine finissait par advenir, pourrait-on remonter jusqu'à lui et à la corruption des élus dont il avait été l'ordonnateur occulte ? Il frisa sa moustache avec un geste nerveux et préoccupé. Non, il était impossible de retrouver sa trace dans les combinaisons qui avaient favorisé le vote de cet emprunt par le Parlement. Les chèques encaissés par les députés, les sénateurs et les patrons des grands organes de presse portaient la signature de Siegfried ; Georges et chacun de ceux qu'il avait achetés gardaient un reçu contresigné de leurs mains respectives, garantie du secret mutuel qu'ils devaient tous conserver. Seuls les dix millions que lui avait versés Siegfried pour ses services pourraient éventuellement l'incriminer ; mais encore faudrait-il que l'on puisse relier cette somme à la Compagnie du canal, sans compter que le jeune financier originaire des Landes n'avait aucun intérêt à ce que ce lien fût révélé au grand jour.

La sonnerie du téléphone le tira de ses réflexions. Il revint à son bureau et décrocha.

« Allô !

— Georges, c'est Léon.

— Monsieur le Président du Conseil.

— Oublie le protocole, tu as lu *La Plume* ? »

Clément ne le tutoyait que dans les situations délicates où il estimait préférable de ne pas s'encombrer de convenances inutiles.

« À l'instant.
— Il faut nous voir. Quand peux-tu passer place Beauvau ? »

Du Roy se rappela qu'il devait se rendre au Père-Lachaise avec Suzanne en début d'après-midi pour changer les fleurs sur la tombe de leur enfant mort-né. Il esquivait cette obligation depuis des mois et lui avait promis, cette fois, de l'accompagner.

« Ce soir, vers sept heures ?
— Parfait. »

Ils raccrochèrent.

Georges continua d'évaluer les risques des remous politiques qu'entraînerait une mise en cessation de paiement de la Compagnie du canal interocéanique, déjeuna seul, et vint l'heure de partir rejoindre Suzanne.

Arrivé en avance avec un bouquet de houx vert et de bruyère en fleur, il en profita pour vagabonder dans les allées de cette nécropole qui le fascinait. Il l'avait découverte lors de l'enterrement religieux que Suzanne avait absolument voulu pour leur fils et qui avait nécessité un ondoiement *post mortem* du nourrisson sous le prénom d'Anatole. Il était estomaqué par la magnificence de certaines sépultures et de certains mausolées, comme si leurs occupants espéraient défier jusqu'à l'éternité de la grandeur qu'ils avaient prêtée à leur vie et à leur personne. Du Roy sourit devant cette ultime expression de la vanité humaine, elle seule immortelle, surtout vu l'état d'abandon dans lequel croupissaient bon nombre de ces stèles prétentieuses ; abandon qui confinait à l'oubli le plus complet et témoignait du souvenir glorieux que les gisants avaient effectivement légué à la postérité.

Au détour d'une allée, il vit un homme en train de se recueillir sur une pierre tombale où était gravé un nom féminin, certainement celui de son épouse emportée par la maladie ou décédée dans un accident quelconque. Quelques mètres plus loin, une femme se recueillait également sur ce qui devait être la dernière demeure de l'être aimé. Elle pleurait à chaudes larmes, un peu trop ostensiblement pour ne pas laisser penser à un esprit désabusé de l'âme humaine qu'elle cherchait à attirer l'attention sur son inconsolable tristesse. Georges se souvint alors d'une nouvelle publiée dans les colonnes de *La Plume* par ce Guy de Maupassant, dont il surveillait les chroniques depuis la parution en feuilleton de son *Bel-Ami*, et qui s'intitulait *Les Tombales*. Le chroniqueur y décrivait une femme qui se rendait en habits sombres au cimetière du Père-Lachaise pour profiter de la détresse de veufs aisés, si possible suffisamment âgés pour s'approcher de la sortie, afin de les séduire, de devenir leur maîtresse et de se faire entretenir, voire de se marier avec eux. Il observa un instant la scène : l'homme, ne pouvant décemment ignorer le désarroi de sa voisine de deuil, fût-elle une parfaite inconnue, engagea la conversation, compatit à son chagrin, lui offrit un mouchoir, et enfin le soutien de son bras. Ce cynisme dans la prédation réjouit Du Roy ; il les regarda s'éloigner ensemble, ôtant son haut-de-forme pour saluer la hardiesse de l'aventurière, dans laquelle il reconnaissait l'audace de sa propre crapulerie, et il se hâta d'aller retrouver Suzanne.

Il fut surpris de constater qu'elle n'était pas, pour la première fois depuis des mois, entièrement vêtue de noir. Elle portait une robe et un chapeau bleu marine ; son visage était dissimulé par une voilette claire. Virginie l'accompagnait, habillée quant à elle d'une robe gris souris aux rubans anthracite et d'un couvre-chef assorti.

Georges les embrassa et ils s'engagèrent dans une petite allée qui les conduisit jusqu'au tombeau d'Anatole. Ils retirèrent les fleurs fanées, les remplacèrent par celles que chacun avait apportées, observèrent un moment de prière, puis ils se dirigèrent vers la sortie du cimetière.

En chemin, Suzanne dit à son mari :

« Ce matin, je suis retournée avec maman à une réunion pour les droits des femmes. »

Du Roy la considéra avec étonnement, adressa un regard interrogateur à Virginie qui lui confirma d'un discret hochement de tête la véracité du fait.

« Tu m'en vois ravi, ma Suzon. Rien ne peut me rendre plus heureux que de te voir reprendre le cours de ta vie.

— J'ai compris que me morfondre ne ferait pas revivre Anatole. Cela m'a demandé du temps, mais j'avais sans doute besoin de cette période entre les deux rives de l'existence pour lui dire au revoir. »

Georges posa sa main sur le bras de Suzanne en souriant :

« L'essentiel est que tu aies rallié la berge. »

Il jeta un coup d'oeil à Virginie avant de revenir à sa femme :

« Alors, racontez-moi. Comment était votre réunion de ce matin ? »

Suzanne répondit :

« Nous avançons. À petits pas, certes, et cependant nous avançons. »

Virginie ajouta :

« Nous avons décidé d'organiser une vente de charité en mai, au profit des jeunes filles orphelines. »

Du Roy salua l'intention.

« Excellente initiative ! »

Suzanne compléta, d'une voix où perçait de nouveau l'enjouement qui lui était autrefois coutumier :

« Nous comptons faire une vente aux enchères d'objets précieux dont nous n'avons plus l'utilité, et nous avons pensé que, pour donner plus de publicité à l'affaire, tu pourrais jouer le rôle de commissaire-priseur. »

Georges se sentit pris de court. Si la faillite du canal interocéanique venait à se confirmer, il comptait ne pas attirer l'intérêt sur lui en s'exposant le moins possible.

« Pourquoi pas ? Dès que vous aurez arrêté une date, dites-le-moi, si je n'ai pas une commission ou un déplacement ce jour-là, vous pourrez évidemment compter sur moi. »

Suzanne avait une meilleure proposition :
« Faisons plutôt l'inverse, veux-tu ?
— C'est-à-dire ?
— Regarde les jours où tu seras le moins pris par tes obligations entre le mois prochain et le suivant, et réserve-le nous ? »
Georges acquiesça.
« Tu as raison, nous ferons à ta façon. »
Ils marchèrent quelques instants en silence. Du Roy se disait qu'il serait toujours temps d'annuler à la dernière minute en prétextant une réunion d'urgence avec le gouvernement ; il enverrait un huissier du ministère accomplir cet office à sa place, et le tour serait joué.
Rasséréné par cette perspective et ce stratagème, il demanda :
« Comment avez-vous conçu ce projet ? »
Virginie répondit, les yeux baissés, un demi-sourire aux lèvres qui sembla narquois à Du Roy :
« Oh, l'idée est venue d'une amie de Suzanne, une femme charmante et pleine d'énergie... Ah, son nom m'échappe ! »
Suzanne pallia l'amnésie passagère de sa mère :
« Salomé de Latour, maman. »
Elle se tourna vers Georges :
« C'est Salomé qui a eu l'idée. »
Du Roy, ne laissant rien transparaître de sa surprise, rétorqua la première chose qui lui passa par l'esprit :
« Voilà qui lui ressemble. En tous les cas, l'entreprise est admirable ! »

Ils arrivèrent sur la chaussée où les attendaient leurs voitures respectives.

« Je dois voir Clément place Beauvau en début de soirée, ne m'attendez pas pour souper. »

Les deux femmes opinèrent ; Georges les embrassa et ils se séparèrent.

« Ainsi Salomé est de retour », pensa-t-il une fois en route. Il s'en doutait ; depuis qu'il avait lu l'entrefilet de Madeleine ce matin dans *La Plume*, il sentait confusément qu'il aurait bientôt de ses nouvelles ; sa nervosité n'était pas uniquement due aux dangers liés aux complications qui s'annonçaient pour le canal du Nicaragua, mais aussi à l'excitation fiévreuse de la savoir si proche de lui, à portée de fiacre.

Il demanda au cocher de faire un détour par la rue de Constantinople. Devant le numéro 127, il constata que les volets de l'appartement étaient tirés et non fermés, preuve que quelqu'un y séjournait en ce moment. Il hésita à descendre, se ravisa ; elle savait où le trouver, c'était elle qui venait à lui quand elle le décidait ; et elle viendrait à lui, il en était intimement persuadé car, avec le spectre de la banqueroute planant sur la Compagnie du canal interocéanique, elle et Siegfried allaient avoir besoin de lui.

De retour au ministère, il fut incapable de se concentrer et de suivre une réflexion cohérente. Les quelques heures le séparant de son rendez-vous avec Clément lui semblèrent prendre un plaisir narquois à s'éterniser. Lorsqu'il fut fatigué de tourner dans son bureau comme un fauve en cage, il attrapa sa canne, coiffa son haut-de-forme et partit à pied jusqu'à la place Beauvau.

Le ministre de l'Intérieur et président du Conseil l'accueillit avec chaleur ; il l'entraîna dans un salon Empire donnant sur les jardins de l'hôtel particulier, situé entre l'antichambre et le bureau ministériel. Il congédia les huissiers et le personnel afin qu'ils pussent parler plus librement.

« Vous buvez quelque chose, Georges ?
— Comme vous.
— Vous n'avez rien contre le cognac ?
— Au contraire ! »

Il attrapa deux verres.

« Je vous ai déjà raconté comment j'ai arraché ce ministère à ce crétin de Carnot ? »

Georges avait entendu cette histoire une bonne dizaine de fois tant Clément aimait à la raconter dès qu'un de ses interlocuteurs en ignorait la teneur.

« Oui, je crois, mais j'en ai oublié les détails. »

Le président du Conseil servit les cognacs.

« Carnot me convoque à l'Élysée après la crise que vous connaissez. Il m'accueille dans ses petits souliers, presque tremblant, me propose de boire quelque chose, me demande ce que je prends, et je réponds : "Je prends l'Intérieur !" Et me voilà. »

Il rejoignit Du Roy ; tous deux s'assirent dans des canapés disposés en angle droit. Ils trinquèrent à la France, Clément s'enquit de l'état de santé de Suzanne, se montra ravi d'apprendre les récentes dispositions qui étaient les siennes, puis il entra dans le vif du sujet :

« Il faut nous préparer à d'éventuels coups de tabac avec le canal, ou en tout cas à des remous assez sérieux. »

Georges feignit l'étonnement.

« Auriez-vous des informations qui n'auraient pas été portées à ma connaissance ?

— Je suis ministre de l'Intérieur, j'ai des informations que personne n'a ! J'en ai même sur vous, je sais tout de vos petites magouilles. »

Du Roy maîtrisa toute réaction instinctive qui aurait révélé sa méfiance et l'escamota derrière un trait léger :

« Vous voulez parler de la belle Edwige du Chabanais que je soudoie une fortune pour qu'elle me préfère à vous ? »

Clément goûta cette grivoiserie et partit d'un grand éclat de rire communicatif avant de retrouver son sérieux.

« Georges, je sais que vous palpez des enveloppes pour certains marchés, publics ou privés, que vous favorisez ; mais rassurez-vous, ça ne me dérange pas. D'abord parce que c'est de bonne guerre, tout le monde le fait, tout le monde touche des gratifications pour les facilités qu'ils arrangent ; quant à vous, je sais que vous prenez directement aux industriels qui s'en mettent plein les poches sur le dos des travailleurs sans rogner sur ce qui doit rentrer dans les caisses de l'État, donc vous ne spoliez ni le pays ni les honnêtes gens. »

Il but une longue gorgée de cognac pour marquer son effet.

« Ce que je voudrais savoir, en revanche, c'est si vous avez empoché quelque chose pour le vote de l'emprunt que nous avons fait passer à la Chambre. »

Du Roy se montra offusqué.

« Léon, comment pouvez-vous un instant imaginer une chose pareille ? »

Clément le fixait avec attention. Du Roy surenchérit :

« Et je vous rappelle que c'est vous qui m'avez présenté Siegfried et que nous étions tous les deux persuadés du bien-fondé de ce projet pour la France, sa prospérité et sa place dans le grand concert des nations. »

Clément leva les mains dans un geste d'apaisement.

« D'accord, Georges, d'accord. C'est justement parce que je vous ai présenté Siegfried que je vous pose la question, car je sais qu'il peut se montrer extrêmement persuasif lorsqu'il veut quelque chose. Quand mon journal était en difficulté, il m'avait proposé de me "donner" de l'argent ; je savais que si j'acceptais, je lui serais un jour redevable d'une faveur, raison pour laquelle je lui avais suggéré d'acheter une partie des actions du *Glaive* plutôt que d'accepter son pot-de-vin déguisé aux intérêts à retardement ; cela avait l'avantage de rester légal et surtout, surtout, de faire de moi son associé, son partenaire, et non son débiteur. Mais je vous crois, Georges, je vous crois. Il était cependant nécessaire que je m'assure de votre totale probité dans cette histoire parce que, avec ce que nous risquons d'affronter, je ne peux compter que sur des personnes qui ont les mains plus propres que propres. »

Du Roy le dévisagea.

« C'est si grave que cela ?

— Cela se pourrait. »

Georges ne répliqua rien, le laissant maître de poursuivre ou de s'en tenir là. Après un soupir, Clément reprit :

« L'entrefilet que cette fouille-merde de Madeleine a publié ce matin ne m'a pas surpris. En vérité, je m'attendais à ce que les problèmes que rencontre le canal fuitent tôt ou tard dans la presse ; j'espérais que cela n'arriverait que la semaine prochaine, sauf qu'avec cet écho dans *La Plume*, la rumeur a commencé à se répandre. Notez que ce n'est pas plus mal ainsi, au moins nous serons fixés rapidement. »

Du Roy le regarda avec perplexité.

« Que doit-il se passer la semaine prochaine ? »

Clément remplit de nouveau leurs verres, qui étaient presque vides.

« Lesseps réunit les représentants des plus grandes banques françaises au siège de la Compagnie, rue de la Victoire. Cet imbécile veut également convier toute la presse à ce grand raout. J'ai essayé, sans succès, de l'en dissuader. Si jamais il n'obtenait pas les résultats qu'il espère, c'est-à-dire un soutien financier massif des banques, ce ne serait plus à une rumeur que nous serions confrontés, mais à une affaire. »

Georges demeura interdit, les yeux dans le vague. Quelque chose lui échappait.

« Je ne comprends pas, Léon. L'emprunt que nous avons fait voter a pourtant été un succès ? »

Clément hocha négativement la tête avec une moue dépitée.

« Pas comme on a bien voulu le raconter. La Compagnie était déficitaire de six cents millions de francs quand l'emprunt a été voté. Lesseps et ses copains ont lancé pour sept cent vingt millions de francs en actions sur le marché et les épargnants n'en ont souscrit que pour deux cent cinquante millions. Ils n'ont récolté que le tiers de ce qu'ils espéraient moissonner, soit une misère. »

Du Roy comprit que, cette fois, il risquait de devoir faire face à une situation vraiment délicate ; d'autant qu'il savait qu'une partie des fonds récoltés grâce à leur manœuvre avait servi à payer ceux qui avaient aidé au vote, dont lui. Clément continua :

« Ce qui m'étonne, c'est que la presse ait parlé de cet emprunt comme d'une réussite totale et qu'elle ait continué à chanter les louanges de l'entreprise sans même se renseigner sur le résultat comptable de cet emprunt. N'importe quel gratte-papier un peu malin aurait levé le lièvre. Et pourtant, rien. À croire qu'ils ont tous été payés. »

Georges se redressa.

« Payés ? Mais par qui ?

— Je ne sais pas. Par vous peut-être ? »

Du Roy croisa les jambes.

« Aucun journaliste de ce nom n'aurait accepté de salir la réputation de sa profession, et encore moins moi ! »

Clément sourit.

« Je plaisante. »

Il vida son verre. Georges l'imita. Clément les resservit.

« Voilà où nous en sommes. Il ne nous reste plus qu'à prier pour que Lesseps soit convaincant la semaine prochaine. »

La conversation roula ensuite sur des sujets politiques et gouvernementaux moins brûlants, sur les femmes qu'ils fréquentaient en commun au Chabanais, puis Clément reconduisit Duroy dans la cour pavée du ministère.

« Léon, selon vous, que se passera-t-il si Lesseps échoue dans cette ultime levée de fonds ?

— Nous sauterons, tous ! »

Georges eut une mine déconfite à l'idée de perdre son portefeuille. Clément joignit les mains derrière son dos.

« Ne faites pas cette tête, on n'est toujours ministre que par intérim. Il faut parfois savoir abandonner le pouvoir pour mieux le reconquérir plus tard. Vous retournerez vous asseoir avec moi sur les bancs de la Chambre et reprendrez votre permanence auprès de vos bons vieux Normands que, d'après ce que l'on m'a dit, vous avez quelque peu négligés ces derniers temps. »

Du Roy ne put réprimer une moue de dégoût à la perspective de retrouver ces bouseux stupides et mal dégrossis. Clément passa amicalement son bras autour des épaules de son ministre des Finances et ils descendirent les marches du perron.

« Croyez-moi, Georges, il ne faut pas s'accrocher au pouvoir pour le pouvoir. Regardez-moi, j'aime le pouvoir, je l'aime passionnément, j'aime le sentir couler entre mes doigts, même si je sais que c'est plus moi qui roule entre les siens que l'inverse. Ces choses-là vont et viennent, on essaie d'imprimer sa marque à l'histoire, de défendre une certaine idée de la France, on est parfois en phase avec les événements, avec le pays, avec ses aspirations, et alors on réussit ; à d'autres moments, on ne marche pas dans la même direction que l'opinion, quand on ne marche pas complètement à côté de ses préoccupations, et on trébuche. Mais si on a l'intérêt général chevillé au corps, qu'on fait des compromis sans verser à outrance dans la compromission, ou en tout cas sans trahir ni flouer les principes de la République qui doivent nous animer, alors on pourra chuter dix fois, on se relèvera une onzième s'il le faut. Malgré ce que le genre lexical nous enseigne, le pouvoir est comme une femme : il faut la désirer pour la séduire, accepter qu'elle se lasse de vous et ne surtout pas vous accrocher désespérément à elle pour vous effacer avec grâce si jamais vous voulez un jour la séduire de nouveau. »

Ils étaient arrivés devant la voiture de Du Roy. Clément lui donna une tape fraternelle dans le dos.

« Bonne nuit, Georges.

— Bonne nuit, Léon. »

## 2

Les bras chargés de la presse du matin, Du Roy sortit d'un pas rapide du ministère et s'engouffra dans sa voiture.

Les journaux titraient pour leur grande majorité sur le gendre de l'ancien président de la République, qui faisait appel de son jugement en première instance dans « le scandale des Décorations ». Les éditorialistes et les chroniqueurs, après avoir loué la justice et la République pour leur fermeté, en étaient pour leurs frais : tous s'offusquaient de l'attitude de l'accusé, ironisant à l'envi sur son outrecuidance et sa morgue envers les institutions, attitude intolérable qui ne manquerait pas, selon eux, d'être encore plus rigoureusement châtiée en deuxième instance ; aucun d'entre eux ne doutait en effet de la sévérité dont les magistrats feraient preuve dans le nouveau volet de cette affaire qui ébranlait les fondements moraux du régime actuel et profitait à ceux qui espéraient revenir à un système plus autocratique. Georges se frottait les mains : grâce à ce rebondissement, le baroud d'honneur organisé par Lesseps visant à sauver le canal du Nicaragua se trouvait relégué en arrière-plan de cette actualité mouvementée ; il n'occupait que de vagues brèves spécifiant le lieu et l'heure de cet événement ; quel que soit le résultat de cette tentative, son écho serait sans doute éclipsé, voire étouffé, par la suite du feuilleton judiciaire qui agitait les esprits.

Du Roy déchanta en arrivant rue de la Victoire, au siège de la Compagnie du canal interocéanique : aux côtés des banquiers les plus influents de la vie économique du pays, les patrons et les commentateurs vedettes des quotidiens les plus écoutés de l'opinion étaient tous présents dans la grande salle où Lesseps lancerait bientôt son cri d'alarme. Georges identifia chacun d'eux, dont Langade, le spécialiste de ces matières à *La Vie française* ; quand il eut fait le compte, il se sentit rassuré : la plupart d'entre eux avaient touché des sommes importantes pour tresser dans leurs colonnes les lauriers de l'emprunt voté par la Chambre ; s'ils ne pouvaient pas faire l'impasse sur ce qui se jouait aujourd'hui, ils ne pourraient pas non plus dévoiler l'ampleur de la débâcle qui risquait d'advenir, encore moins ses ramifications occultes, sous peine d'être eux aussi éclaboussés par l'opprobre qu'entraîneraient de telles révélations. Seule la présence de Madeleine, entourée du directeur de *La Plume* et de Guy de Maupassant, obscurcissait son horizon : malgré les approches indirectes qu'il avait menées auprès de cette feuille, les personnes sollicitées avaient une à une décliné ses propositions déguisées et n'entraient donc pas dans l'équilibre de la terreur qu'il avait mis en place pour circonscrire tout débordement potentiel en cas de crise.

Du Roy dévisageait Madeleine à la dérobée lorsqu'une tape dans le dos le fit sursauter :

« Prêt pour la roulette russe ? »

Il se retourna : Clément le fixait avec une expression qu'il voulait goguenarde et sereine, mais ses traits tirés derrière son sourire d'apparat trahissaient l'anxiété qui l'habitait.

Les deux hommes se serrèrent la main et prirent place. Lesseps entra accompagné de son fils, salua quelques personnes sur son passage avant de monter sur une estrade derrière laquelle était tendue une grande carte du Nicaragua. Après avoir remercié l'auditoire de sa présence, il en vint au sujet qui les occupait tous :

« Il suffit de regarder une carte géographique pour prendre conscience de la révolution que ce canal provoquera dans l'existence de l'univers. Son influence économique, stratégique, commerciale se fera sentir dans tous les domaines. De nombreux pays, en premier lieu les États-Unis, l'utiliseront chaque jour. Imaginez-vous ce que représenteront les droits de péage ? Mais pour atteindre cette réalisation cruciale pour l'avenir de notre pays, il faut d'urgence un nouvel appel de fonds, sous peine de devoir interrompre les travaux... »

À l'extérieur, une étrange rumeur se fit entendre. Certains auditeurs échangèrent des coups d'œil interrogateurs. Lesseps reprit en parlant plus fort :

« Ai-je besoin de vous dire, Messieurs, ce que signifierait la mort de ce projet ? L'honneur de la France serait gravement atteint, des milliers de petits porteurs qui nous ont fait confiance se retrouveraient ruinés du jour au lendemain. L'importance de l'enjeu est considérable et dépasse la survie d'une entreprise ordinaire. L'effort pour lequel je vous sollicite aujourd'hui débouchera un jour sur des profits mirifiques et surtout démontrera aux autres nations que la France est toujours une grande puissance. Il y a plus d'un quart de siècle, j'ai mené à bien une opération du même ordre, en dépit de tous les obstacles qui se trouvaient sur mon chemin, et vous savez ce qu'est devenu le canal de Suez... »

La rumeur était maintenant une clameur confuse qui s'élevait devant le siège de la Compagnie, d'où saillaient cris et invectives : « Escrocs ! », « Nous voulons des comptes ! », « Voleurs ! »...

Guy de Maupassant alla regarder par la fenêtre. Il s'exclama :

« Des actionnaires sont en bas ! »

Des murmures parcoururent l'assistance. Lesseps leva les mains en signe d'apaisement :

« Mes amis, mes très chers amis, ne nous laissons pas distraire par quelques furieux... »

Maupassant quitta précipitamment la pièce pour rejoindre les criards, suivi d'une partie des journalistes, ceux qui ne voulaient pas manquer la primeur de cette manifestation.

L'agitation gagna l'assemblée. Lesseps continua de temporiser :

« Mes amis, laissez mon fils et moi-même vous expliquer les modalités d'action pour la suite de ce que nous envisageons... »

Mais certaines personnes étaient déjà debout pour partir ou descendre voir de quoi il retournait, laissant Lesseps complètement hébété sur son estrade.

Clément se pencha vers Du Roy :

« La messe est dite, partons. »

Ils abandonnèrent leurs fauteuils et se mêlèrent au flot des déserteurs. Alors qu'ils dévalaient l'escalier, une voix derrière eux les interpella :

« Ma voiture est garée dans la première rue à droite en sortant. »

Les deux hommes se retournèrent et virent Siegfried passer à côté d'eux.

Dehors, Georges fut saisi par l'envergure de l'attroupement massé devant l'entrée : une centaine de petits épargnants, armés de pancartes aux inscriptions virulentes, déversaient avec rage leur haine et leur désarroi ; les employés de la Compagnie du canal leur faisaient barrage, progressivement rejoints par des agents de la sécurité publique attirés par le vacarme.

Clément attrapa Du Roy par le bras :

« Ne restons pas là. »

Les deux hommes s'engagèrent dans la première rue à droite où, portière ouverte, les attendait le véhicule de Siegfried. Ils montèrent à l'intérieur et l'attelage s'élança.

« Veuillez me pardonner cette manœuvre, mais vu les circonstances, il me semblait important de pouvoir nous parler. »

Clément interrogea le jeune homme avec un agacement perceptible :

« Allez-vous nous dire ce qui se trame réellement ? »

Siegfried le fixa sans se départir de son impavidité :

« Il est probable que la faillite soit devenue inévitable. »

Clément serra les dents :

« Comment cela, inévitable ? »

— Eh bien, avec ce qui vient de se produire, je doute que les banques aient très envie d'investir de nouveaux capitaux dans ce chantier qui se révèle être pire que le tonneau des Danaïdes. »

Clément contenait avec peine son énervement :

« Vous voulez dire que des dizaines de milliers, voire des millions de citoyens modestes vont se retrouver ruinés ? »

Siegfried lui répondit avec un geste évasif et désinvolte :

« Non, seuls ceux qui auront eu l'imprudence d'investir toutes leurs économies se retrouveront dans l'embarras. À moins que... »

Du Roy se redressa :

« À moins que ? »

Siegfried se tourna vers lui :

« À moins que le gouvernement ne rachète la dette du canal. »

Clément se rejeta contre le dossier de la banquette :

« Impossible ! »
Siegfried le considéra avec dureté :
« "L'impossible est le refuge des poltrons", disait Napoléon. »
Clément saisit le jeune homme au collet :
« N'ajoutez pas l'insulte à la Bérézina, où c'est à moi que vous en répondrez ! »
Georges s'interposa :
« Léon, gardez votre sang-froid ! »
Siegfried ne cillait pas. Clément le lâcha :
« Arrêtez la voiture ! »
Du Roy tenta de le calmer :
« Léon, au nom du ciel, Siegfried n'est pas notre ennemi, nous devrions peut-être étudier sa proposition. »
Le président du Conseil tonna, hors de lui :
« Et faire porter la faillite abyssale d'une société privée à l'ensemble de la nation ? Jamais ! La République crève de ces financiers parasites qui la saignent comme la tique suce le chien ! »
Siegfried finit de rajuster tranquillement sa lavallière :
« Léon, prenez le temps de la réflexion. Si le Trésor public se porte garant de la dette de la Compagnie, les banquiers seront rassurés et ils reviendront pour investir, allégeant ainsi fortement la participation de l'État. C'est le jeu des vases communicants. »
Clément se pencha à la portière :
« Arrêtez la voiture ! »

Le véhicule s'immobilisa et il descendit. Du Roy voulut sortir pour le rattraper, mais Siegfried lui barra le passage avec sa canne :

« Ne voulez-vous pas que je vous dépose à votre ministère ? »

Les deux hommes se jaugèrent, puis Du Roy se ravisa. Siegfried referma la portière, toqua contre le plafond de l'attelage, qui se remit en route.

« Essayez de le raisonner, Georges. »

Du Roy fut secoué d'un rire nerveux :

« Plus facile à dire qu'à faire ! »

Siegfried planta ses yeux dans les siens :

« Clément est intelligent. Même s'il a le tempérament vif, il comprendra que faire voter ce rachat est la seule solution viable. »

Le visage de Georges se fendit d'une moue dubitative. Siegfried ajouta :

« Et nous, nous devons tout mettre en lieu sûr. »

Du Roy fronça les sourcils.

« Que devons-nous mettre en lieu sûr ?

— Tous vos reçus, au cas où les événements prendraient une mauvaise tournure. »

Georges s'exclama :

« Vous ne croyez tout de même pas que je vais vous remettre des documents qui pourraient entraîner ma perte !

— C'est si vous les gardez par-devers vous qu'ils pourraient vous nuire. »

Du Roy soupira.

« Je vous écoute. »

Siegfried appuya ses coudes sur ses genoux :
« Si les choses venaient à mal tourner et que nos noms venaient à sortir sur la place publique, nous pourrions nous retrouver soumis à des perquisitions, et il serait extrêmement dommageable que les documents en votre possession soient découverts, surtout sous votre toit. Pour plus de sécurité, je compte les confier à Aimeric. Ils seront à l'abri dans sa maison, au fin fond des Landes.

— Et que faites-vous des reçus qui sont entre les mains de ceux que nous avons payés ?

— Salomé et moi avons déjà commencé à les récupérer.

— Et les députés en question vous les ont remis ?

— Sachant que nous leur rendrons ces éléments une fois la tempête passée, ils comprennent où sont leurs intérêts. Et puis Salomé sait se montrer très persuasive. »

Du Roy chassa les images douloureuses qui l'assaillaient de Salomé se livrant aux pires orgies pour jauger la situation avec un esprit clair et lucide. Il en conclut que Siegfried avait raison : ils devaient parer au pire pour ne pas avoir à l'affronter.

« C'est d'accord. »

Siegfried sourit :

« Salomé prendra contact avec vous. Tenez-moi au courant par son intermédiaire de l'évolution de Clément. »

La voiture arriva devant le ministère des Finances. Les deux hommes se saluèrent sans un mot et Georges descendit.

Une fois dans son bureau, il rédigea à la hâte un message à l'attention de Langade et de Rival qu'il fit porter en main propre à *La Vie française* : « Concentrez l'édition de demain sur le pourvoi en appel du gendre de Grévy. Pas un mot au sujet du canal. »

Il essaya ensuite d'expédier les affaires courantes, mais il était incapable de se concentrer. Lorsqu'il en eut assez de s'échiner inutilement sur des matières qui lui semblaient secondaires, il attrapa son haut-de-forme et sa canne, résolu à rentrer chez lui à pied pour s'épuiser le corps et juguler le flux incessant de ses pensées décousues.

Le soir tombait doucement sur la ville ; entre les ombres qui s'allongeaient s'insinuait une pointe de fraîcheur, résidu d'un hiver s'accrochant en vain à son règne.

Il remonta l'avenue de l'Opéra, bifurqua vers Saint-Lazare et rallia la rue de Constantinople. Les fenêtres de Salomé étaient éteintes. Il resta sur le trottoir d'en face à guetter les passants et les voitures ; puis, tiraillé par la faim, il redescendit jusqu'à la rue Auber et se rendit au Café de la Paix. Il s'installa à une table à l'écart, dîna et but copieusement pour s'abrutir, l'esprit de plus en plus vide et engourdi à mesure que son estomac se remplissait. Il termina un cognac en fumant un cigare, régla et sortit dans la nuit qui baignait les rues illuminées.

Il déambula jusqu'à la Madeleine, jetant un œil vague aux terrasses où l'on trinquait, piqua sur la place de la Concorde et s'engagea d'un pas nonchalant sur l'avenue des Champs-Élysées. Malgré la froidure sournoise qui obligeait les hommes à relever le col de leur redingote et les femmes à jeter un châle sur leurs épaules, la parade des cabriolets ouvrait la saison des promenades nocturnes au bois de Boulogne.

Il était dix heures passées quand il franchit le seuil de son hôtel particulier. Firmin le débarrassa. Des voix lui parvinrent depuis les salons, parmi lesquelles Du Roy identifia celle d'un homme.

« Nous avons des invités ?

— Le père de Madame est resté souper, Monsieur. Les liqueurs ont été servies dans la véranda.

— Merci Firmin. »

Georges arrangea sa lavallière face à l'un des deux grands miroirs du vestibule ; lorsqu'il fut satisfait de sa personne, il rejoignit Suzanne, Virginie et Walter, qui fumait un cigare en sirotant un armagnac confortablement avachi dans un canapé.

Georges embrassa sa femme, sa belle-mère, échangea une poignée de main avec son beau-père et prit place parmi eux.

« Si j'avais su que vous étiez là, Walter, je serais rentré plus tôt pour profiter de votre présence. »

Son beau-père sirota une gorgée de son digestif :

« Ne vous inquiétez pas, Georges, nous savons bien que votre ministère est un sacerdoce exigeant. »

Suzanne réprima un bâillement et se leva :

« Je vais aller lire dans ma chambre, nous avons eu une longue journée, n'est-ce pas maman ? »

Virginie acquiesça en se levant à son tour :

« Oui, longue et harassante. Celle de demain s'annonçant tout aussi prenante, je vais moi aussi me retirer. »

Du Roy attrapa la carafe de cognac et se servit un verre :

« Vous avez avancé sur votre vente de charité ? »

Suzanne salua son père et se tourna vers son mari :

« Oui. D'ailleurs, il faut que tu nous donnes une date. L'idéal serait que nous sachions en fin de semaine.

— Bien sûr, je te dirai vendredi, au plus tard. »

Il souhaita bonne nuit à son épouse et à Virginie ; les deux femmes sortirent de la véranda, laissant les hommes seuls.

Georges alluma un cigare.

« Alors, Walter, comment cela se présente-t-il ?

— Avec Virginie ? »

Du Roy hocha la tête. Walter soupira :

« Je ne sais pas. Nous avons beau être toujours mariés, après toutes ces années vécues séparément, nous sommes un peu comme des étrangers l'un pour l'autre. »

Georges recracha une longue bouffée de fumée.

« Il faut du temps pour se réapprivoiser, mais je ne doute pas que vous réussissiez. »

Walter posa son verre sur la table basse.

« J'ai cherché à vous joindre après le message que vous nous avez fait parvenir au journal.

— J'étais parti place Beauvau pour boucler quelques dossiers urgents avec Clément. »

Ils s'observèrent en silence. Walter se leva.

« Pourquoi ne voulez-vous pas parler de ce qui se passe avec le canal du Nicaragua ?

— J'ai mes raisons.

— Mais nos concurrents ne vont pas se gêner, eux ! »

Georges se contenta de faire tournoyer la liqueur ambrée dans le creux de sa main, avant de répondre :

« Je vous le répète, j'ai mes raisons. Et j'ai même des raisons de penser que peu de nos confrères en feront état.

— Enfin, Georges, aucune feuille digne de ce nom ne peut rester muette sur un sujet aussi important ! Je suis l'actionnaire majoritaire de *La Vie française*, j'ai tout de même mon mot à dire. »

Du Roy but une gorgée de cognac et croisa les jambes :

« Walter, c'est une question sensible. Clément et moi travaillons d'arrache-pied pour éviter le naufrage de cette entreprise et la ruine de millions de petits contribuables. Et pour cela, nous devons absolument éviter des mouvements de panique et donc ne pas alarmer l'opinion.

— Dites m'en plus.

— Impossible.

— J'ai créé ce quotidien alors que vous étiez encore en garnison en Algérie, j'ai le droit de savoir pourquoi nous allons rater une occasion d'augmenter notre tirage ! »

Du Roy ne goûta pas cette allusion à l'époque où il rampait parmi les indigents. Il vida son verre d'un trait et se leva :

« Écoutez-moi, Walter, écoutez-moi bien : je suis ministre des Finances, Clément est le président du Conseil, et il me demande pour l'instant une discrétion absolue sur cette affaire, donc pas une ligne ne transpirera dans le journal.

— Que faites-vous de la liberté de la presse et du droit d'informer ? »

Georges se porta à sa hauteur et toisa son beau-père avec mépris :

« Je n'ai aucune leçon d'éthique journalistique à recevoir d'un homme qui s'est enrichi en diffusant de fausses informations au sujet de l'intervention de la France au Maroc pour spéculer en Bourse et rafler une fortune grâce à un délit d'initiés. »

Ils restèrent un long moment à se regarder en chiens de faïence. Du Roy écrasa son cigare.

« Jacques va vous raccompagner. »

Et il sortit de la véranda.

Le lendemain, à l'exception de *La Plume* et de quelques journaux d'extrême droite, la presse n'évoquait pas, ou très peu et de manière neutre, le fiasco essuyé la veille par Lesseps, preuve que le système mis en place pour garantir le silence et le secret liés à leur compromission mutuelle fonctionnait. Même Madeleine ne faisait qu'un compte-rendu bref et circonstancié de cette intervention, sans évoquer la manifestation des actionnaires devant le siège de la Compagnie du canal interocéanique. Du Roy trouva tout d'abord cette circonspection étrange de la part de Madeleine, puis il se concentra sur la suite, à commencer par la date qu'il devait donner à Suzanne pour sa vente de charité. Il s'arrêta sur l'un des derniers jours du mois de mai, afin de se laisser le temps et la possibilité de se rétracter en fonction des développements des événements.

Ce fut la semaine suivante que le premier coup tomba ; il se matérialisa sous la forme d'un article insidieux signé du venin de Madeleine :

```
Chronique en eaux troubles :
à qui profite le naufrage ?
```

Le récent pourvoi en appel du gendre de M. Grévy a occulté la banqueroute qui menace plus que jamais le canal du Nicaragua dans lequel ont investi nombre de citoyens modestes. Ferdinand de Lesseps a en effet réuni la semaine dernière la fine fleur bancaire de notre pays afin de lancer une souscription ultime et désespérée pour sauver cette entreprise manifestement à l'agonie ; réunion interrompue par l'irruption d'une centaine de petits porteurs inquiets pour leur avenir venus manifester avec véhémence leur mécontentement devant le siège de la Compagnie.

Les perspectives ne sont guère encourageantes : d'après nos informations, le passif de cette société dépasserait le milliard de francs ; il est donc peu probable que les banques, au vu des sommes considérables qui ont déjà été englouties par ces eaux insatiables, viennent secourir massivement ce chantier à la dérive, comme il est malheureusement probable que des milliers, voire des millions de petits épargnants se retrouvent ruinés si jamais la banqueroute venait à être déclarée.

Face au spectre de cette catastrophe nationale, une question se pose : cette faillite profiterait-elle à certains ? Et si oui, à qui ?

Reprenons les faits : une première souscription de trois cents millions de francs avait été lancée et s'était vite révélée insuffisante ; pour palier ce manque, et un déficit qui s'élevait, toujours d'après nos informations, à six cents millions de francs, un gigantesque emprunt à lots a été voté par le Parlement ; sept cent vingt millions de francs en actions ont alors été mis sur le marché, mais seulement deux cent cinquante millions de francs de ces actions ont été souscrits.

Ce qui nous interpelle aujourd'hui, ce sont les conditions dans lesquelles a été voté cet emprunt. Il a été voté dans la précipitation, en pleine crise du « scandale des Décorations », dans un moment de confusion extrême de notre vie politique. Certes, l'urgence de sauver ce projet était réelle ; certes, ce vote s'inscrivait dans le cadre du bras de fer qui opposait le président de la République et les parlementaires qui exigeaient sa démission ; mais pourquoi engager le pays dans une entreprise aussi hasardeuse ? Et surtout, pourquoi avoir présenté cette mesure comme marquée de la certitude du succès alors que le gouffre à combler était déjà abyssal et que, par conséquent, la réussite de la manœuvre s'annonçait fragile et incertaine ?

Nous n'avons, pour l'heure, aucune réponse arrêtée sur ces interrogations. Cependant, nous espérons que cette débâcle annoncée n'est pas de celles qui, manigancées dans l'ombre du pouvoir, ne sourient en réalité qu'à une poignée de privilégiés au détriment d'une majorité d'honnêtes contribuables.

Notre crainte pourra paraître saugrenue à certains ; pourtant, par le passé, nous avons déjà vu à l'œuvre ce type de collusion d'intérêts entre la presse, la politique et la finance.

Si tel était de nouveau le cas avec le canal du Nicaragua, nous serions face à une crise institutionnelle capitale et un scandale mille fois pire que celui des décorations.

Le matin où le papier de Madeleine se répandait comme une traînée de poudre dans les rues de la capitale, Du Roy trouva Clément qui l'attendait dans son bureau du ministère des Finances.

« Georges ! Je ne vous demande pas si vous avez lu le brûlot de cette fouille-merde ? »

Les deux hommes se serrèrent la main et prirent place dans des sofas.

Le président du Conseil s'asseyait à peine qu'il entrait dans le vif du sujet :

« Je vous prie de bien vouloir pardonner mon mouvement d'humeur de l'autre jour. J'ai d'ailleurs écrit à Siegfried pour lui présenter mes excuses en bonne et due forme. »

Il s'interrompit, avant de reprendre avec un air grave :

« J'ai réfléchi. Nous n'avons pas d'autre choix que de proposer le rachat de la dette du canal par le Parlement.

— Je suis d'accord avec vous, Léon. Rien ne serait plus dramatique que de jeter des millions de Français dans la misère sans avoir tenté tout ce qui est entre notre pouvoir pour les secourir.

— Exactement. »

Clément se leva, fit quelques pas pour se dégourdir les jambes et l'esprit :

« Cette Madeleine m'emmerde, elle est pire que du poil à gratter sous mon tricot ou qu'une pierre dans ma chaussure, mais elle a raison sur le fond, elle fait un travail de journaliste remarquable. »

Du Roy l'observa avec méfiance et perplexité :
« En quoi a-t-elle raison ?
— Sur le drame potentiel que vous évoquiez, et sur le fait que des personnes ont forcément tiré profit de cet emprunt que nous avons fait voter et qui se solde par une terrible déconfiture. Siegfried, par exemple, car il est évident que l'échec de ce projet n'aura aucune incidence grave sur lui ou sur son mode de vie. Et je suis certain qu'il n'est pas le seul dans cette affaire à se contrefoutre en réalité de ce qui peut advenir ! »

Du Roy se leva à son tour et rejoignit Clément :
« Pourtant, il semble très attaché au sauvetage de ce chantier, sinon pourquoi nous solliciterait-il pour que nous plaidions en faveur de la garantie de cette dette par le Trésor public ? »

Le président du Conseil haussa les épaules avec dépit :
« Je ne sais pas. Les hommes de finance savent gagner autant à la hausse qu'à la baisse, peu leur importe de laisser des cadavres de petits commerçants derrière eux. Et notez que je n'ai rien contre Siegfried en particulier, d'autant qu'il n'est sans doute pas le plus monstrueux de son espèce. »

Georges s'assit à son bureau :
« Que proposez-vous ? »

Clément le dévisagea, puis il s'assit en face de son ministre des Finances :
« Vous avez raison, l'heure n'est pas à la spéculation, il y en a déjà trop eu dans cette histoire.
— Je vous écoute.

— Je pensais que nous pourrions publier une tribune commune, dans *La Vie française* et dans *Le Glaive*, où nous prendrions tous deux position pour ce rachat de l'emprunt par le gouvernement.
— Bonne idée. Il est important de mettre l'opinion de notre côté, de lui faire sentir que nous faisons tout pour éviter la catastrophe.
— Absolument. Et je vous propose de faire paraître cette tribune demain, samedi, pour éviter toute réaction à chaud à l'Assemblée et laisser le temps à nos arguments de se diffuser dans l'ensemble de la population. »

Du Roy acquiesça :

« Je vous suis. »

Clément coiffa son chapeau :

« Alors en route pour votre quartier général, nous n'avons que quelques heures devant nous. »

Vingt minutes plus tard, sous les yeux sidérés de Walter et des chroniqueurs du journal, ils entraient à *La Vie française*.

Georges glissa à son beau-père :

« Vous voyez, là nous allons vendre du papier. »

Clément réunit une conférence de rédaction extraordinaire où il expliqua les enjeux du combat à venir ainsi que la stratégie que Du Roy et lui avait arrêtée. Tous se mirent ensuite en ordre de bataille.

Le président du Conseil et le ministre des Finances se cloîtrèrent dans le bureau directorial pour rédiger leur plaidoyer commun. Clément traça les deux axes de leur profession de foi : sauver l'épargne des petits porteurs d'un côté, préserver la position de la France sur la scène internationale de l'autre.

Quand ils furent satisfaits de leur ouvrage, ils donnèrent le texte à la composition, relurent les placards et en firent porter une copie au siège du *Glaive*.

Il était tard lorsqu'ils sortirent du quotidien. Clément héla un fiacre et mit sa voiture ministérielle à la disposition de Du Roy ; le député de Vendée partait en effet se délasser de ses tracas auprès de l'une de ses maîtresses, actrice à la Comédie-Française, et dont le logis garni se trouvait dans la direction opposée.

Au moment de monter dans la voiture de Clément, Du Roy fut interpellé par Norbert de Varenne, le poète et chroniqueur littéraire historique de *La Vie française*. Ses traits étaient encore plus pâles et plus creusés qu'à l'habitude.

« Je peux vous parler un instant ? »

Georges, pressé de laisser cette journée derrière lui, se hissait déjà sur le marchepied du véhicule.

« Une autre fois Norbert. »

Il monta à l'intérieur et referma la portière.

« Mais j'ai juste besoin d'un conseil, ce ne sera pas long...

— Une autre fois Norbert, une autre fois. »

L'attelage s'élança, abandonnant Norbert de Varenne sur le bord de la chaussée.

Le lundi après-midi, l'Assemblée était en ébullition ; la séance s'annonçait houleuse et difficile. On hurlait, on s'invectivait, on se jetait des noms d'oiseaux au visage en brandissant des exemplaires du *Glaive* ou de *La Vie française*.

Ce fut dans cette atmosphère électrique de foire d'empoigne, au milieu des quolibets fusant de toute part, que Du Roy monta à la tribune.

Du haut de son perchoir, le président de la Chambre réclamait sans succès le silence.

Georges contemplait avec sidération le spectacle apocalyptique qui s'offrait à lui ; il lui rappelait l'océan déchaîné qu'il avait vu battre violemment les flancs des plages landaises. L'agitation semblait ne jamais vouloir retomber ; elle se nourrissait d'elle-même, comme des vagues se creusant sur l'écume bouillonnante laissée derrière elles par le fracas des lames précédentes. Les balcons publics étaient bondés, toute la presse était venue assister à cette séance de la dernière chance ; aux nombreux journalistes présents se mêlaient de petits actionnaires floués par l'emprunt auquel ils avaient souscrit, leurs cris et leurs injures se joignaient à ceux des députés et accroissaient le vacarme environnant.

Du Roy échangea un coup d'œil soucieux avec Clément ; le président du Conseil baissa un instant la tête, puis il la releva et bondit de son siège pour rugir de toute sa stature :

« Silence !!! Silence !!! »

Face à la voix de stentor et à l'expression cramoisie du chef du gouvernement, un calme relatif gagna l'hémicycle. Il balaya les députés du regard et tonna :

« J'ai peine à reconnaître cet endroit ! Vous êtes dans le temple de la Nation, dans des heures particulièrement graves où se joue le sort de millions de Français ; et vous, vous vous comportez avec autant de décence que des écoliers enragés dans une cour d'école ? »

Les derniers murmures se turent ; il se tourna vers Georges et reprit :

« Et maintenant, écoutons ce qu'a à nous dire le ministre des Finances de la France. »

Du Roy le remercia d'un discret hochement de tête, déglutit et commença à lire son discours d'une voix où, malgré ses efforts, perçait une certaine anxiété :

« Monsieur le Président de la Chambre, Monsieur le Président du Conseil, Messieurs les ministres, Messieurs les députés, mes chers collègues, merci pour votre attention.

« Je comprends votre émoi et votre agacement, car je ressens les mêmes ; je comprends les inquiétudes et les peurs des millions d'épargnants qui nous ont fait confiance, car je ressens les mêmes.

« Le président du Conseil vient de le rappeler : les heures que nous affrontons sont particulièrement graves pour nombre de nos compatriotes, pour le pays tout entier ; nos concitoyens attendent de nous que nous prenions aujourd'hui des décisions aptes à les tranquilliser, à les rassurer, à les protéger.

« Nous connaissons tous le sujet qui nous préoccupe pour qu'il ne soit pas nécessaire de vous en rappeler les éléments dans le détail.

« Ces dernières semaines, le président du Conseil et moi-même nous sommes longuement entretenus des difficultés qui frappent la construction du canal du Nicaragua et du désastre que représenterait son arrêt. Après avoir mûri de profondes réflexions, après avoir envisagé toutes les possibilités et toutes les solutions qui s'offraient à nous, nous avons abouti à la conclusion que le seul espoir de sauver les millions de personnes menacées par cette faillite et de préserver la place de la France sur la scène internationale réside dans le rachat de la dette de la Compagnie du canal interocéanique par le Trésor public. »

Des sifflets et des huées retentirent. Du Roy les ignora et poursuivit :

« Laissez-moi vous expliquer pourquoi nous en sommes venus à cette conclusion. »

Déroulède, un député boulangiste, se leva et l'interrompit :

« Parce que vous êtes prêt à toutes les vilenies pour sauver votre portefeuille, dans tous les sens du terme ! »

À droite comme à gauche, des applaudissements ponctués de « Bravo ! » saluèrent cette intervention. Georges tenta de reprendre la situation en main :

« Malgré les apparences, nous avons en réalité une formidable opportunité de...

— De te virer à grands coups de pied au cul ! »

Paul Broussot, le chef de file des socialistes, était debout sur son pupitre et pointait un doigt accusateur vers l'orateur :

« Tu ne feras pas supporter la banqueroute de financiers véreux par le peuple ! »

Du Roy voulut répondre à son contradicteur, mais le tollé provoqué par cette attaque déchaîna la fureur de l'Assemblée et du public, dont les clameurs noyaient littéralement toute tentative de se faire de nouveau entendre.

Clément trépignait, distribuant à tour de bras menaces et injonctions. Lui aussi finit par se mettre debout sur son pupitre ; son énergie et sa détermination vocales réussirent à dompter le flot incessant des vociférations.

« Messieurs, il n'y a pas à tergiverser plus avant : j'engage la responsabilité de mon gouvernement sur la motion proposée par le ministre des Finances et demande que celle-ci soit immédiatement mise aux voix ! »

La Chambre accueillit cette déclaration par une assourdissante cacophonie d'acclamations et de huées ; le président de la séance ramena le calme et le vote fut mis en place.

En début de soirée, après encore de multiples empoignades, le décompte des bulletins était terminé, et le gouvernement de Clément renversé.

# 3

Le fiacre s'arrêta en face du 103 rue de Grenelle. Du Roy attendit, observant par la fenêtre du véhicule les allées et venues des passants pour vérifier que personne ne guettait son arrivée ; il connaissait trop le caractère de certains journalistes, capables de laisser retomber le soufflé des événements pour remuer le couteau dans les chairs putréfiées et s'en repaître comme de vulgaires charognards. Lorsqu'il fut certain que la voie était libre, il descendit, paya le cocher, traversa la chaussée le menton rentré sous l'ombre de son haut-de-forme et franchit le porche de l'hôtel particulier.

La chute du gouvernement Clément avait été un véritable coup de tonnerre dans le ciel de la vie politique française. Les chroniqueurs de tout bord avaient fait le siège des journaux des deux anciens ministres ainsi que de leurs domiciles pour recueillir leur réaction et leur sentiment à chaud. D'un commun accord, le député de Vendée et celui de Normandie n'avaient pas décoché un mot à la presse, préférant publier des éditoriaux dans leurs quotidiens respectifs ; éditoriaux à la ligne directrice arrêtée ensemble, mais rédigés et signés séparément par chacun d'eux, et dans lesquels ils déploraient le refus de la Chambre de racheter la dette de la Compagnie du canal interocéanique, les conséquences désastreuses qu'ils redoutaient d'une telle décision, tant pour la place de la France dans le monde que pour l'avenir des millions de petits épargnants qui avaient investi dans ce projet, l'espoir qui était le leur de voir leurs craintes démenties par les faits, le respect qu'ils avaient pour la volonté générale telle qu'elle s'était exprimée et la confiance sans faille qu'ils nourrissaient envers les institutions de la République, dont ils ne doutaient pas un instant qu'elles sauraient prendre les mesures qui s'imposeraient quelle que soit la gravité des circonstances. Ce dernier argument, quant à la promptitude du régime et des nouveaux ministres à affronter une situation qui s'annonçait périlleuse, était essentiellement développé par Clément ; argument qui, derrière la rhétorique de la bienséance, valait en réalité avertissement pour la nouvelle administration en place : le retour du Vendéen dans l'hémicycle signait également le retour du tombeur des ministères au sein de la représentation nationale.

Du Roy remonta la cour pavée, salua les commis qu'il croisa d'un sobre et discret mouvement de la tête, gravit les marches du perron, puis celles de l'escalier menant aux étages sous les combles.

Les jours qui avaient suivi le limogeage gouvernemental avaient été à la fois inquiétants et rassérénants pour Du Roy. Il n'avait en effet pas compris que ceux payés pour leurs voix en faveur de l'emprunt à lots aient si facilement retourné leur veste et voté contre cette entreprise dont ils avaient pourtant tiré de gros avantages pécuniaires. Dans les manœuvres souterraines qu'il avait déployées sans ménager ses efforts, il s'était aperçu avec contentement que tous avaient vu dans cet enterrement en règle du canal du Nicaragua la meilleure façon de se débarrasser définitivement d'une affaire où ils étaient mouillés jusqu'aux oreilles, et donc ne pas être inquiétés par la suite pour leur compromission, peu leur importait que des familles entières se retrouvassent jetées dans la misère et sur le trottoir tant qu'ils pouvaient continuer de s'enrichir sur leur dos ou sur leur malheur. Ce raisonnement était accessible à Du Roy, familier même, tant il était lui aussi prêt à tout pour ne pas retrouver sa permanence avec ces lourdauds de Normands qui sentaient l'engrais et la bêtise, pour demeurer dans ces sphères qu'il avait si longtemps ambitionné d'occuper et participer encore au grand jeu de dupes de la démocratie où chacun sert ses seuls intérêts. Aussi, lorsque Rivière, le nouveau ministre de l'Intérieur et président du Conseil, lui aussi prébendier émérite des largesses de Siegfried pour le vote de l'emprunt, l'avait convoqué pour lui proposer le sous-secrétariat d'État des Postes et Télégraphes, n'avait-il pas hésité une minute, rejetant d'un haussement de conscience les conseils que lui avait prodigués Clément de ne pas s'accrocher coûte que coûte au pouvoir afin de mieux le reconquérir plus tard. « Puisque tous me craignent pour ce qu'ils ont fait, s'était-il dit, j'aurais tort de ne pas en profiter ; j'y suis, j'y reste ! »

Du Roy arriva sur le palier et rejoignit le bureau qu'il occupait au bout du couloir depuis bientôt une semaine. Malgré le mobilier Empire seyant à ses fonctions, la petite pièce mansardée n'avait pas le lustre dont il jouissait au Louvre. Il se sentait quelque peu à l'étroit et à l'écart, mais il voyait dans ce nid replié le lieu d'où il s'envolerait de nouveau pour les ors ministériels ; il ne dominait plus l'Assemblée comme depuis l'aile Richelieu, mais sa position derrière le Palais-Bourbon lui permettait de surveiller ce qu'il s'y tramait pour, le moment venu, saisir l'opportunité de revenir au cœur de l'arène et du jeu politiques.

Au lendemain de la motion de défiance qui l'avait privé de son portefeuille des Finances, les échanges à mots couverts qu'il avait eus avec les autres députés lui avaient confirmé que beaucoup étaient ravis de se délester auprès de Salomé des reçus témoignant de leur corruption et d'effacer ainsi toute trace prouvant leur culpabilité. Et comme il était le seul à avoir en sa possession la liste exacte des parlementaires coupables ainsi que le détail des appointements perçus par chacun d'eux, il avait habilement laissé entendre que son maintien dans les ministères, fût-il pour l'heure réduit à leurs antichambres, était un prix tout à fait acceptable pour son amnésie ; prix que Rivière, soucieux de sa propre tranquillité, s'était empressé de lui garantir.

Il s'assit à son secrétaire où, au milieu de la presse quotidienne et du courrier, il découvrit un mot de Clément :

« Que diriez-vous de déjeuner avec moi aujourd'hui dans ma cantine rue de Bourgogne ? Amitiés, Léon. »

Les deux hommes ne s'étaient pas revus depuis le jour où ils s'étaient mis d'accord sur la ligne commune de leurs éditoriaux. Georges s'appuya contre le dossier de son siège et réfléchit : il n'avait pas remis les pieds à la Chambre ni dans le quartier du Palais-Bourbon afin de se faire le plus discret possible, d'éviter de croiser un journaliste zélé en quête d'une déclaration exclusive ; prendre le risque d'attirer l'attention sur lui alors que les événements étaient encore tièdes, surtout en compagnie de Clément, ne l'enthousiasmait pas ; et pourtant, s'entretenir avec le député de Vendée lui permettrait d'obtenir des informations précieuses sur ce qui se manigançait dans l'hémicycle ainsi que sur l'état d'esprit des autres parlementaires. Cette perspective d'être plus au fait de la situation eut raison de ses hésitations ; il répondit par l'affirmative et fit porter sa réponse à l'Assemblée.

Le tombeur des ministres était déjà assis à sa table attitrée lorsque Du Roy entra dans le restaurant. Clément le salua avec sa chaleur et sa bonhomie habituelles :

« Je n'ai pas eu l'occasion de vous féliciter pour votre nomination aux Postes et Télégraphes. Comment êtes-vous là-bas ? »

Georges prit place :

« Ce n'est pas aussi excitant que les Finances, mais pour qui sait observer, c'est un secteur d'avenir pour notre pays. »

Le serveur leur apporta vin et hors-d'œuvre.

« J'ai pris la liberté de commander pour vous, j'espère que cela ne vous ennuie pas ? »

Du Roy sourit :

« Vous avez bien fait Léon. »

Clément leva son verre, ils trinquèrent.

« Et vous ? Comment se passe votre retour à la Chambre ?

— On ne peut mieux ! Je suis ravi de retrouver la rugosité du terrain.

— La place Beauvau et la présidence du Conseil ne vous manquent pas ?

— Nullement ! Le pouvoir nous coupe trop de la réalité quotidienne de nos compatriotes, il est bon de s'y replonger pour ne pas perdre le contact avec les aspirations du pays. Tenez, je suis parti quelques jours sur mes terres vendéennes après notre destitution pour prendre le pouls de mes électeurs. Cela m'a fait un bien fou, je suis revenu en homme neuf ! Vous devriez faire de même et rendre visite à vos administrés en Normandie. »

À l'idée de revoir les bouseux qu'il était censé représenter, Georges réprima presque un haut-le-cœur sans pour autant le laisser transparaître :

« J'y pensais pas plus tard qu'hier, figurez-vous. Seulement, entre mon travail au ministère et la vente de charité de Suzanne qui approche à grands pas, je crains de ne pouvoir y retourner avant la fin de la session du Parlement. D'ailleurs, quels sont les dernières nouvelles et les derniers bruits de couloir ? »

Clément attendit que le serveur eût terminé de débarrasser et qu'il eût apporté les plats de résistance pour répondre :

« Les choses se tassent un peu, mais nous sommes loin d'en avoir fini avec l'affaire du canal. »

Du Roy but une gorgée de vin pour se donner une contenance lointaine :

« Je ne comprends pas : à moins d'un miracle, l'entreprise est morte et appartient donc au passé. À partir de là, que pourrait-il survenir de nouveau susceptible de déchaîner la chronique ? »

Clément remplit leurs verres :

« Lesseps n'a toujours pas rendu public le résultat de son tour de table des banques, nous ne savons pas encore si le projet est enterré, même s'il y a peu de chance qu'il puisse être relancé, sans parler de la possibilité qu'il arrive un jour à terme. Et surtout, nous n'avons pas d'appréciation claire sur l'envergure de la déflagration que provoquerait une mise en cessation de paiement de la Compagnie. D'autant que... »

Le député de Vendée jeta quelques coups d'œil autour de lui, se pencha en avant et parla plus doucement :

« D'autant qu'une énième pétition est en souffrance sur le bureau du procureur. »

Georges fronça les sourcils :

« Quelle pétition ?

— Une pétition regroupant un nombre non négligeable de petits actionnaires du canal qui réclament l'ouverture d'une instruction contre la Compagnie. C'est la septième ou la huitième qui vient d'être déposée.
— Vous voulez dire que cela a commencé sous votre administration ? »
Clément hocha la tête. Du Roy se pencha à son tour au-dessus de la table :
« Et vous ne m'en avez rien dit ?
— Ces pétitions ne regroupaient pas autant de monde qu'aujourd'hui et ne demandaient pas l'ouverture d'une instruction. Les petits souscripteurs sollicitaient juste l'aide du gouvernement pour obtenir des informations sur l'avancée et le bon déroulement des travaux que la Compagnie refusait de leur fournir.
— J'étais votre ministre des Finances, vous auriez dû m'en avertir ! »
Clément soupira :
« J'étais soucieux de ne pas ébruiter l'affaire. Aussi ai-je préféré agir de concert avec le ministre de la Justice.
— Mais enfin, Léon, si j'avais été au courant, je n'aurais certainement pas été aussi prompt à demander le rachat de la dette du canal par le Trésor public et nous n'en serions peut-être pas là !
— Non, Georges. Nous n'avions pas d'autre choix que de tenter ce sauvetage ultime, il en allait de l'avenir de millions de Français et de celui du pays. »

Du Roy s'appuya contre le dossier de sa chaise avec un air contrarié :

« Vous savez ce que va faire le procureur ?

— De ce côté-là, rassurez-vous, Rivière reste sur la même ligne politique que la mienne.

— C'est-à-dire ?

— Il a donné ordre à son ministre de la Justice de ne pas poursuivre.

— Vous pensez qu'il s'y tiendra ?

— Il serait beaucoup trop dangereux d'ouvrir cette boîte de Pandore. Cela risquerait de discréditer le Parlement ainsi que les fondements mêmes du régime et de profiter aux boulangistes qui ne rêvent que d'une chose : en finir avec la République. Et personne dans la majorité gouvernementale, je dis bien personne, ne veut un retour à un système qui ressemblerait de près ou de loin à une monarchie ou à un nouvel Empire. »

Georges se tordit nerveusement les mains :

« Et si une instruction était quand même ouverte ? »

Clément écarta les bras, signifiant qu'il ignorait l'ampleur des conséquences qu'entraînerait une telle action.

Du Roy regagna d'un pas soucieux son bureau en se faufilant par les petites rues. Il faisait bon, et rien dans cette douceur n'aurait pu laisser entrevoir qu'une tempête menaçait de venir obscurcir le ciel bleu du printemps qui régnait sur la ville. Il lui fallait parer au pire. Il se félicitait en son for intérieur de ne pas encore avoir été contacté par Salomé pour lui remettre les reçus des sommes perçues par ceux, parlementaires et journalistes, qui avaient collaboré au vote de l'emprunt en faveur du canal ; ces documents en sa possession pourraient lui être d'une grande utilité si jamais la situation dégénérait, surtout si Salomé réussissait à récupérer les doubles de ces reçus contresignés de son paraphe auprès de ceux qui avaient vendu leur soutien, car alors lui seul aurait la preuve de la compromission et de la culpabilité de tous. Il se promit de conserver ces éléments par-devers lui tant que cette affaire ne serait pas définitivement terminée ; ensuite, quand il serait hors de danger, quand il serait de nouveau ministre, il trouverait le moyen de se débarrasser de Siegfried une bonne fois pour toutes, quitte à le faire tomber pour l'un des multiples tripotages dans lesquels il devait tremper.

Fort de cette résolution, qui le mit de bonne humeur jusqu'à la fin de la semaine, il emmena Suzanne, Virginie et les enfants passer le dimanche à Chatou ; ils déjeunèrent sur l'herbe au bord de la Seine, firent une longue promenade en barque sur le fleuve ; Georges se montra affable, enjoué, très préoccupé et investi par son futur rôle de commissaire-priseur lors de la vente de charité que finissaient d'organiser avec enthousiasme son épouse et sa belle-mère.

En arrivant à son bureau le lundi matin, il trouva un petit bleu de Salomé :

« Si vous souhaitiez me voir, sachez que vous me trouverez à partir de cinq heures à l'adresse que vous connaissez. »

À l'heure dite, Du Roy descendait d'un fiacre et franchissait le porche du 127 rue de Constantinople. Salomé lui ouvrit, il entra ; un bandeau de soie noire trônait sur les oreillers.

Sans un mot, Georges retira sa redingote, la déposa avec précaution sur le bras d'un fauteuil et commença à défaire sa lavallière.

« Avez-vous ce que vous deviez m'apporter ? »

Du Roy s'assit au bord du lit :

« Je croyais que je ne devais pas parler ? »

Salomé se posta devant lui, le visage dur derrière son sourire pourtant sans faille :

« La maison ne fait pas crédit. Remettez-moi ce qui était convenu et alors vous serez récompensé pour vos services. »

Georges appuya ses mains sur l'édredon moelleux, sa lavallière dénouée autour du cou :

« Je ne les ai pas sur moi. »

Salomé le scruta sans s'arrêter de sourire, puis elle se détourna et s'éloigna de quelques pas :

« Voilà une bien fâcheuse nouvelle... »

Elle prit le bandeau et le replia lentement :

« Quand comptez-vous me les remettre ? »

Du Roy se leva :

« Plus tard. Lorsque cette histoire sera réellement derrière nous. »

Salomé rangea avec délicatesse l'étoffe dans le tiroir d'une commode :

« C'est une déclaration de guerre ?

— Au contraire, c'est un traité de paix !
— Il ne saurait y avoir de paix entre nous tant que vous ne m'aurez pas remis ces documents. »

Georges haussa le ton et pointa vers elle un index menaçant :

« Et me retrouver entièrement à votre merci ? Jamais ! Je ne suis pas votre pantin ou celui de votre cousin ! »

Salomé le fixa, toujours souriante :

« Ah, voici le vrai Georges Duroy : un petit aventurier brutal qui malmène les femmes alors qu'il leur doit sa bonne fortune... »

Du Roy s'avança brusquement, les poings serrés. Salomé lui fit face sans broncher :

« Levez la main sur moi, et vous êtes mort. »

Face à sa résolution, il s'immobilisa. Il contenait avec peine la rage qui battait contre ses tempes. Salomé reprit :

« Imaginez un peu ce que raconteront les journaux : "Georges Du Roy de Cantel a payé des journalistes et des parlementaires pour qu'ils soutiennent le vote de l'emprunt en faveur du canal, source de la ruine de millions de Français." Est-ce vraiment ce que vous désirez ? »

Ils se dévisagèrent. Georges hoqueta d'un rire nerveux :

« Vous ne pouvez rien faire sans condamner également votre âme damnée de cousin. »

Salomé sourit :

« Croyez-vous que cela dérange Siegfried ? Une partie de sa fortune est à Londres, une autre en Hollande. Il peut quitter à tout moment la France et continuer tranquillement sa vie n'importe où en Europe sans être le moins du monde inquiété. »

Du Roy desserra ses poings :

« J'ai besoin de ces documents. Ils sont ma garantie de survie.

— Ils ne vous protègent d'aucune façon maintenant que nous disposons des autres.

— Ils m'assurent le silence de tous ceux qui ont touché pour leur vote ou leur soutien !

— C'est de notre silence à nous que vous avez besoin. »

Georges la fusilla du regard. Salomé s'éloigna, dos à lui :

« Oubliez-vous le compte que vous avez ouvert dans la banque où Siegfried est l'un des actionnaires majoritaires, et sur lequel il a versé vos dix millions ? Imaginez ce qui arriverait si les bordereaux de ces transactions venaient à tomber entre les griffes de journalistes mal intentionnés. Tenez, Madeleine Forestier, par exemple, votre ex-femme : vu la manière dont elle vous a traité dans ses colonnes pour votre élection, je suis prête à parier que de telles informations l'intéresseraient au plus haut point. »

Du Roy était défiguré par la colère. Il était piégé, vaincu. Salomé se retourna vers lui :

« Quel dommage que vous ayez commis aujourd'hui ce faux pas regrettable. D'autant plus regrettable que, si vous vous étiez montré plus raisonnable, Siegfried aurait été prêt à faire disparaître toute trace de ces mouvements bancaires qui vous incriminent. »

Georges la toisa avec morgue :

« Vous bluffez. Cette carotte de dernière minute que vous agitez sous mon nez est un bien piètre chantage. »

Salomé le jaugea longuement avant de répondre :

« Je vais vous laisser une dernière chance. Rentrez chez vous et réfléchissez pendant quelques jours. »

Du Roy ne bougea pas, puis il saisit sa redingote et sortit vivement de l'appartement.

Une fois dehors, il remit de l'ordre dans ses vêtements, resta debout sur le trottoir, en proie à une indécision et une confusion extrêmes.

Se laissant porter par l'enchevêtrement des rues, il descendit en direction de Saint-Lazare. Il transpirait à grosses gouttes, incapable de déterminer si c'était à cause de la chaleur ou du mélange de peur et de fureur qui lui tordait le ventre.

Il eut soudain envie d'un bock bien frais. Ce besoin lui donna un but, un point fixe dans ses pensées désordonnées.

Il rallia la place de l'Opéra, poussa la porte du Café de la Paix, passa commande et demanda également les journaux du soir. Un entrefilet dans *Le Monde* retint son œil averti. Ce qu'il y lut le pétrifia : la Compagnie du canal interocéanique était mise en cessation de paiement et serait prochainement dissoute par une ordonnance du tribunal civil de la Seine.

Il chercha dans les autres quotidiens à sa disposition si des articles évoquaient cette nouvelle, mais les lignes, les phrases, les mots, les lettres s'entrelaçaient et s'agglutinaient devant ses yeux sans qu'il pût en reconstituer le sens.

Il but plusieurs bocks, marcha sans avoir conscience du trajet qu'il effectuait et arriva chez lui à une heure avancée de la nuit. Les lumières étaient éteintes, tout le monde était déjà assoupi ; il s'affala tout habillé sur son lit, ivre de fatigue et de tergiversations inutiles. Le matin, il se réveilla en sursaut, trempé de sueur, avec l'impression désagréable d'être encore plus épuisé que s'il n'avait pas dormi. L'aube pointait dans un ciel limpide, l'hôtel particulier était plongé dans le silence.

Il fit sa toilette, prit un fiacre jusqu'au Palais-Bourbon, s'installa dans la première brasserie venue autour d'un petit déjeuner sommaire et de la presse fraîchement imprimée. La liquidation judiciaire de la Compagnie du canal était à peine effleurée dans quelques brèves, voire pas du tout abordée. Un profond soulagement l'envahit ; pour la première fois depuis la veille, il sentit se relâcher la tension qui crispait chacun de ses muscles. La fatigue s'abattit alors sur lui, une fatigue lourde, cendreuse, et avec elle, un sentiment d'intense lassitude proche de la tristesse.

Les jours suivants, il erra dans sa propre vie comme dans un labyrinthe sans issue, se cognant sans cesse contre les parois de sa propre inconséquence. Il s'en voulait d'avoir agi de cette manière, mû par une impulsion ridicule, un sursaut d'orgueil qui se retournait contre lui. Au lieu de prévenir les dangers qui le menaçaient, il les avait multipliés ; au lieu de fortifier son alliance avec Siegfried à son profit, il l'avait fissurée. Le pire restait son désir inassouvi pour Salomé. Le souvenir tactile de la sauvagerie de cette femme et des plaisirs qu'elle lui avait arrachés le tourmentait jusqu'à l'obsession tant son comportement inconsidéré risquait de l'en priver à jamais. Il était prêt à faire ce qu'il lui en coûterait pour en jouir de nouveau.

La semaine d'après, préoccupé qu'il était à guetter fébrilement un signe de Salomé pour lui remettre enfin les reçus en sa possession, Du Roy ne vit pas les prémices de l'incendie qui allait enflammer l'actualité et provoquer l'indignation du pays. Tout débuta d'une façon anodine, par deux faits divers repris sur quelques lignes dans les colonnes antisémites de *La Libre Parole* et de *La Cocarde*. Le premier concernait un petit rentier qui s'était jeté sous les roues d'un train en gare du Trocadéro ; le second se rapportait à un certain « M. Joseph », qui s'était asphyxié au gaz. Passées dans un premier temps inaperçues, ces deux tragédies de l'existence ordinaire attirèrent l'attention d'autres journalistes appartenant à des quotidiens plus respectables et dont l'instinct de limier avait flairé le scandale potentiel. En fouillant dans la vie et dans l'entourage de ces deux hommes, ils découvrirent que tous deux s'étaient suicidés suite à la faillite de la Compagnie du canal qui avait entraîné leur ruine. Le

« M. Joseph » avait même laissé ce billet derrière lui :
« J'avais tout mon avoir sur le Nicaragua ; le canal craque, moi je sombre. »

Il n'en fallut pas plus pour que les journaux y consacrent leur une et des numéros spéciaux entièrement dédiés à ces deux affaires qui relançaient celle du canal.

Le matin de cet embrasement, Georges reçut à son bureau un mot de Clément : « Ça va branler sec à la Chambre, soyez là. »

Du Roy pensait avoir été témoin de la pire agitation de l'Assemblée lors du bras de fer qui l'avait opposé à Grévy ; il se trompait. Lorsqu'il entra dans l'hémicycle, certains députés en venaient presque aux mains tant l'ébullition était déjà à son comble. Le président parvint à ramener le calme au prix de cris et d'efforts surhumains. Quand un semblant de silence fut rétabli dans la salle, Delahaye, un député royaliste, demanda la parole. Clément restait assis, les mains crispées sur son pupitre, prêt à bondir toutes griffes dehors comme un tigre.

« La parole est à M. Delahaye. »

L'intéressé balaya l'amphithéâtre avec un dédain de mauvais augure :

« Messieurs, je vous regarde et je vois la banqueroute morale abyssale dans laquelle a sombré notre nation. Je vous regarde et je vois des élus du peuple qui ont trahi la confiance que leurs administrés avaient placée en eux. Je vous regarde et je ne vois qu'un ramassis de traîtres vendus à la juiverie internationale ! »

Les sifflets et les injures retentirent de toute part. Clément se leva :

« Monsieur Delahaye, comment osez-vous vous servir du désarroi dans lequel se trouvent noyés des millions de nos compatriotes pour assouvir votre haine maladive des Juifs ? Comment osez-vous, dans un moment où notre patrie a plus que jamais besoin d'unité, attiser les braises de la division et de la dissension nationales ? »

Des applaudissements saluèrent l'intervention du député de Vendée.

Déroulède se leva et prit l'Assemblée à témoin :

« M. Clément croit sans doute que, parce qu'il est un radical, il a le monopole du cœur. Ne lui en déplaise, nous autres boulangistes, royalistes ou bonapartistes avons également un cœur, et un cœur qui bat devant la tragédie qui accable en ce moment même les travailleurs les plus modestes de notre pays ! »

Cette réplique fut accueillie par des acclamations nourries. Clément était blême. Déroulède en profita pour pousser son avantage et poursuivit sa harangue :

« M. Clément a beau jeu de se draper dans la toge du pacificateur. Non seulement son train de vie extravagant, connu de tous ici, n'est en rien menacé par le malheur qui frappe nos concitoyens, mais vu les relations qu'il entretient avec certains financiers aux pratiques douteuses, il est permis de penser que ce malheur lui a largement profité ! »

Le visage de Clément se crispa :

« Moi, Clément, je me serais enrichi sur le dos des Français ? Moi, Clément, je les aurais dépouillés de leurs économies pour les jeter sans scrupules dans la misère ? Redites-moi ça, redites-moi ça en face ! »

Déroulède ne se laissa pas impressionner :

« Monsieur Clément, il est chez vous trois choses que tout le monde redoute : votre épée, votre pistolet, votre langue. Eh bien, moi, je les brave tous les trois. Vous avez profité de la confusion dans laquelle nous avait plongés "le scandale des Décorations" pour appuyer de toute votre influence la proposition de M. Du Roy de Cantel consistant à voter l'emprunt qui saigne aujourd'hui nos honnêtes concitoyens ; ensuite, en tant que chef du gouvernement, et toujours avec la complicité de M. Du Roy de Cantel alors ministre des Finances, vous étiez prêt à faire racheter la dette d'une compagnie privée par le Trésor public, et donc à signer de toute façon la ruine des Français les plus faibles pour votre seul profit et pour celui de vos amis de la finance ! »

L'anarchie la plus complète gagna la Chambre tandis que Clément se ruait sur Déroulède. Devant l'impossibilité d'obtenir un retour au calme, le président suspendit la séance et fit évacuer la salle.

Du Roy essaya de voir Clément au sortir du Palais-Bourbon, mais il était parti chercher ses témoins pour les envoyer à ceux de Déroulède.

Georges marcha jusqu'à la place de la Concorde où il monta dans un fiacre pour rentrer chez lui. Il avait besoin de s'isoler avant de partir veiller au grain à *La Vie française*.

En arrivant dans son hôtel particulier de l'avenue du Bois-de-Boulogne, il trouva Suzanne et Virginie en compagnie de Salomé, venue les aider dans les derniers préparatifs de leur vente de charité.

« Georges, tu tombes bien, nous parlions justement de toi ! »

Du Roy embrassa Suzanne et salua d'un geste sa belle-mère ainsi que Salomé. Devant son teint livide, Suzanne s'enquit de son état :

« Que t'arrive-t-il ? Tu es pâle comme la mort ! »

Il lui adressa un sourire de circonstance et se servit un cognac :

« Et que disiez-vous à mon propos ? »

Salomé le fixa et répondit la première :

« Je disais à votre épouse quelle chance elle avait d'avoir un mari comme vous : fidèle, attentionné, intègre, prêt à soutenir ses combats dans une époque qui hésite encore à reconnaître aux femmes les droits qu'elles méritent. »

Virginie dit à son tour :

« Mlle de Latour nous a exposé une théorie fort éclairante sur les résistances politiques que nous rencontrons. Selon elle, les royalistes et la droite en général confinent par tradition la femme dans les tâches maternelles et domestiques, tandis que les socialistes, que l'on imaginerait volontiers progressistes sur le sujet, jugent la lutte des classes bien supérieure à nos pauvres revendications. »

Du Roy but une gorgée de cognac avant de rétorquer sans grande conviction :

« Passionnant. »

Suzanne le rejoignit :

« Georges, tu n'as vraiment pas l'air dans ton assiette. Que se passe-t-il ? »

Il vida son verre :

« J'arrive de la Chambre. La séance a dégénéré en foire d'empoigne à cause de faillite du canal du Nicaragua. »

Suzanne le prit par le bras et l'entraîna avec une jubilation perceptible vers la table où étaient étalées leurs notes pour la vente de charité :

« Nous avons justement décidé de reverser tout ce que nous récolterons aux victimes de cette banqueroute. De cette façon, nous montrerons que les femmes sont capables de voir au-delà de leur seule cause. Qu'en penses-tu ? »

Du Roy échangea un regard avec Salomé ; ce changement venait nécessairement d'elle, elle devait avoir ses raisons ; aussi salua-t-il l'initiative :

« Je pense que c'est une idée formidable et un acte politique très habile. Je ne suis que plus heureux de vous aider dans cette généreuse entreprise de solidarité nationale. »

Salomé se leva et rassembla ses effets :

« D'autres obligations m'appellent, je vais devoir vous laisser. »

Georges se tourna vers elle :

« Avec ce qui vient de se passer à l'Assemblée, je dois me rendre au journal ; permettez-moi de vous déposer ? »

Salomé interrogea Suzanne du regard :

« Seulement si vous n'y voyez pas d'inconvénient ? »

La maîtresse de maison s'offusqua presque d'une telle prévenance :

« Ma chère, s'il y a bien une personne au monde en qui j'ai toute confiance, c'est vous. »

Du Roy demanda à Salomé :

« Pourriez-vous me donner un instant, j'ai besoin de certains documents qui sont dans mon bureau ? »

Salomé acquiesça :

« Je vous attends sur le perron. »

Dans la voiture, Georges lui remit les reçus ainsi que la liste des montants exacts que chacun avait touché pour son soutien.

« Siegfried sera satisfait de vous savoir revenu à la raison.

— Je suis désolé pour l'autre jour, je ne sais pas ce qui m'a pris.

— N'en parlons plus.

— C'est de vous, n'est-ce pas ?

— Quoi donc ?

— La vente de charité en faveur des laissés-pour-compte du canal ?

— Siegfried et moi avons pensé que ce serait une manière intelligente de vous positionner publiquement sur cette question. »

Du Roy mesura l'habileté de la stratégie. Une autre question lui brûlait les lèvres :
« Vous aviez évoqué la possibilité d'effacer toute preuve des sommes que j'ai perçues ?
— En effet. »
Salomé se contenta de ces deux mots pour toute réponse. Un silence s'installa dans l'habitacle. Il insista :
« Avez-vous pu lui en parler ?
— Oui, et il est d'accord. Il comprend même votre réaction de la semaine dernière, il dit qu'à votre place il aurait réagi comme vous.
— Que dois-je faire alors ?
— Compromettre votre femme. »
Georges la dévisagea avec stupéfaction :
« Suzanne ?
— Si les événements s'enveniment, elle portera le chapeau à votre place. Sinon, elle ne risquera rien, et vous non plus. »
Du Roy demeura un moment muet, les yeux dans le vague, avant de demander :
« Comment ?
— Vous clôturez votre compte dans la banque où Siegfried est l'un des principaux actionnaires, Siegfried fait disparaître des registres toute trace de votre existence, et vous déposez l'argent sur celui de Suzanne.
— Vous êtes au courant pour le compte de Suzanne ?

— Votre femme me considère comme une amie, elle me parle. Je vous félicite d'ailleurs de l'avoir laissée ouvrir un compte en son nom propre. Peu d'hommes se montrent aussi modernes que vous sur ce sujet par peur du qu'en-dira-t-on. »
Georges réfléchissait, puis il objecta :
« Je ne vois pas en quoi cela compromettra Suzanne. On verra bien que cette somme lui aura été versée par moi.
— Pas si Siegfried vous donne un chèque de banque établi à l'ordre de Suzanne. »
Du Roy saisit la manœuvre, elle était imparable. Pourtant, quelque chose le gênait :
« Ne peut-on pas laisser Suzanne en dehors de tout cela ? »
Salomé le considéra avec amusement :
« Je ne vous savais pas homme de scrupules. »
Elle le toisa avant de reprendre :
« À qui d'autre pourriez-vous bien faire don de dix millions ? Vos parents ? On vous démasquerait immédiatement. Virginie ? Je ne crois pas qu'elle aurait envie de vous sauver la mise en risquant la sienne. Walter ? Il pourrait accepter, mais il faudrait lui expliquer la combinaison et lui donner une part pour sa complaisance ; or, dans ce genre d'affaire, il faut minimiser les possibilités de fuite. Un ami ? Les êtres comme vous et moi n'ont pas d'amis, seulement des alliés. Vous voyez, Suzanne est toute désignée. »
Georges laissa errer son regard par la fenêtre :
« De quelle façon puis-je amener la chose ?

— C'est votre épouse, vous la connaissez mieux que n'importe qui. Mais si vous voulez un conseil, sachez que pour faire entendre raison à une femme, il suffit de parler à son cœur. »

La voiture s'arrêta ; ils étaient arrivés rue de Constantinople.

Au moment où Salomé voulut ouvrir la portière, Du Roy s'interposa :

« Vous me mettez à l'agonie.

— Gardez vos comptines romantiques pour les petites filles crédules ou les vieilles bourgeoises en mal d'amour, elles n'ont aucune prise sur moi.

— Mais je vous aime, à en mourir !

— Vous confondez amour et plaisirs. Pour l'heure, j'ai d'autres obligations. »

Du Roy capitula ; il s'écarta pour la laisser descendre. Quand elle fut sur la chaussée, elle se retourna :

« Si jamais vous aviez encore des scrupules, dites-vous que pour que l'on puisse vous mettre en cause et incriminer Suzanne à votre place, il faudrait pour cela que l'Assemblée vote la levée de votre immunité parlementaire ainsi que celle de tous ceux qui ont trempé dans le canal. Le gouvernement a trop à perdre dans cette affaire, il va laisser traîner et jouer l'épuisement. Tant que vous serez député, ni vous ni Suzanne ne risquerez quoi que ce soit. »

Il l'admira franchir le porche contre lequel venaient se briser tous ses désirs et il toqua pour rejoindre *La Vie française*.

Il trouva le journal en pleine effervescence. Tous se ruèrent sur lui ; il n'arrivait pas à comprendre ce qu'on lui disait, il ne percevait qu'un magma et une cacophonie de sons parmi lesquels saillaient les mots « Parlement », « députés », « faillite ». Il exigea le calme :

« Je sais, je sais, j'étais à la Chambre ce matin, j'ai tout vu. »

Rival s'avança vers lui :

« Georges, il ne s'agit pas de cela, mais du procureur ! »

Du Roy sentit son corps vaciller. Il s'appuya contre le mur :

« Que se passe-t-il avec le procureur ? »

Un sourire de journaliste, le sourire du prédateur qui renifle l'odeur du sang, fendit le visage de Rival :

« Il poursuit la Compagnie du canal pour abus de confiance et escroquerie. »

# 4

Du Roy vérifia sa mise dans l'un des deux grands miroirs du vestibule. Il rajusta le revers de sa redingote, fit bouffer sa lavallière, recentra l'œillet blanc de sa boutonnière et, glissant machinalement la main dans la poche de son pantalon pour prendre la pose, il en tira un carton où étaient inscrits ces quelques mots :

> *M. & Mme Du Roy de Cantel vous convient*
> *à la vente de charité organisée par la Société*
> *du droit des femmes en faveur des victimes*
> *de la faillite de la Compagnie du canal*
> *interocéanique qui se tiendra à quatre heures*
> *de l'après-midi le samedi 27 mai en leur demeure*
> *sise au 43 de l'avenue du Bois-de-Boulogne.*

Après de multiples hésitations, Suzanne et lui avaient en effet arrêté que cette vente aurait lieu dans leur hôtel particulier. Ils avaient d'abord envisagé pléthore de lieux qu'ils auraient loués pour l'occasion, mais Suzanne escomptant donner de l'envergure à son action, notamment pour récolter le maximum de fonds, l'endroit devait permettre d'accueillir un nombre important de personnes ; seulement cela impliquait des frais élevés pouvant être diversement appréciés, voire jugés déplacés ou insultants eu égard à la misère dans laquelle se retrouvaient les bénéficiaires de cette opération. Ils avaient ensuite envisagé d'investir une mairie d'arrondissement, de façon à inclure les pouvoirs publics dans cette entreprise de solidarité nationale ; cependant la bannière du combat des droits des femmes qui chapeautait cette initiative dérangeait nombre d'élus qui ne voulaient pas prendre le risque de froisser les convictions de leurs administrés les plus conservateurs. Suzanne avait alors proposé d'ouvrir leur maison ; tout étant financé sur leurs propres deniers, cette solution avait l'avantage de montrer leur implication personnelle dans cette tragédie et la sincérité de leur sollicitude envers ceux que cette banqueroute avait jetés dans la nécessité ; d'un autre côté, elle exhibait au grand jour l'aisance et la fortune qui étaient les leurs ; exhibition qui, vu le rôle actif joué par Du Roy dans le vote de l'emprunt responsable de la ruine de millions de souscripteurs modestes, pourrait sembler un étalage obscène. Ce dernier argument avait plongé Georges dans une profonde indécision ; puis, avec la disparition du compte qui l'incriminait et le transfert des liquidités qu'il avait touchées pour sa complaisance active sur celui de Suzanne, la situation d'impunité qui était désormais la sienne l'avait convaincu d'accéder au souhait de son épouse. « Je lui dois bien cela », s'était-il dit.

Du Roy remit le carton dans sa poche, claqua les talons de ses bottines vernies en s'inclinant comme s'il saluait un hôte prestigieux et partit effectuer un dernier tour de vérification avant l'arrivée de leurs invités.

Convaincre Suzanne d'encaisser ce qu'il avait touché avait exigé de la circonspection, de la souplesse et de la ruse. Choisir le bon moment pour amener la discussion sur le sujet s'était révélé délicat : il fallait que Suzanne fût seule ; or, avec la préparation de la vente, Virginie la chaperonnait pratiquement jour et nuit. Afin de bénéficier de l'intimité d'un tête-à-tête conjugal et d'éviter la présence de la vieille bigote, Georges avait rendu visite à sa femme à l'heure où, assise à sa coiffeuse, elle s'apprêtait pour se mettre au lit. Sous couvert de lui souhaiter bonne nuit, il était entré dans sa chambre en affectant la mine d'un homme qui masque de lourds soucis derrière une bonne figure de réserve et de circonstance. La réaction de Suzanne n'avait pas tardé à se manifester :

« Tu as l'air préoccupé, qu'y a-t-il ? »

Il l'avait regardée en souriant comme on ment par politesse ou par omission :

« Rien.

— Vraiment ?

— Oui ! Tout va bien, je t'assure. »

Le manque de conviction qu'il avait mis dans ses paroles avait encouragé Suzanne à insister :

« Georges, je suis ta femme, tu peux me faire confiance et tout me dire. »

Elle avait prononcé ces mots avec bienveillance, pour mieux lui demander :

« Alors, qu'est-ce qui ne va pas ? »

Il avait marché jusqu'au lit et s'était assis sur l'édredon :

« J'ai fait certaines choses dont je ne suis pas fier... »

Elle avait laissé passer le silence qui s'était ensuivi pour l'inviter à poursuivre sans crainte.

« Je... Il m'est arrivé de percevoir quelques avantages pour des services que j'ai pu rendre ici ou là... rien d'illégal, je te rassure... rien qui ne se pratique quotidiennement dans les couloirs du Palais-Bourbon ou dans les antichambres des ministères, mais... enfin, ça m'est arrivé... »

Elle s'était redressée, signifiant par cette posture qu'elle était attentive à ce qu'il allait dire :

« De quel genre d'avantage parles-tu ? »

Il avait détourné ses yeux des siens pour feindre autant la contrition que le repentir :

« Eh bien... comment t'expliquer ? Imaginons une entreprise qui a besoin d'aide pour obtenir un marché... J'use de mon influence pour qu'elle l'obtienne, et elle me gratifie pour avoir intercédé en sa faveur... »

À cette description, le visage de Suzanne s'était figé dans une expression réprobatrice :

« Tu veux dire que tu as accepté des pots-de-vin ? »

Il avait baissé la tête :

« Oui, j'en ai accepté...

— Beaucoup ? »

Sur le ton de la confession, il avait susurré :
« Dix millions.
— Dix millions ! »
Suzanne s'était levée en s'exclamant de la sorte.
« Georges, toi qui as bâti ta carrière sur l'intégrité, tu as touché pour dix millions de pots-de-vin ? Je sais bien que tout le monde le fait, mais quand même ! »
Du Roy avait conservé l'attitude enfantine de celui qui se ratatine dans ses petits souliers :
« Je sais. »
Suzanne s'était mise à arpenter la pièce, puis elle s'était immobilisée :
« Tu as touché pour le Nicaragua ? »
À cette question, Georges avait redressé la tête pour la regarder droit dans les yeux :
« Non !
— Tu me le promets ?
— Oui.
— Tu me le jures sur la tête de nos enfants ?
— Oui ! »
Sur cette dernière promesse, il s'était levé à son tour avec vigueur pour donner plus de poids à ses dénégations. Suzanne avait joint ses mains pour ne pas laisser percevoir sa nervosité :
« Tu fais cela depuis longtemps ?
— Depuis l'affaire du Maroc. D'où l'ampleur de la somme actuelle. »
Suzanne connaissait la manière dont son père et Laroche-Mathieu, le ministre des Affaires étrangères de l'époque, s'étaient enrichis à hauteur de cinquante

millions chacun grâce à ce délit d'initié ; elle savait également que, grâce aux informations qu'il avait réussi à glaner, celui qui n'était pas encore son mari avait empoché une honnête plus-value de soixante-dix mille francs.

Du Roy avait sciemment évoqué Walter, suggérant indirectement que Suzanne ne pouvait pas lui reprocher d'avoir agi comme son père l'avait jadis fait, et ce à maintes reprises. Georges avait saisi l'opportunité de ce phagocytage en règle pour développer le plaidoyer qu'il avait préparé :

« J'aurais pu m'arrêter, mais parfois on favorise simplement un projet parce qu'on est convaincu que sa réalisation sera une bonne chose, que cela ira dans le sens de l'intérêt général, et alors même qu'on n'a rien demandé en retour, on est récompensé pour un service qu'on n'a en réalité pas rendu. J'ai la conscience tranquille, tu sais. J'ai la conscience tranquille car je n'ai jamais soutenu une entreprise sans croire fermement en son bien-fondé et en son utilité. C'était le cas avec le canal du Nicaragua. L'ironie du sort, c'est que s'il y a bien une fois où je n'ai rien touché pour mon engagement, c'est cette fois-là. »

Suzanne l'avait fixé sans ciller :

« Si tu as la conscience tranquille, pourquoi m'en parles-tu maintenant ? »

Il avait soupiré :

« Parce qu'avec la banqueroute de la Compagnie du canal et les poursuites ouvertes contre elle, ce qui s'est pratiqué couramment par le passé risque d'être jugé répréhensible dans l'avenir. Un climat de suspicion généralisée est en train de se mettre en place, une logique digne des grandes heures de la Terreur. Même Clément redoute l'installation de ce climat et de cette logique délétères, et pourtant tu sais comme moi que personne n'est plus intègre que lui. »

Georges avait rejoint Suzanne et lui avait pris les mains :

« Je vais te faire une confidence, ma Suzon. J'ai beaucoup réfléchi depuis le drame qui nous a frappés à l'automne dernier. Je me suis rendu compte à quel point j'ai trop pensé à ma seule réussite, à quel point je vous ai trop négligés, toi et les enfants, et je m'en veux, vraiment. Aussi ai-je décidé qu'à la fin de mon mandat de député, je me retirerai de la vie politique pour m'occuper plus de nous, de nos enfants, de toi, de toi et moi. Qu'en dis-tu ? »

Suzanne avait serré les mains de son mari dans les siennes. Elle en avait les larmes aux yeux. Du Roy en avait profité pour enfoncer son dernier argument :

« Ce sera alors à ton tour d'être dans la lumière, ce sera à ton tour d'avoir une vie publique avec ton combat pour les droits des femmes. Et moi, je t'y aiderai, de toute mon âme. »

Georges l'avait embrassée. À la suite de ce baiser, Suzanne lui avait demandé, des sanglots dans la voix :

« Comment puis-je t'aider pour que ces dix millions ne te nuisent pas ? »

Du Roy lui avait souri :

« Je ferme le compte où je les ai déposés, je les récupère en chèque de banque, et on les met sur le tien. »

Suzanne avait acquiescé :

« Je vois. Comme ça, pas de trace ?

— Exactement. »

Suzanne avait froncé les sourcils. Georges s'en était inquiété :

« Qu'y a-t-il ?

— Ce n'est pas suffisant pour te blanchir.

— Mais si !

— Non. Il faut également modifier notre contrat de mariage et passer sous le régime de la séparation de biens. »

Du Roy l'avait considérée avec étonnement :

« Pourquoi ?

— Parce que de cette manière, ni toi ni moi ne pouvons être suspectés de quoi que ce soit. Je suis riche de naissance par mon père, quelques millions de plus ou de moins passeront d'autant plus inaperçus qu'on ne pourra pas soupçonner entre toi et moi de complicité liée à une quelconque communauté de biens. »

Georges l'avait dévisagée avec admiration :

« Tu ferais une redoutable femme politique ! »

Et il l'avait soulevée du sol pour la faire tournoyer dans les airs avec de grands éclats de rire. Le lendemain, ils s'étaient rendus chez leur notaire et, en quelques jours, le tour avait été joué.

Du Roy contrôla les préparatifs en cuisine, puis il retrouva sa femme et sa belle-mère qui, dans le jardin, supervisaient l'installation des tentes, des buffets, des chaises, de l'estrade et du pupitre d'où il devait remplir son rôle de commissaire-priseur. Le blanc dominait, l'ensemble était sobre et chic sans être ostentatoire. Le personnel de la maison, augmenté de celui engagé en renfort pour l'événement, s'activait dans un incessant ballet d'allées et venues, portant des plats, des verres, des couverts. Les rafraîchissements et les mets ne seraient apportés qu'à la dernière minute pour éviter qu'ils ne souffrissent de la chaleur de cette fin mai qui enserrait la ville.

« Tout se passe bien ? »

Suzanne se retourna vers son mari :

« Oui, très bien, nous sommes dans les temps. Va te reposer, maman et moi avons la situation en main. »

Georges la plaisanta :

« De vraies femmes modernes ! »

Suzanne lui donna un petit coup d'éventail :

« Allez, ouste ! Je te veux au sommet pour ton entrée en scène ! »

Il l'embrassa sur le front, rentra dans la maison et traversa les différents salons pour rallier son bureau. Il s'arrêta un instant sur le seuil du jardin d'hiver, où deux hommes étaient en train de décrocher le *Jésus marchant sur les eaux* de Karl Marcowitch. Suzanne avait absolument tenu à le vendre au profit des laissés-pour-compte du canal ; il serait le dernier lot à être mis aux enchères et constituait ainsi le clou du spectacle.

Du Roy avait été surpris de cette décision, Walter ayant beaucoup d'affection pour ce tableau qu'il avait acquis à grands frais et à grands bruits, et dont il n'avait cédé la jouissance à sa fille qu'à grand regret ; mais après sa conversation avec son mari, Suzanne était résolue à se débarrasser le plus possible de tout ce qui rappelait les tripotages infâmes et déshonorants de son père ou de son époux, une manière pour elle de faire table rase d'un passé qu'elle estimait peu glorieux et d'inaugurer une nouvelle ère.

Lorsque la toile fut décrochée, Georges rejoignit son bureau. Il se servit un cognac, alluma un cigare, puis s'assit confortablement dans un fauteuil avec les journaux du jour qu'il parcourut avec attention et gourmandise.

La majorité de la presse faisait ses choux gras de l'instruction dont la Compagnie du canal interocéanique était la cible. C'était à qui obtiendrait les informations les plus croustillantes et les plus scabreuses sur ses dirigeants. Les chroniqueurs rivalisaient d'exclusivités, réelles ou inventées, sur Ferdinand de Lesseps, son fils, et même Gustave Eiffel, qui revivait les tumultes traversés quelques années auparavant lors de la construction de sa tour métallique. Lesseps père, quant à lui, suscitait l'indignation générale et l'acidité des plumes qui taillaient de lui des portraits au vitriol. Deux choses chez lui scandalisaient : d'un côté les arguties juridiques dont usait son avocat, le ténor du barreau maître Waldeck-Rousseau, afin d'obtenir que son client fût dispensé de se présenter au tribunal par respect pour ses quatre-vingt-huit ans ; et de l'autre le goût prononcé de ce même vieillard pour les jeunes filles maigres et peu formées dont il faisait montre dans la célèbre maison de tolérance tenue par Louise Brémond. Les feuilles antisémites étaient de loin les plus virulentes ; elles étrillaient à coups de caricatures fétides et racoleuses « la juiverie de la finance internationale », vilipendant par colonnes haineuses « le complot de la vermine sémite » qui rongeait de « ses dents avides » les économies des « honnêtes citoyens français de confession catholique ». Drumont, le directeur de *La Libre Parole*, évoquait même le nom de Siegfried de Latour, ce « personnage obscur qu'on ne voit nulle part et qui est pourtant présent partout », s'interrogeant sur ses origines et son identité, et se demandant si ce « financier abject » n'était pas non seulement juif mais qui plus est un espion à la solde des Allemands. Seule Madeleine, dans ses articles de la *Plume*, conservait une réserve prudente, s'en tenant rigoureusement aux faits ; sans doute le temps pour elle de creuser des pistes plus sérieuses que celles, parfois loufoques et fantaisistes, que ses confrères agitaient dans une surenchère grotesque dans le seul but de tirer la couverture à eux et de vendre plus de papier que leurs concurrents.

Bien installé dans son fauteuil et son impunité bancaire, Du Roy observait ce déchaînement journalistique et judiciaire avec la délectation du déserteur qui a su quitter le champ de bataille avant que sa vie ne soit menacée. Il fallait un bouc émissaire à jeter en pâture à l'opinion, et il se félicitait que cela ne pût être lui.

En attrapant *Le Gaulois*, l'enveloppe décachetée d'un câble glissa sur le sol. Georges la ramassa et reconnut l'une des suppliques que Norbert de Varenne n'avait cessé de lui adresser ces dernières semaines pour le voir. Pas plus tard que la veille au soir, il l'avait croisé à la Comédie-Française où, en compagnie de Suzanne, il était allé assister à la première de *Tartuffe*, dont la dénonciation de l'hypocrisie religieuse lui avait arraché de francs éclats de rire tant cela lui avait rappelé les simagrées bondieusardes de sa belle-mère du temps qu'il l'honorait de ses assauts. À l'entracte, Norbert de Varenne s'était lentement approché de lui par cercles concentriques alors qu'il s'entretenait avec le nouveau ministre des Affaires étrangères pour, au moment de rentrer dans la salle, le tirer par la manche de sa redingote et lui murmurer avec des yeux de dément : « Il faut absolument que je vous voie, c'est une question de vie ou de mort ! » Soucieux d'éviter un esclandre, il avait délicatement retiré la main du chroniqueur littéraire de son bras, lui avait souri comme on se barricade et lui avait promis de le recevoir la semaine prochaine au journal. Norbert de Varenne avait maugréé entre ses dents : « Il sera trop tard demain ! » ; et il avait quitté le théâtre sans se retourner.

Du Roy resta pensif. Que pouvait-il arriver à son journaliste, d'habitude si calme et si taciturne, pour qu'il se comportât avec une telle extravagance ?

Qu'est-ce qui pouvait le préoccuper au point qu'il fût en proie à une si grande agitation ? Il haussa les épaules en pensant : « Je le verrai bientôt, j'en serai quitte pour quelques jérémiades et tout rentrera dans l'ordre. »

Il entendit des bribes de voix à travers les fenêtres, les premiers invités commençaient à arriver. Il déchira le câble de Norbert de Varenne et sortit retrouver sa femme pour tenir son rôle de maître de maison.

Suzanne, très en beauté dans une robe bleu marine coupée plate aux manches courtes et légèrement bouffantes au niveau des épaules, gantée jusqu'au-dessus du coude, accueillait leurs hôtes avec l'enjouement modeste qui convenait à la situation. Du Roy ordonna que l'on apportât des douceurs pour les dames et se joignit à son épouse en adoptant une attitude pleine de la dignité exigée par son office.

La foule grossissait peu à peu et le brouhaha des conversations enflait d'autant. Les femmes n'avaient pas lésiné sur l'élégance de leur toilette ; les couleurs chatoyantes de leurs robes à la dernière mode, leurs chapeaux, leurs ombrelles et leurs éventails donnaient au jardin des Du Roy de Cantel des apparences de prairie mouchetée de fleurs sauvages multicolores et conféraient au rassemblement des allures de réception champêtre. Des serveurs serpentaient parmi la foule avec des plateaux d'argent emplis de boissons fraîches et de petites portions de mets délicats ; les gens conversaient, riaient, commentaient l'actualité d'une saillie, échangeaient potins et ragots de la bonne société avec des airs entendus, faussement scandalisés ou simplement amusés ; pour un visiteur extérieur, rien n'aurait laissé deviner que cette engeance policée et repue d'elle-même était ici réunie dans l'intention louable de participer à un acte charitable uniquement destiné à dédouaner leur conscience de la misère qu'ils répandaient pour mieux en réchapper.

Du Roy contemplait avec satisfaction la richesse du parterre qui se pressait sur son gazon, preuve que son importance et son pouvoir étaient non seulement intacts mais indépendants d'un titre de ministre. Le gouvernement actuel était là, au grand complet ; les industriels et les banquiers qui avaient brigué ses faveurs du temps de son portefeuille au palais du Louvre avaient sans exception répondu présents ; les chefs de file des différents courants politiques de la Chambre ainsi que les députés et les sénateurs les plus influents également ; les patrons et les chroniqueurs des journaux qui comptaient dans l'opinion ne manquaient pas non plus à l'appel, même Madeleine et le directeur de *La Plume* déambulaient au milieu de cet aréopage de premier ordre ; personne de ce joli petit monde n'aurait voulu rater cet événement que la presse avait annoncé à tours de manchettes élogieuses.

Georges aperçut Clément qui arrivait, une jeune comtesse très en vue à son bras. Le tombeur des ministères le salua avec sa truculence habituelle. Les présentations faites, Du Roy lui glissa en aparté :

« Vous préparez le retour de la monarchie ?

— Au contraire, j'œuvre à sa réconciliation et à son idylle avec la République ! »

Il se pencha vers Georges en désignant la femme d'un sénateur bonapartiste en train de discuter plus loin avec le rédacteur en chef du *Monde* :

« Vous me faites penser qu'il me faudra œuvrer à un rapprochement avec l'Empire ! »

Le Vendéen adressa un clin d'œil complice et goguenard à son ancien ministre des Finances, puis il continua son tour de piste.

Firmin vint se poster dans le champ de vision de Du Roy avec l'expression de celui qui veut poser une question ou avertir de quelque chose.

« Un souci, Firmin ?

— Plutôt un imprévu, Monsieur. »

Ils se mirent à l'écart.

« Que se passe-t-il ?

— Une vingtaine de personnes sans invitation sont devant le portail et demandent à entrer. L'une d'elles m'a remis ceci. »

Georges prit le papier que tenait son majordome : c'était un bon au porteur de la Compagnie du canal interocéanique. Son visage s'obscurcit.

« Que dois-je leur dire, Monsieur ? »

Du Roy réfléchit avant de répondre :

« Attendez-moi là, je reviens tout de suite. »

Il rejoignit Suzanne, qui riait à une repartie de Clément. Devant l'air grave de son mari, elle s'inquiéta :

« Qu'y a-t-il ? »

Il lui donna le bon au porteur :

« Des petits actionnaires du canal demandent à entrer. »

Suzanne examina le document et le tendit à Clément, qui avait tout entendu :

« Qu'en pensez-vous ? »

Clément rétorqua, avec un geste circulaire et théâtral :

« Tout ceci étant en leur faveur, ils en méritent les honneurs. »

Suzanne acquiesça, Georges se rangea à son avis : les refouler risquait de les blesser et d'entraîner du désordre à sa porte ; et avec la présence de toute la presse française dans son jardin, c'était la dernière chose qu'il désirait.

Il retourna auprès de Firmin, lui donna l'autorisation de procéder et reprit son rôle en passant de groupe en groupe pour s'assurer que chacun avait tout ce qu'il lui fallait.

L'apparition de la vingtaine de souscripteurs du canal du Nicaragua provoqua parmi l'assemblée une curiosité à la fois émue et malsaine. Leur accoutrement modeste et la gaucherie de leurs manières apparurent d'un charme exotique à toute cette belle société qui ne côtoyait ces êtres que sous forme de mots imprimés dans les colonnes des journaux. Ils avançaient à pas hésitants, serrés les uns contre les autres parmi cette foule apprêtée, jetant des coups d'œil hagards autour d'eux, impressionnés de se retrouver dans un environnement si fastueux et opulent, intimidés de frôler de si près ces gens du monde qu'ils n'apercevaient qu'au travers des fenêtres de leurs riches équipages, au sortir de grands restaurants, en promenade au bois de Boulogne, et qu'ils ne connaissaient, eux aussi, que sous forme d'encre pressée dans les chroniques mondaines.

Clément fut le premier à rompre la glace en allant à leur rencontre et en les saluant un à un ; il leur souhaita la bienvenue au nom de la République et les entraîna d'autorité vers les buffets. Sous son impulsion, ces deux contingents du corps social si étrangers l'un à l'autre commencèrent doucement à se mélanger et à converser. Suzanne commanda au personnel de choyer ces nouveaux venus et de veiller à ce qu'ils ne manquassent de rien.

L'heure de la vente aux enchères arriva. Aidée de Virginie et Salomé qui venait d'arriver, Suzanne pria tout le monde de s'installer.

Comme on manquait de chaises, on fit porter des fauteuils et des canapés restés dans les salons. Ce déménagement éphémère provoqua parmi les invités du Tout-Paris un divertissement qu'on trouvait charmant ; les petits actionnaires restèrent debout, près des buffets, à boire et à manger le plus qu'ils pouvaient, faisant des réserves pour les jours difficiles à venir, tandis que le reste de l'assistance s'asseyait dans des froissements d'étoffes remuées et un grand babillage d'excitation.

Du Roy prit place sur l'estrade, plaça son maillet à portée de main sur le pupitre, et la vente commença.

Le premier lot était une paire de sabres d'un colonel d'Empire, mort à Waterloo, que le petit-fils du défunt militaire, député de l'Aisne, offrait aux voix des acquéreurs. Ils furent remportés par un sénateur boulangiste d'Indre-et-Loire pour la coquette somme de quinze mille francs sous les applaudissements d'un auditoire réjoui.

À mesure que les lots se succédaient, le public se prenait au jeu des enchères et des surenchères ; au milieu des rires et des gloussements des dames, retentissaient des dix mille, cinq mille, vingt-sept mille, dix-huit mille, cinquante-trois mille francs ; autant de chiffres abstraits pour les indigents du canal qui, sous l'effet de l'alcool où ils noyaient leur désespoir, sifflaient et commentaient fortement cette débauche de richesse. Certaines des personnes assises, gênées par ce bavardage grossier des gens du peuple, se retournaient avec des regards indignés et lançaient dans l'air des intimations au calme qui ne faisaient que redoubler l'ardeur fielleuse de ceux auxquels les largesses dépensées étaient pourtant destinées.

Du Roy, sentant la tournure séditieuse que prenaient les événements, décida d'abréger pour éviter que la situation ne s'envenime.

Au moment de l'avant-dernier lot, l'atmosphère était explosive. Lorsque le maître des lieux prononça du haut de son pupitre le traditionnel « Adjugé ! », il s'entendit répondre, d'une voix avinée provenant des buffets :

« Adjugé toi-même, hé vendu ! »

Un sénateur bonapartiste se leva, outré :
« Je vous demande de vous arrêter !
— Ta gueule le rupin, t'es qui toi d'abord ? »
Georges frappa avec son maillet :
« Messieurs, je vous en prie, une dernière enchère et nous aurons terminé. »
Le sénateur se rassit en ravalant difficilement son énervement.
Du Roy enchaîna :
« Voici donc le gros lot de cette journée, généreusement offert à contribution par ma merveilleuse épouse Suzanne... »
Un petit porteur meugla à la volée :
« V'là le gros lot de la bourgeoise ! »
Georges continua sans réagir :
« Il s'agit du chef-d'œuvre de Karl Marcowitch, *Jésus marchant sur les eaux*...
— Pourquoi qu'il la change pas en vin plutôt ! »
Du Roy força le ton :
« Je compte sur votre générosité pour couronner de succès cette belle opération de solidarité nationale...
— Solidarité mon cul, ouais ! C'est toujours les mêmes qui s'en fourrent plein les fouilles ! »
Le sénateur bonapartiste bondit de sa place, rapidement suivi d'autres invités ; ils se jetèrent sur les petits actionnaires et l'altercation dégénéra en une rixe générale. Les femmes s'offusquaient, criaient, s'enfuyaient en reversant les chaises, bousculant les serveurs dont les plateaux recouverts de boissons tombaient sur le sol avec des fracas de verre brisé.

Du Roy envoya Firmin chercher les gendarmes, qui eurent grand-peine à évacuer les combattants, ne sachant lesquels arrêter tant il était difficile de différencier, dans l'anarchie des cocards et des vêtements déchirés, l'homme respectable de celui de la rue.

Dans la violence de la confusion, les tentes et les buffets furent détruits, les canapés et les fauteuils piétinés, la pelouse saccagée.

Le personnel ne finit de remettre de l'ordre que tard dans la soirée. Quelques proches, dont Clément, étaient restées auprès de Du Roy, Suzanne, Virginie et Walter pour leur témoigner leur soutien dans cette adversité.

Ils étaient tous dans le jardin d'hiver, un cognac à la main pour les hommes et une infusion pour les femmes, lorsqu'on rapporta le tableau de Marcowitch : la toile était souillée de vin séché et de nourriture écrasée ; des déchirures profondes balafraient l'œuvre, dont l'une tailladait le visage du Christ et le défigurait en une expression monstrueuse.

Personne n'osait souffler mot.

Firmin entra dans la pièce avec un câble pour Du Roy, qui restait prostré sur une chauffeuse, partagé entre l'affliction et la colère, mesurant avec effroi les conséquences publiques de ce fiasco auquel avait assisté l'ensemble des journalistes de la presse française. Face à l'absence de réaction de son gendre, Walter fit signe au majordome de lui donner le pli.

Il lut le message, le replia sans un mot, se resservit un cognac et s'appuya contre la cheminée.

# Belle-Amie

Devant son teint livide, Suzanne lui demanda :
« Père, que se passe-t-il ? »
Walter se tourna vers Du Roy :
« Norbert de Varenne est mort. »
Un murmure stupéfait se répandit parmi les invités encore présents. Walter vida son verre d'un trait et ajouta :
« Il s'est suicidé. »

# 5

L'enterrement de Norbert de Varenne eut lieu le mercredi de la semaine suivante au cimetière du Père-Lachaise, à neuf heures du matin.

La voiture de Du Roy le déposa en avance. Depuis la fenêtre de son véhicule, il contempla ces murs imposants aux allures de murailles qui se dressaient devant lui et enserraient la nécropole. Il se demanda de quoi on estimait devoir protéger les morts pour les retrancher ainsi derrière une telle enceinte, puis il descendit sur la chaussée.

Il n'était pas mécontent d'être arrivé plus tôt, et d'être seul. Il s'engagea dans les allées tortueuses aux pavés irréguliers en quête de la division où le corps de son ancien chroniqueur littéraire serait bientôt enseveli sous la terre anonyme.

Que savait-il de cet homme que, désormais, il ne reverrait plus ? Il s'étonnait de l'avoir côtoyé pendant plus de dix années dans les couloirs de *La Vie française* ou dans les conférences de rédaction et d'être incapable de répondre à cette simple question : qui était Norbert de Varenne ? Combien de temps avait-il réellement passé en sa compagnie pour pouvoir esquisser une ébauche de sa personnalité ? Combien de phrases, combien de mots avait-il échangés avec lui pour n'avoir ne serait-ce qu'une idée des pensées secrètes et des désirs sourds qui l'habitaient ?

Dans ce matin de juin, un matin doux, déjà gorgé de la chaleur qui ruissellerait dans quelques heures sur la ville, il se rappelait avec une netteté et une précision étonnantes la conversation qu'il avait eue avec le journaliste au sortir d'un dîner monotone chez les Walter. Il n'en était encore qu'à ses débuts dans le monde, Norbert de Varenne était à son apogée. S'étant retrouvés tous deux en partance dans l'escalier, le poète avait pris son bras, et ils avaient cheminé ensemble jusqu'au logis du maître.

Paris était presque désert cette nuit-là, une nuit froide, une de ses nuits qu'on dirait plus vaste que les autres, où les étoiles sont plus hautes, où l'air semble apporter dans ses souffles glacés quelque chose venu de plus loin que les astres. L'homme de lettres s'était alors épanché dans un long monologue plein de désespoir sur l'existence et de désillusion sur l'être humain. Il était déjà profondément hanté par l'angoisse de son propre déclin, de son propre vieillissement, de sa propre fin. Quand ils s'étaient séparés, rue de Bourgogne, Du Roy s'était remis en route le cœur serré ; il avait eu la désagréable impression qu'on venait de lui montrer un trou rempli d'ossements, un trou inévitable, un trou où il faudrait tomber un jour, le trou où Norbert de Varenne descendait aujourd'hui.

Georges rallia une petite esplanade de verdure en haut d'une série d'escaliers. Il s'arrêta pour admirer le point de vue. Paris était tortueusement couché le long des deux rives de la Seine. Tout semblait tellement calme et paisible de là où il se tenait.

Il ne s'était rien passé après la Bérézina de samedi dernier ; pourtant, il s'attendait à un véritable déchaînement journalistique : « Non contents d'être ruinés, des petits porteurs du canal du Nicaragua se retrouvent molestés à une vente de charité organisée en leur faveur » ; il s'était préparé à voir fleurir des manchettes de cet acabit, plus assassines les unes que les autres ; mais rien. Aucun journal n'avait fait état de l'incident, aucun ne l'avait relaté par le menu comme il le redoutait, alors qu'il y aurait eu matière à l'étriller dans les grandes largeurs, à le dépecer jusqu'à la moelle. Même Madeleine n'avait pas écrit la moindre ligne sur cet événement catastrophique. Il aurait dû s'en réjouir, remercier sa bonne étoile de le préserver une fois de plus des coups de la disgrâce, et cependant un sentiment de méfiance le poussait à ne pas crier victoire avant l'heure ; il savait que le monde dans lequel il évoluait était étranger à toute clémence désintéressée.

Il reprit sa marche, soucieux de ne pas transformer son avance en retard. Jusqu'à présent, les conséquences terribles qu'avait entraîné la faillite de la Compagnie du canal interocéanique, l'indigence dans laquelle elle avait jeté tant d'hommes et de femmes, tout cela était resté pour lui une abstraction, juste des mots et des noms sans visage, prononcés dans des conversations mondaines ou lus dans l'entrefilet d'un quotidien. Avec le suicide de Norbert de Varenne, l'onde de choc atteignait le cercle de ses connaissances, elle devenait tangible, réelle, concrète, elle se rapprochait de lui d'une manière presque physique. Norbert avait été bien fou et bien mal avisé pour miser tout ce qu'il possédait sur cette entreprise hasardeuse. Serait-il encore en vie s'il avait pu le prévenir à temps de revendre ses actions ? Le poète voulait-il lui demander un conseil au sujet de cet investissement quand il le pressait pour le voir ? Voulait-il le supplier de lui prêter de l'argent lorsqu'il avait compris qu'il avait tout perdu ? Du Roy ne le saurait jamais, nul ne saurait jamais les raisons exactes de son geste désespéré.

En tournant dans une allée, il aperçut au loin la silhouette du gros Walter, accompagné de Rival et de Saint-Potin. À côté d'eux, se tenait une femme de l'âge de Norbert ainsi que deux femmes et deux hommes d'environ une trentaine d'années. Peut-être était-ce la sœur de feu l'homme de lettres, venue avec ses enfants et leurs conjoints respectifs pour rendre un dernier hommage à son frère. Du Roy se rendit compte qu'il n'avait jamais imaginé que son chroniqueur pût avoir une vie en dehors de *La Vie française* ; il n'avait jamais imaginé qu'il pût avoir une famille, qu'il avait eu une mère, qu'il avait un jour été un enfant rond et potelé. Pour lui, Norbert de Varenne appartenait à cette catégorie d'êtres qui ont toujours été vieux, qui sont nés déjà vieux. Georges se rappela qu'il avait eu un échange de cette facture à propos de son collaborateur littéraire avec Clément, ce à quoi le Vendéen lui avait rétorqué, avec sa verve inégalable : « L'avantage d'être vieux tôt, c'est qu'on reste jeune plus longtemps ! »

Du Roy sourit au souvenir de cette réplique avant de se composer une expression de marbre pour saluer avec gravité son beau-père et ses confrères du journal. Il s'avança ensuite vers la femme qu'il pensait être la sœur du défunt, mais elle le toisa durement du regard :

« Comment osez-vous ? N'avez-vous donc aucune décence pour venir ici en ce jour de deuil ? »

Georges fut soufflé par cette brutalité inattendue.

« Mon frère nous a écrit qu'il n'a cessé de quémander quelques minutes de votre temps pour que vous lui veniez en aide, mais le monstre que vous êtes n'a jamais daigné lui accorder la moindre attention ! »

Ses yeux étaient rouges de larmes et de colère. S'ils avaient été des couteaux, ils l'auraient poignardé frénétiquement jusqu'à ce que mort s'ensuive. Elle le poussa en arrière :

« Allez-vous-en ! »

Elle se tourna vers les autres et hurla :

« Allez-vous-en, tous ! »

Elle éclata en sanglots. Du Roy restait médusé, incapable d'accomplir le moindre mouvement ; Walter et Rival le rejoignirent, le saisirent par le bras et l'entraînèrent avec eux. Walter partagea sa voiture avec les deux autres journalistes, Georges monta dans la sienne et ils cheminèrent séparément jusqu'à *La Vie française*.

Durant le trajet, Duroy demeura plongé dans une profonde hébétude, ébranlé par ce qui venait de se passer. Combien de milliers, sinon de millions de familles l'auraient haï comme cette femme, si elles avaient su le rôle qu'il avait joué dans le malheur qui s'abattait sur elles ? Combien de personnes se retrouvaient frappées par la banqueroute du canal, directement dans leur vie et dans leur chair ou indirectement par la misère et la désolation d'un proche ? La différence fondamentale entre « le scandale des Décorations » et ce qu'on appelait maintenant « l'affaire du Nicaragua », en passe de devenir le nouveau scandale de la République, tenait à l'ampleur de son impact : tout le monde était susceptible de côtoyer de près ou de loin une de ses innombrables victimes, et donc d'être touché ou concerné.

À mesure qu'il déroulait le fil désordonné de ses pensées, il sentait monter en lui une rage irrépressible. Qu'avait-il fait justifiant qu'il se torturât l'esprit pour la tournure désastreuse qu'avaient pris les événements ? Était-il réellement coupable du dénuement qui assaillait ceux qui avaient investi tout ou partie de leurs économies dans ce projet ? Était-il même seulement responsable des drames qui sévissaient dans des foyers aux quatre coins de l'Hexagone ? Non, il n'avait pas plus mal agi que les dirigeants de la Compagnie qui avaient voulu ignorer les difficultés techniques de ce chantier ; il n'avait pas plus mal agi que les autres députés qui avaient accepté de vendre leur voix pour voter l'emprunt à l'origine de la ruine de ses souscripteurs ; il n'avait pas plus mal agi que ses confrères journalistes qui avaient préféré brader leur plume pour promouvoir cette entreprise au lieu d'en étudier sérieusement les chances de réussite et d'informer les citoyens des risques de son échec ; et puis il n'avait pas non plus menacé de mort ceux qui s'étaient portés acquéreurs de ces actions en espérant réaliser de confortables plus-values qui n'auraient servi qu'à les engraisser. Lui n'avait été qu'un intermédiaire parmi d'autres, et si le percement du canal était allé à son terme, on tresserait aujourd'hui ses louanges jusqu'au ciel et on proposerait son nom pour la vraie Légion d'honneur. Ses mains n'étaient pas plus sales que d'autres, il n'était pas plus responsable qu'un autre, encore moins coupable de quoi que ce soit, même pas du suicide de ce crétin de Norbert de Varenne. La morale était faite pour les faibles et les vaincus, pas pour lui.

Fort de ce regain d'humeur et de bonne conscience, Du Roy entra gonflé d'un orgueil conquérant à *La Vie française*. Le quotidien était en proie à l'effervescence et à l'agitation fiévreuses des grands jours. Rival, arrivé avant lui avec Walter et Saint-Potin, se rua sur lui avec *La Libre Parole* :

« Tiens, Georges. »

Il repoussa d'un revers dédaigneux de la main l'exemplaire que Rival lui tendait :

« Je ne lis pas ce torchon antisémite. »

Son collaborateur insista :

« Tu devrais. C'est en train de se répandre dans toutes les rues de la capitale, une traînée de poudre qui pourrait bien faire exploser le Parlement et la République. »

Du Roy dévisagea Rival, prit le journal et s'assit dans l'un des fauteuils habituellement réservés aux visiteurs.

Après un éditorial où Drumont vomissait avec sa bile habituelle la mainmise des Juifs sur la Compagnie du canal et l'ensemble de la presse française, il ouvrait ses colonnes à un certain « Micros » sous ce titre aguicheur : « Les dessous du Nicaragua ou l'infâme corruption de nos élus. » Ce mystérieux personnage prétendait avoir travaillé au sein de la Compagnie du canal interocéanique et disposer d'éléments prouvant de nombreuses malversations liées à la faillite qui grevait « des millions d'honnêtes citoyens français catholiques » ; malversations qui consistaient en l'achat du vote d'un certain nombre d'élus en faveur de l'emprunt à lots dont les seuls bénéficiaires étaient en réalité « les suppôts de la grande juiverie internationale ». L'article aurait pu être relégué aux oubliettes et dénoncé comme relevant de la plus complète affabulation s'il n'avait pas désigné nommément le député Baïhaut, ministre des Travaux publics sous le gouvernement Clément, et Charles Floquet, l'actuel président de la Chambre ; il aurait pu être jeté au caniveau s'il n'avait pas cité la somme exacte que chacun d'eux avait touchée pour le prix de leur soutien. La diatribe s'achevait sur la promesse de nouvelles révélations à venir sur la manière dont « Lesseps et ses complices israélites » avaient arrosé la classe politique ainsi que sur l'identité d'autres « traîtres ».

Du Roy resta un long moment pensif, mesurant le potentiel de nuisance et le péril que représentaient de telles insinuations ; d'autant qu'elles étaient entièrement fondées, et par conséquent hautement dangereuses. L'emballement provoqué dans la presse par les suicides de deux petits porteurs quelques semaines auparavant et l'indignation qu'ils avaient suscitée dans l'opinion publique avaient contraint le gouvernement à ouvrir la procédure d'instruction contre la compagnie de Lesseps ; si la même réaction en chaîne s'ensuivait cette fois-ci, alors plus personne ne serait à l'abri.

Georges releva les yeux et croisa ceux, interrogateurs, de Rival :

« Alors, tu en penses quoi ? »

Du Roy le considéra encore un instant, puis il se leva :

« J'en pense qu'il ne faut pas se précipiter. Les députés de droite et d'extrême droite sont prêts à tout pour discréditer le régime et mettre à bas la République, tout cela est du pain bénit pour eux. »

Rival confirma cette analyse d'un hochement de tête. Georges continua :

« Avant de crier aux tous pourris, il faut savoir qui se cache derrière ce "Micros". Quand nous saurons qui il est vraiment et pour qui il parle, nous aviserons. Mets Saint-Potin sur le coup, toute affaire cessante.

Moi, je vais à la Chambre voir les ravages provoqués par cette rumeur. »

Rival se mit au garde-à-vous, son sourire gourmand de journaliste aux lèvres :

« À vos ordres mon capitaine ! »

Et il disparut dans la ruche des couloirs en quête de Saint-Potin.

Sur le chemin de l'Assemblée, Du Roy se pencha par la fenêtre de sa voiture pour écouter les cris des vendeurs de journaux. La même litanie et les mêmes attroupements de curieux fleurissaient à chaque coin de rue : « Demandez *La Libre Parole* ! Nos élus corrompus dans l'affaire du Nicaragua ! »

En arrivant au Palais-Bourbon, Georges s'attendait à trouver la Chambre au bord de la guerre civile. À son grand étonnement, un calme proche du recueillement régnait dans l'hémicycle. Clément était assis, immobile, le teint livide et le regard dans le vague. Les orateurs se succédaient dans un silence dont la densité était presque inquiétante. Tous déploraient ce nouveau scandale qui ébranlait la stabilité et les fondements des institutions, mais tous se montraient également convaincus que les allégations répandues par la feuille nauséabonde de Drumont ne pouvaient relever que de la plus grossière et de la plus outrancière des calomnies.

Delahaye prit alors la parole :

« Le Nicaragua, ce nom qui désigne pourtant un si beau pays à l'autre bout du globe, ce nom, dis-je, est aujourd'hui devenu le synonyme du mal qui ronge notre classe politique. Si l'on en croit la rumeur qui se répand dans les moindres recoins de notre pays, il y a ici deux catégories de personnes qui m'écoutent : celles qui ont touché et celles qui n'ont pas touché. »

Cette dernière phrase déclencha un tumulte général. Clément frappa d'un poing rageur contre son pupitre et se leva dans un mouvement de fureur :

« Monsieur Delahaye, il est aussi criminel d'accuser sans preuve que d'être coupable des actes que vous dénoncez ! »

Une rafale d'applaudissements salua les paroles du député de Vendée. Il tonna plus fort :

« Apportez-nous des preuves ou taisez-vous ! »

Les applaudissements redoublèrent. Delahaye attendit, impassible, puis répondit :

« Vous avez tout à fait raison, Monsieur Clément, et ce sont justement ces preuves que je vous propose, à vous et aux élus de la nation, d'établir. »

Des murmures parcoururent les bancs et les travées. Personne ne s'attendait à cette réplique. Delahaye poursuivit son argumentation :

« Les rumeurs sont sources de doutes, et dans ces temps où des millions de nos compatriotes paient le prix fort de nos errances, il nous appartient de lever tout soupçon qui pourrait peser sur la probité de leurs représentants. »

Il s'interrompit, laissant planer une tension insoutenable afin de mieux enfoncer l'objet de son intervention :

« Pour cela, je propose de nommer une commission d'enquête qui fera toute la lumière sur cette affaire et débusquera, s'ils existent, les coupables. »

Les acclamations de la droite se heurtèrent aux réprobations outrées de la gauche. Tous avaient parfaitement saisi qu'une telle action impliquait la levée générale de l'immunité parlementaire des députés.

Clément rugit de tout son coffre :

« Votre proposition, Monsieur Delahaye, est une négation du principe même de notre justice. Elle n'est rien de moins qu'un retour à la Terreur, ces heures sombres où la présomption d'innocence était foulée aux pieds par ceux supposés être ses garants ! »

Une immense confusion gagna la salle, mais dans laquelle la réticence à voter une motion de cette nature était nettement perceptible.

Le président ramena difficilement le calme. Lorsqu'il fut possible de s'entendre, il déclara :

« Je crois qu'il est inutile de mettre la proposition de M. Delahaye aux voix. »

Cette intervention de Charles Floquet fut accueillie avec autant de chaleur que de soulagement. Pourtant, alors qu'il aurait dû s'avouer vaincu, Delahaye rétorqua :

« Je suis étonné, Monsieur le Président, qu'après avoir été mis en cause personnellement, vous ne soyez pas le premier à vous joindre à ma requête. »

La stupeur passa dans les rangs des députés. La manœuvre était d'une habileté redoutable : en prenant ainsi le président à partie, Delahaye lui interdisait de s'opposer en son nom propre à la nomination de cette commission sous peine de paraître vouloir se protéger, et donc de reconnaître implicitement qu'il n'était pas irréprochable.

Après un instant de flottement, Floquet balbutia :

« Je ne m'oppose nullement, quant à moi, à cette commission d'enquête ; mais vous comprendrez également que je ne puis m'opposer seul à la volonté de la représentation nationale. »

La gauche lui offrit une ovation tonitruante tandis que la droite ne tarissait pas en sifflets et quolibets. Delahaye conclut, avec une raideur martiale :

« Les Français apprécieront. »

Après cet échange, Floquet leva la séance.

En sortant du Palais-Bourbon, Clément vint trouver Du Roy :

« Il faut nous voir. Retrouvez-moi ce soir, sur le coup de onze heures, au Chabanais. Personne ne pensera à nous chercher dans ce lieu de perdition, nous y serons tranquilles pour parler. »

À l'heure dite, Georges retrouvait Clément dans ce fleuron des maisons closes dont chacun d'eux connaissait les secrets et jouissait des plaisirs.

Clément l'attendait dans un petit salon privatif avec une bouteille de cognac et deux verres. Après les salutations d'usage et quelques plaisanteries grivoises de circonstance, le député de Vendée se pencha vers Du Roy, les coudes posés sur ses genoux :

« Vous vous êtes bien foutu de moi. »

Georges le considéra avec un air interloqué :

« Pardonnez-moi, Léon, je ne vois absolument pas de quoi vous voulez parler.

— Vous avez palpé pour le Nicaragua. Je ne peux pas le prouver, et pourtant je suis persuadé que vous avez palpé. »

Les yeux de Clément scrutaient la moindre expression de son ancien ministre des Finances. Du Roy s'appuya contre le dossier capitonné de son fauteuil dans un mouvement nonchalant qui contrastait avec la fermeté de son ton :

« Je défie quiconque d'en apporter la preuve, ils s'y casseront les dents. »

Clément eut un demi-sourire sarcastique et dit, comme on pense à voix haute :

« La meilleure défense, c'est l'attaque. »

Il fixa Du Roy d'un regard qui n'avait plus rien d'amical ou de cordial :

« Baïhaut et Floquet sont des tripoteurs-nés, je le sais. Vous étiez souvent avec eux lors de la crise des décorations pendant laquelle ce maudit emprunt est passé.

— Pas plus que vous. Oubliez-vous le désordre qui régnait dans notre camp et à la Chambre ? Vous et moi, nous devions tenir nos troupes.

— Écoutez, Du Roy, j'ai réservé Calypso pour la soirée, je ne vais pas m'escrimer à tenter de vous confesser, mais entendez bien ceci : si jamais vous avez palpé, ou pis, sachez que vous aurez affaire à moi. »

Il vida son verre et, sans un mot de plus, sortit du petit salon.

Georges resta assis, se resservit un cognac qu'il but d'un trait et quitta le Chabanais.

Les jours qui suivirent cédèrent la place à un déchaînement journalistique et convulsif sans précédent. La presse ne parlait plus que de la corruption supposée des parlementaires. C'était à qui diffuserait en premier le témoignage édifiant d'une personne dont on devait préserver l'anonymat pour la simple et bonne raison qu'elle n'existait pas. Les commentateurs les plus infatigables et les plus péremptoires étaient les mêmes qui, quelques mois auparavant, signaient de leurs plumes soudoyées des articles enflammés en faveur du canal. Dans cette course à la dénonciation, la presse socialiste rejoignait celle d'extrême droite dans ses vocalises indignées : la première voyait dans cette nouvelle crise la démonstration irréfragable que le capitalisme sécrétait la gangrène de la classe dirigeante ; la seconde y trouvait la confirmation irréfutable du caractère intrinsèquement pourri des institutions républicaines. Quant à *La Libre Parole*, ralliée dans ces vociférations par *La Cocarde*, elle poursuivait son feuilleton de prétendues révélations signées « Micros », sans pour autant fournir d'éléments réellement inédits ni livrer de nouveaux noms de députés ou de sénateurs potentiellement vendus ; l'essentiel de ses développements consistait à brocarder « le complot juif » qui saignait la France et le monde. Dans cet océan de papiers délirants, seule Madeleine soulevait le point grinçant et épineux de la situation : elle s'étonnait que la Chambre n'eût pas accepté la proposition de Delahaye, qui continuait de planer au-dessus des ors du Palais-Bourbon comme tournoie un orage dont on ne se sait ni quand ni où il va s'abattre. Ce refus lui paraissait étrange, presque suspect : pourquoi s'opposer à la nomination d'une commission d'enquête si personne n'avait rien à se reprocher ? Heureusement, pour beaucoup, cette question embarrassante, la seule qui méritait d'être creusée, restait pour l'heure noyée sous la cacophonie et l'hystérie des manchettes racoleuses.

De son côté, Du Roy avait engagé *La Vie française* dans un duel d'encre simultané avec *La Libre Parole* et *La Cocarde*. De cette manière, il adoptait une posture qui le maintenait au-dessus de la mêlée des élucubrations et donnait indirectement des gages de son silence à ses complices de l'Assemblée ; gages propices à les encourager à poursuivre dans leur rejet de toute levée de leur sacro-sainte immunité parlementaire. Il avait également donné à Saint-Potin un crédit illimité pour acheter la moindre information qui lui permettrait de découvrir l'identité de ce « Micros » ; mais le chroniqueur, habituellement si fin limier dans ses investigations, peinait encore à dénicher une piste sérieuse.

L'avancement du procès de la Compagnie du canal vint déplacer l'attention et interrompre ce tapage incessant autour de la corruption des élus. Du Roy salua en lui-même le gouvernement et le garde des Sceaux pour cette ingénieuse diversion : il fallait rapidement livrer des têtes à la vindicte populaire pour apaiser un tant soit peu l'opinion, des têtes susceptibles de faire oublier les leurs.

L'effet ne se fit pas attendre, tous les regards se braquèrent sur les dirigeants de ce naufrage. La dispense de Ferdinand de Lesseps de paraître sur le banc des accusés, eu égard à son âge et à sa qualité de grand-croix de la Légion d'honneur, provoqua un tollé dans les colonnes des journaux, qui concentrèrent leur venin sur les comptes-rendus des audiences opposant Charles de Lesseps fils au juge Périvier, président de la cour correctionnelle.

Les débats se révélèrent copieux et extrêmement roboratifs pour la panse des quotidiens. Lesseps le jeune se montrait combatif, il rendait coup pour coup, bien décidé à ne pas porter seul le chapeau de l'opprobre.

Le jour où le président lui demanda avec insistance comment la Compagnie avait pu dilapider en pure perte les sommes colossales des honnêtes contribuables, sinon pour un enrichissement personnel, il rétorqua :

« Monsieur le Président, j'ai été comme le voyageur que des brigands détroussent au fond d'un bois, en lui mettant le couteau sous la gorge. »

Le magistrat n'était pas disposé à s'en laisser conter :

« Si vous estimez avoir été volé, pourquoi ne pas vous être adressé à la police ? »

Lesseps réprima un rire, puis laissa en suspens cette question pour toute réponse :

« Que peut-on faire lorsque c'est le gendarme lui-même qui rançonne ? »

Cette allusion à la compromission de hauts personnages du régime désarçonna le président du tribunal et fit mouche auprès des journalistes, relançant les spéculations sur la question de la concussion de la classe politique.

Le regain de cette suspicion généralisée contrariait fortement Du Roy. Aussi bénit-il Saint-Potin quand le chroniqueur entra en claironnant dans son bureau de *La Vie française*, avec le sourire du chasseur qui a levé un lièvre :

« J'ai trouvé qui est ce fameux "Micros" ! »

Georges cessa séance tenante ses occupations :

« Je t'écoute. »

Saint-Potin ouvrit son carnet de notes :

« "Micros" est un ancien banquier du nom de Ferdinand Martin. Il a effectivement travaillé pour la Compagnie du canal interocéanique, mais celle-ci l'a renvoyé à la suite des détournements de fonds pour lesquels elle le suspectait. Il est aussi connu pour être un antisémite notoire et un antiparlementariste affiché. Je creuse encore différentes sources pour confirmer une autre piste le concernant. »

Du Roy crut défaillir de bonheur à cette avalanche de bonnes nouvelles ; il tenait de quoi carboniser la crédibilité du joker de Drumont : un vulgaire brigand qui avait tapé dans la caisse, et qui avait donc non seulement contribué à la ruine des petits épargnants en leur volant leurs économies, mais qui osait de surcroît profiter de leur misère pour se venger de s'être fait prendre la main dans le sac en éclaboussant de respectables représentants de la nation.

Georges, Saint-Potin et Rival troussèrent une série d'articles assassins qui fondirent comme une pluie de boulets rouges sur *La Libre Parole* et sur *La Cocarde*. Dans la débâcle, « Micros », alias Ferdinand Martin, tira les dernières cartouches calomnieuses en sa possession ; il déploya une virulence extrême contre « ce Siegfried de Latour », « cet obscur homme d'argent de toute évidence juif », « ce probable espion à la solde de Bismarck » ; Siegfried de Latour avec lequel Du Roy ne pouvait qu'entretenir des relations troubles, étant donné que cet homme d'affaires douteux avait contribué au sauvetage du journal de Clément, le grand ami et le grand complice du patron de *La Vie française*.

Du Roy jugea inutile de répliquer à ces attaques grossières afin de discréditer par le mépris les allégations de ses adversaires.

En rentrant dans son hôtel particulier de l'avenue du Bois-de-Boulogne le soir de cette éclatante victoire, il fut surpris de trouver Suzanne en train de siroter un cognac à une heure aussi avancée. Il s'en servit un et, devant la gêne manifeste de son épouse, il s'enquit de ce qui la tracassait.

« J'ai besoin d'être certaine que tu n'as vraiment rien touché pour le Nicaragua. »

Georges la dévisagea avec une surprise non feinte :

« Je t'ai déjà dit que ça n'était pas le cas ; pourquoi me reposer la question ?
— À cause de ce qui a été publié sur Siegfried. »
Du Roy éclata de rire :
« Tu lis la presse antisémite maintenant ? »
Suzanne le regarda avec gravité :
« Il est normal que je m'interroge. Tu as été très proche de lui, tu es même parti le retrouver à l'autre bout de la France, dans les Landes. Si je connais Salomé, je ne sais rien de lui, sinon que c'est un financier, et que les financiers ont rarement les mains propres. »
Georges saisit l'argument et préféra y répondre avec sérieux pour donner plus de poids à ses propos :
« Siegfried n'est certainement pas irréprochable dans toutes ses entreprises, mais je peux t'assurer qu'aucune des affaires que nous avons traitées ensemble ne concernait de près ou de loin celle du canal.
— Que fais-tu de la une du journal que tu as rédigée en faveur de ce projet ?
— Je te rappelle que j'ai publié cette une sous ton impulsion et sur tes conseils plus qu'insistants.
— Et le vote de l'emprunt ? Tu as été payé pour le faire passer ?
— C'est Clément qui était partisan de cet emprunt ; il était président du Conseil, il fixait le cap, j'ai agi selon ses plans à lui. »
Suzanne le fixa longuement :
« Donc, tu n'as rien touché ?
— Jamais.

— Tu me le jures ?
— Sur la tête de nos enfants. »
Il la prit dans ses bras et la discussion en resta là.

Le 21 juin, aux alentours de six heures du soir, alors que les polémiques au sujet du procès de Charles de Lesseps disputaient l'actualité au verdict de la cour d'appel qui devait être rendu d'une minute à l'autre dans le cadre du « scandale des Décorations », Du Roy reçut à *La Vie française* ce petit bleu lapidaire : « Je vous attends. »

À la vue de l'écriture de Salomé, il crut que sa poitrine allait exploser.

Il attrapa sa redingote, son haut-de-forme et descendit en trombe l'escalier du journal.

Sur le trottoir, il croisa Saint-Potin :

« Georges, j'ai du nouveau sur "Micros" : j'ai la preuve qu'il entretient des relations avec des agents de l'ambassade d'Allemagne. »

Georges arrêta un fiacre :

« Tu es le meilleur Saint-Potin ! Prépare-nous une de ces chroniques dont tu as le secret !

— J'ai aussi du nouveau sur ce que tu m'avais demandé au sujet de Siegfried de Latour. »

Du Roy s'engouffra dans le véhicule :

« Plus tard ! Concentre-toi sur "Micros". »

Il referma la portière et l'attelage s'élança.

# 6

Du Roy descendit du fiacre, paya le cocher et resta debout sur le trottoir en face du 127 rue de Constantinople. Le sang lui brûlait les veines ; son cœur cognait douloureusement contre ses tempes.

La chaleur était écrasante. Le bitume commençait à exhaler la fièvre emmagasinée au long de la journée. L'air était lourd, saturé, immobile.

Malgré la luminosité accrochée encore haut dans le ciel, Georges vit que, derrière les volets tirés, les fenêtres du rez-de-chaussée étaient faiblement éclairées. Il savait ce qui l'attendait de l'autre côté de ces murs ; il faisait durer le plaisir insoutenable de l'attente ; il espérait tant cet instant, depuis des mois, qu'il le redoutait presque.

Il traversa la chaussée, entra et se retrouva sous le porche. Une humidité tiède remontait des caves ; elle distillait une moiteur pesante qui figeait l'atmosphère et l'espace.

Il s'approcha de la porte ; elle était entrouverte, il la poussa, se glissa à l'intérieur, referma derrière lui et fit coulisser le verrou.

L'appartement était silencieux ; un silence dense et moelleux, chargé de la sueur et des jouissances qui l'empliraient bientôt.

Il laissa ses yeux s'accoutumer à la demi-pénombre qui baignait le lieu ; le masque de soie noire s'étalait avec indolence sur le lit, comme alangui. Un faible rai de lumière filtrait depuis l'autre pièce. Il y avait quelqu'un ; sa présence était palpable au-delà de la cloison.

Il s'avança jusqu'aux fauteuils et au sofa ; ses pas faisaient gémir le plancher. Lorsqu'il s'immobilisa, les craquements du bois s'étirèrent sur leur propre sonorité, une note stridente en suspension, avant de s'évanouir dans le néant.

Il ôta son haut-de-forme, l'abandonna sur la table basse ; il se débarrassa de sa redingote, la plia et la roula avec soin sur le bras de la causeuse devant lui ; il retira ses bottines vernies, dénoua sa lavallière, déboutonna son gilet, sa chemise, son pantalon, quitta ses sous-vêtements, déposant un à un ses habits par-dessus la redingote. Il retenait ses gestes pour ne pas céder à la précipitation et à l'impatience qui, pourtant, le pressaient.

Il marcha vers le lit ; le plancher grinça de nouveau sous ses pas ; il s'assit, prit le bandeau, laissa glisser l'étoffe entre ses doigts. Un mot écrit par Salomé l'attendait sur la table de chevet : « Bande-toi les yeux et allonge-toi. » Il s'exécuta, se coucha sur le dos et resta ainsi, les bras et les jambes écartées, plongé dans le noir.

Il perçut un bruissement, une onde qui déplaçait l'air et en modifiait l'équilibre. Il respirait fort.

Des mains attachèrent sèchement ses poignets et ses chevilles. Son pouls s'accéléra, il respira plus fort ; les liens étaient plus rêches que dans son souvenir, plus serrés aussi ; cette brutalité et cette rugosité l'excitaient.

On s'étendit à côté de lui ; le matelas se creusa légèrement sous le poids d'un corps, les draps frissonnèrent d'une manière imperceptible ; quelqu'un serpentait dans sa direction, un souffle étranger se rapprochait de lui, prêt à l'effleurer, à le toucher enfin, quand, soudain, on tambourina à la porte.

Tout se brisa. Les débris de l'instant interrompu restaient suspendus dans une apesanteur pétrifiée.

Les coups redoublèrent. Un timbre d'homme retentit :

« Ouvrez, au nom de la loi ! »

Pris de panique, Du Roy tira sur ses liens pour s'en dégager ; ils étaient trop fortement noués pour qu'il réussît à s'en défaire, ils lui râpèrent la peau jusqu'à la chair.

Il sentit le baldaquin remuer, quelqu'un qui se levait ; le crissement des lattes du plancher accompagna un déplacement gracile et furtif en direction de l'entrée :

« Qui êtes-vous ? »

Il ne connaissait pas cette voix de femme. Qui donc était là avec lui ?

L'homme à l'extérieur répondit :

« Je suis le commissaire de police Landrin. Ouvrez ou je fais enfoncer la porte. »

La panique envahit Du Roy, une panique froide, glaciale, qui lui gela le sang et les os.

Le pas élancé, un pas de pieds nus, revint près du lit ; la personne saisit une matière qui se déploya dans un mouvement tournoyant, probablement un châle ou quelque tissu pour se couvrir à la hâte, puis elle retourna dans l'entrée de l'appartement.

Le policier insista :

« Si vous ne voulez pas ouvrir, nous enfonçons la porte. »

Le verrou coulissa, la poignée de cuivre tourna, des semelles de chaussures de ville claquèrent sur le sol.

« Allumez la lumière. »

Malgré la soie noire qui lui barrait la vue, Georges discerna la clarté crue du plafonnier qui éclairait désormais la pièce.

« Madame, veuillez procéder à son identification. »

Des talons résonnèrent en s'approchant de lui. Il se débattit pour tenter une nouvelle fois de se libérer, en vain.

Une main se posa sur son bandeau et l'arracha. Du Roy découvrit avec effroi Suzanne qui se tenait au-dessus de lui. Elle le fixa un long moment, ses yeux plongés droit dans les siens, un sourire sibyllin aux lèvres. Il voulut parler, mais aucun son ne parvenait à franchir ses lèvres.

« Cet homme est M. Georges Du Roy de Cantel, ancien ministre des Finances, député de l'Assemblée nationale, et accessoirement mon mari. »

Du Roy redressa la tête : à quelques mètres derrière son épouse, entouré de deux agents en uniforme, se tenait un petit homme vêtu en civil. Il arborait une épaisse moustache, des favoris fournis, un embonpoint confortable sur lequel était jetée une écharpe tricolore. De l'autre côté, sur le sofa, une jeune femme à la chevelure brune était emmitouflée dans un tartan.

Le commissaire Landrin lissa sa moustache et demanda :

« Êtes-vous bien M. Georges Du Roy de Cantel, député et publiciste, époux légitime de Mme Suzanne Du Roy de Cantel, né Walter, ici présente ? »

Georges n'osait pas le regarder en face.

« Je réitère ma question : êtes-vous M. Georges Du Roy de Cantel, député et publiciste, époux légitime de Mme Suzanne Du Roy de Cantel, né Walter, ici présente ? »

Du Roy demeurait hagard, toujours incapable de prononcer le moindre mot.

« Si vous ne voulez pas répondre, je serai forcé de vous arrêter. »

Georges s'entendit confirmer, d'une voix étranglée qui lui sembla ne pas être la sienne, comme si un autre avait parlé à sa place :

« Oui, Monsieur. »

Landrin se retourna vers les deux agents :

« Veuillez consigner que l'individu a reconnu être celui que son épouse légitime a désigné. »

Il revint à Du Roy :

« Monsieur le député, je vous ai surpris hors de chez vous avec la demoiselle dévêtue que voici, allongé et attaché nu dans une attitude sans équivoque. Cela constitue un cas flagrant de délit d'adultère. Vous ne pouvez nier l'évidence. Avez-vous quelque chose à ajouter ? »

Georges laissa retomber sa tête sur le lit :

« Je n'ai rien à dire, faites votre devoir. »

Le policier s'adressa à Suzanne :

« Madame, avez-vous encore besoin de moi ou puis-je me retirer ? »

Elle lui tendit la main :

« Merci pour vos services, commissaire. Je n'ai plus besoin de vous ni de vos hommes, vous pouvez donc disposer. »

Il lui serra la main en s'inclinant avec une déférence administrative et, suivi de ces hommes, il sortit.

Suzanne toisa la jeune femme pelotonnée sur le sofa :

« Habillez-vous et laissez-nous. »

L'inconnue se leva et passa dans la pièce d'à côté. Quelques minutes plus tard, elle réapparut sur le seuil de la chambre ; elle resta un instant là sans bouger, puis, les yeux au sol, elle traversa le meublé et disparut.

Un silence suffocant s'abattit sur l'appartement. Suzanne détailla alors le lieu en martelant le plancher de ses bottines à chacune de ses enjambées :

« C'est coquet chez toi. »

Du Roy répliqua d'un ton d'outre-tombe :

« Ce n'est pas chez moi. »

Suzanne s'arrêta devant une gravure licencieuse accrochée au mur :
« Elle a du goût. »
Elle reprit son inspection :
« Ça fait longtemps ? »
Il soupira :
« Qu'est-ce que ça peut faire ? »
Suzanne continuait de marcher en regardant autour d'elle :
« J'ai besoin de savoir, Georges. J'ai besoin de savoir à quel point tu m'as abusée pendant toutes ces années de mariage. »
Il désigna ses liens :
« Tu ne veux pas me détacher, que je puisse me couvrir et retrouver un semblant de dignité ?
— Te couvrir ne te rendra pas ce que tu n'as jamais eu. »
Du Roy tapa de sa tête contre le matelas :
« Détache-moi ! »
Suzanne resta impassible :
« Tu n'es pas en situation d'exiger quoi que ce soit. »
Elle s'empara de la lavallière, la déplia, la reposa sur les vêtements empilés sur le bras du fauteuil et s'assit sur le sofa :
« Alors, ça fait longtemps ? »
Georges maugréa :
« Si tu es là, c'est que tu es au courant depuis déjà un certain temps. Demande-moi plutôt ce que tu veux vraiment savoir. »

Suzanne sourit :

« Comme tu voudras. »

Elle laissa les secondes s'égrener et flotter autour d'eux, avant de l'interroger :

« Parle-moi de ma mère. »

Du Roy ricana :

« Ah, ce vieux cul de bénitier ! Je me doutais que sa sortie du couvent ne présageait rien de bon. »

Suzanne apprécia :

« Je t'ai découvert menteur et dépravé, maintenant je te découvre vulgaire. Tu es décidément très doué pour tromper ton monde. »

Georges s'agaça :

« Bon, finissons-en : qu'est-ce que tu veux ?

— La vérité.

— La vérité, c'est un peu vague. La vérité sur quoi ?

— Sur tout.

— Si c'est ce que tu veux, il va falloir être un peu plus précise.

— As-tu été l'amant de ma mère avant de devenir mon mari ?

— Non.

— M'as-tu épousée pour ma fortune ?

— Non.

— As-tu touché pour le Nicaragua ?

— Non ! »

Du Roy avait hurlé d'exaspération cette dernière dénégation.

Devant ses refus catégoriques et répétés, Suzanne se leva, traversa la pièce et, sans un mot, ouvrit la porte. Georges redressa la tête pour voir à quoi rimait toute cette mise en scène sordide. Lorsqu'il vit entrer successivement Virginie et Madeleine, il se crut victime d'une hallucination ou d'un cauchemar dont il allait se réveiller. Sa tête retomba en arrière et il éclata d'un rire nerveux :

« La sainte-nitouche et la Marie-couche-toi-là, nous voici au grand complet ! »

Virginie fit quelques pas en contemplant ces murs qui lui étaient familiers avant de s'asseoir dans un fauteuil. Madeleine s'adossa à la cheminée et alluma une cigarette :

« Il a toujours été un peu fruste. »

Virginie frotta ses paumes l'une contre l'autre :

« Oui, un vrai provincial... »

Elle sourit à ses propres pensées :

« Cela faisait partie de son charme : on avait envie de le dégrossir, de faire son éducation ; on se disait qu'un jeune homme élevé au milieu de la campagne normande par de bons paysans avait forcément un cœur pur parce que brut. »

Madeleine coupa d'un mouvement tranchant de l'index une volute de fumée qui formait une ligne grise :

« Je ne crois pas au mythe du bon sauvage, surtout le concernant. »

Virginie haussa les épaules avec une expression exempte de toute amertume :

« Je n'ai jamais su voir le mal autour de moi, je vivais dans une jolie cage dorée et je voulais que le monde soit aussi beau que mes barreaux. Je me rappelle la première fois qu'il est venu me présenter ses hommages : il m'avait au préalable fait livrer des poires avec un mot adorable me disant qu'il les avait reçues le matin même de Normandie. Il avait dû en réalité les acheter au marché de son quartier ou aux halles, ce qui à l'époque représentait pour lui un véritable investissement. J'étais touchée, peu importait la provenance de ce présent ; je n'ai simplement pas voulu voir que la poire de l'histoire, c'était moi. »

Madeleine inspira une bouffée de tabac ; elle la recracha dans un souffle teinté de regrets :

« C'est moi qui lui avais suggéré de sympathiser avec vous pour utiliser votre influence auprès de votre époux en sa faveur ; et c'est encore moi qui, une fois remariée avec lui, lui ai mis l'idée en tête que, s'il avait été libre, Suzanne aurait été le parti parfait pour lui. Je n'ai pas été moins naïve que vous dans cette histoire. »

Virginie la considéra avec une douceur pleine de compassion :

« Inutile de vous blâmer : vu son caractère et son absence naturelle de scrupules, vous l'avez seulement aidé à comprendre plus vite ce qu'il aurait fini par vouloir. »

Madeleine écrasa sa cigarette :

« Peut-être. Il a toujours été très habile pour dissimuler ses plans de toute façon. »

Georges s'esclaffa :

« La gourgandine absoute de sa rouerie par la bigote, c'est magnifique ! »

Il redressa de nouveau la tête et les jaugea une à une d'un œil dédaigneux :

« Aucune d'entre vous ne me détachera ou ne me permettra de me couvrir ? »

Suzanne se rassit dans le sofa :

« Chacune de nous ici connaît ton anatomie pour ne pas avoir à rougir de ton état. »

Du Roy hoqueta d'un rire mauvais. Il les toisa de tout le mépris qu'elles lui inspiraient avant de se laisser retomber en arrière :

« Regardez-vous, mais regardez-vous donc en face toutes les trois. Vous pensez valoir mieux que moi ? Toi, Virginie, malgré ta morale chrétienne et tes principes de grande bourgeoise bien propre sur elle, malgré tes simagrées hypocrites de jeune vierge effarouchée et tes remords de façade, tu oublies un peu vite avec quelle rapidité tu as cédé à mes avances pour te vautrer corps et âme dans l'adultère ; tu oublies un peu vite la manière dont tu as profité pendant des années de ton existence de rentière que tu ne devais qu'aux tripotages financiers de ton mari, tripotages dont tu détournais les yeux en t'arrangeant commodément avec ta conscience. Toi, Madeleine, tu ne vaux pas mieux que moi, tu ne vaux pas mieux que la noblesse usurpée de ma particule que tu m'as fait adopter, et tu le sais ; tu es une aventurière, nous sommes tous les deux des aventuriers ; je me suis servi de toi autant que tu t'es servie de moi, autant que tu t'es servie de mon camarade de régiment Forestier, du ministre Laroche-Mathieu, du comte de Vaudrec dont personne n'a jamais vraiment su de quelle manière tu lui payais son affection, et j'en ignore certainement beaucoup d'autres. Quant à toi, Suzanne, la petite frondeuse née dans la soie, tu voulais avant tout affirmer ton indépendance de femme moderne en défiant l'autorité de tes parents et, pour cela, faire un beau mariage, un mariage avec un homme que tu choisirais toi, un homme qui te porterait plus haut que ton statut de jeune fille richement dotée, un homme qui aurait suffisamment d'ambition pour servir les tiennes, car tu as des ambitions, tu ne peux le nier ; on ne sert jamais une cause que pour ce qu'elle nous rapporte, comme toi avec ton combat pour le droit des femmes. Qu'ai-je fait, au fond, que vous n'ayez vous-même fait ? »

Il tira sur sa nuque pour les regarder une à une :

« Les putains qui battent le trottoir ont le mérite de l'honnêteté et de la franchise ; elles ne travestissent pas leur crapulerie sous les guenilles d'une dignité mensongère. »

Il reposa sa tête :

« Tout cela n'est que de la prédation réciproque, et rien d'autre. »

Des applaudissements retentirent à l'autre bout de l'appartement, juste à côté de la porte d'entrée, dans un angle où, précédemment, il n'avait vu personne. Il fit un effort pour se redresser encore et découvrit Salomé qui claquait des mains avec une satisfaction sarcastique :

« Je constate que vous avez bien retenu les leçons de mon cousin. Vous apprenez vite, c'est au moins une qualité que l'on peut vous reconnaître. »

Georges la jaugea d'un air railleur avant de s'affaler :

« La mystérieuse Salomé, la putain du roi Siegfried, celle qui lui rapporte les têtes encombrant sa route ; il ne manquait que vous pour que le tableau soit parfait. »

Salomé se tourna vers Suzanne :

« Détachez-lui les jambes et couvrez-le, je veux pouvoir lui parler en face. »

Suzanne s'exécuta. Du Roy prit appui contre la tête de lit, poussa sur ses talons pour ramener avec peine ses pieds sous ses fesses et réussit à s'asseoir sur le matelas :

« Je ne vous connaissais pas si prude, Salomé, surtout avec moi. »

Salomé s'avança jusqu'au secrétaire, ouvrit un tiroir et en sortit une enveloppe qu'elle remit à Suzanne :

« Tenez, les photos de votre mari en compagnie de celles qu'il a prises pour moi. Faites-en bon usage. »

Elle revint à Du Roy :

« Je vous avais dit de vous intéresser à la photographie, mais à part vous, rien ne vous intéresse vraiment. »

Elle tourna lentement sur elle-même pour exhiber les deux diamants accrochés à ses oreilles par un fil d'or tombant telle une goutte d'eau qui aurait glissé sur sa peau :

« Reconnaissez-vous ces boucles d'oreilles ? »

Georges les détailla comme il put de là où il était et répondit :

« Non. »

Salomé sourit avec une expression indéchiffrable :
« Dommage, je les ai mises spécialement pour vous. Elles ont une histoire à laquelle je tiens particulièrement, une histoire qui nous lie depuis des années, vous et moi. »
Du Roy la considéra avec moquerie :
« J'ai hâte d'entendre le récit de cette profonde intimité qui nous unit...
— C'est vous qui allez me raconter. Voyons si vous pouvez faire travailler la grande tête au lieu de la petite. »
Georges siffla, admiratif :
« C'est ce qui s'appelle un coup bas. En même temps, à quoi pourrais-je m'attendre d'autre de la part de l'exécuteur des basses œuvres de sa majesté Siegfried ?
— Laissez Siegfried là où il est, et dites-moi plutôt ce que vous inspirent ces diamants.
— Approchez-vous, je ne vois pas bien de là où je suis.
— Vous avez l'œil du rapace, vous voyez très bien de là où vous êtes. »
Il plissa les yeux, puis déclara, l'air faussement marri :
« Désolé, je ne vois pas.
— Vraiment, cela ne vous rappelle rien ?
— Rien du tout. »
Salomé fit quelques pas dans la pièce :
« Je vais vous aider. Cet endroit vous dit-il quelque chose ? »

Elle s'immobilisa et le fixa d'un regard où la fièvre le disputait à la férocité.
Du Roy la scruta avec circonspection. D'un coup, son expression s'éclaira pour se refermer aussitôt :
« Clotilde. Elles appartenaient à Clotilde. »
Le visage de Salomé s'illumina d'une hostilité terrifiante :
« Au moins vous vous souvenez d'elle. »
Georges fut pris de vertige. Des images confuses tournoyaient dans sa tête sans qu'il réussît à les saisir toutes ni à les relier entre elles. Toutefois, une question se détachait dans le désordre informe de ses pensées : qui était cette femme en face de lui ?
Salomé continuait de le fixer :
« Je me souviens très bien des circonstances dans lesquelles elle portait ces boucles d'oreilles. C'était le soir où vous l'avez rencontrée, à l'occasion de votre premier dîner dans le monde, chez Madeleine et feu son mari Charles, votre ancien compagnon de régiment. Virginie était présente, elle aussi, avec votre futur beau-père. Vous étiez encore mal assuré et cependant on ne remarquait que vous. »
Il l'observait avec défiance :
« Bon Dieu, mais qui êtes-vous ? »
Salomé s'amusait de l'agitation qu'elle sentait monter en lui :
« Vous ne devinez pas ? Pourtant vous étiez assis entre nous. J'étais votre voisine de gauche, et votre voisine de droite était ma mère. »

Soudain, Du Roy revit la fillette qu'elle était à l'époque, son air grave de grande personne, sa voix de flûte : Laurine, la fille de Clotilde de Marelle, la femme qui était morte de désespoir et d'amour à cause de lui.

Il se souvenait avec quelle innocence joyeuse cette petite fille d'apparence si austère s'était quasiment jetée dans ses bras le trouvant chez elle en rentrant d'une promenade avec la bonne ; et comment elle avait crié, presque transportée de plaisir de le découvrir là : « Bel-Ami ! », ce petit sobriquet d'amitié sincère, une amitié emportée d'enfant, qui lui avait tenu lieu de nom et d'identité dans toute la belle société. À part ses yeux noirs, aussi perçants que ceux de sa défunte mère, plus rien ne rappelait la fillette d'antan ; elle était proprement méconnaissable.

Laurine le contemplait, les poignets ligotés, enfin à sa merci :

« C'est ici que vous l'avez frappée le jour où elle hurlait de chagrin après l'annonce de vos noces avec Suzanne. C'est ici que vous l'avez revue à maintes reprises alors que vous étiez fraîchement remarié. Et c'est ici que vous l'avez définitivement congédiée de votre vie. »

Elle fit un effort sur elle-même pour ne pas se laisser emporter par la colère et la tristesse ravageuse que cette évocation provoquait en elle :

« La suite, vous la connaissez : elle s'est laissée dépérir, et sa mort a entraîné peu de temps après celle de mon père. »

Elle prit une grande inspiration et poursuivit :
« Mon oncle m'a recueillie et m'a élevée comme son fils, au fin fond des Landes. Il m'a appris tous les secrets de la finance à l'origine de son immense fortune. Sa disparition m'a laissée orpheline une seconde fois, mais riche et avec plus d'une relation utile à ma disposition. Pendant toutes ces années, j'ai souvent rêvé de vous tuer de mes propres mains. J'ai longtemps caressé cette idée, avant de comprendre que cela ne vous aurait puni en rien, ou en tout cas pas à la hauteur des souffrances et des humiliations que je voulais vous infliger. J'ai continué d'échafauder mille plans de vengeance, j'ai fourbi mes armes avec patience et obstination, et c'est alors qu'est arrivé le Nicaragua. »

Elle s'interrompit pour ne pas gâcher ce qu'elle allait dire par excès de précipitation :

« Ce naufrage a dépassé toutes mes espérances. Je n'avais prévu ni cette faillite ni son envergure ; mon projet était seulement de vous compromettre dans une série de malversations qui vous aurait déshonoré et aurait mis un frein, sinon un terme, à votre ascension. Lorsque j'ai vu la tournure grandiose que prenaient les événements, j'ai revu mes ambitions à la hausse. Je suis allée trouver Madeleine, puis Virginie à son couvent, et enfin Suzanne. La vérité a torturé votre femme jusqu'à l'agonie, peut-être même jusqu'au rejet de votre dernier enfant. Il lui aura fallu affronter la manière dont vous étiez prêt à la faire accuser à votre place pour qu'elle accepte l'évidence de votre abjection. Aujourd'hui, avec l'ampleur prise par ce scandale, je tiens une vengeance que je n'aurais jamais osé imaginer. Vos bassesses vous auront coûté votre honneur, votre fortune, votre position, et maintenant votre liberté. Car demain, vous croupirez en prison, avec pour seul horizon des années de réclusion à vous maudire entre quatre murs, vous et votre inconséquence. »

Le silence qui succéda aux dernières paroles de Laurine s'abattit autour du lit comme les barreaux d'une cage de fer.

Alors qu'il la toisait avec fureur, Du Roy partit d'un foudroyant et sardonique éclat de rire :

« Pauvre petite fille, je crains que vous ne deviez remettre à beaucoup plus tard vos désirs me concernant. Vous ne pouvez rien contre moi. Vous ne pouvez rien contre moi tant que dure mon immunité parlementaire. Et surtout, vous ne pouvez rien contre moi sans entraîner la perte de votre chère âme damnée de Siegfried. »

Les traits de Laurine se fissurèrent d'un sourire terrifiant :

« Décidément vous n'entendez pas quand on vous parle, ou vous ne voulez pas entendre : je vous ai dit de laisser Siegfried là où il est. »

Elle le rejoignit, se pencha vers lui, presque à le toucher :

« Vous n'êtes plus rien, *Bel-Ami*. »

Et elle lui cracha au visage.

Sans un mot de plus, elle éteignit les lumières et, suivie des trois autres femmes, quitta l'appartement.

Il se retrouva seul, toujours attaché par les poignets.

Il resta un long moment enseveli sous la pénombre, égaré en lui-même ; puis la rage l'envahit, une rage sourde, une rage qui venait du plus profond de ses entrailles, la rage des loups blessés qui refusent de se laisser abattre.

Il tira frénétiquement sur ses liens, insensible à sa peau qui partait en lambeaux et mettait sa chair à vif ; il tira avec un acharnement de damné, un acharnement de bête, hurlant et se débattant ; quand, réalisant que ses pieds détachés lui donnaient assez d'amplitude pour attaquer avec les dents les nœuds qui l'enserraient, il les rogna et les rongea avec une frénésie animale.

La délivrance de sa première main lui arracha un rugissement de victoire et lui permit de se libérer entièrement.

Il enfila ses vêtements dans une précipitation extrême, insensible aux brûlures qui laceraient ses poignets. Débraillé, les lèvres et les gencives en sang, il sortit de cette chambre pestiférée et déboula tel un forcené sur le trottoir de la rue de Constantinople.

# 7

La nuit enveloppait délicatement la ville lorsque, dans la panique qui le tourmentait, Du Roy manqua de trébucher et de s'étaler sur le bitume en jaillissant comme un dément de la porte cochère.

Il lançait autour de lui des regards effarés, le souffle saccadé, heurté, épiant la moindre zone obscure, scrutant toute opacité suspecte, traquant les angles morts tel un fuyard prêt à voir surgir une horde de poursuivants résolus à l'achever d'un coup de hache ou d'une balle dans le dos. Pourtant, à l'exception d'un homme et d'une femme qui, bras dessus bras dessous, remontaient le trottoir d'en face d'un pas insouciant, la rue était déserte et calme ; même la rumeur habituelle de la capitale paraissait s'être tue ou s'abîmer dans l'attente fébrile de la suite des événements.

Il leva les yeux : le noir finissait d'imprégner le ciel dont les dernières pâleurs expiraient sans un râle, laissant apparaître le scintillement timide des premières étoiles. L'air était doux, liquide et tiède ; la ville s'abandonnait à son cours placide, dérivant allongée sur ses flots invisibles et vaporeux.

Quelle heure était-il ? Il tâta la poche droite de son gilet, vide ; il essaya la gauche, vide également ; il fouilla celles de son pantalon, de sa redingote, toutes étaient vides. Où donc était passée sa montre à gousset ? Il l'avait certainement égarée dans sa précipitation ; elle avait dû glisser sur le fauteuil, entre les replis des coussins, rouler sous la table basse ou sur le plancher, il ne voyait pas d'autre explication rationnelle à sa disparition. Il avait un besoin viscéral de connaître l'heure pour se raccrocher à un élément tangible, s'agripper à un repère objectif. Devait-il retourner dans l'appartement pour la chercher ? Le pouvait-il seulement ? Il avait fermé la porte en sortant, il se revoyait la claquer, ou du moins il croyait se revoir agir de la sorte ; il ne savait pas, il ne savait plus, il n'arrivait pas à se souvenir, pas nettement, pas avec certitude ; tout était flou, les instants se succédaient sans imprimer sa mémoire, sinon d'une façon vague, parcellaire, incertaine, à tel point qu'il se demandait presque ce qu'il faisait là, où il était, et même qui il était vraiment ; car c'était bien la question qui le hantait et qu'il n'osait formuler : qui était encore Georges Du Roy de Cantel ? Que restait-il de l'homme puissant et influent arrivé ici dans les derniers soupirs brûlants du jour ?

Il porta la main à son front trempé et glacé ; son haut-de-forme manquait aussi à l'appel. L'avait-il oublié là-bas ? Comment ferait-il pour aller décemment tête nue ? Le pouvait-il, lui, un homme de sa condition ? Un homme de son rang, dehors sans chapeau, ne s'exposait-il pas à se faire arrêter par la maréchaussée pour outrage aux bonnes mœurs ? Que stipulait la loi sur ce sujet ? Statuait-elle réellement sur l'absence ou non d'un couvre-chef ?

Il fit un mouvement pour revenir en arrière et rentrer dans l'immeuble, mais il s'interrompit, tétanisé devant la façade et le néant qu'elle abritait derrière ses murs. Combien de temps était-il resté dans cet endroit ? Une heure ? Deux heures ? Trois ? Quatre ? L'heure, il lui fallait impérativement l'heure pour ne pas devenir fou.

Il se mit en marche. Ses pieds le portaient sans qu'il devinât leur destination, mus d'une volonté et d'une intentionnalité propres.

Il fut surpris de se retrouver gare Saint-Lazare, propulsé dans une agitation grouillante de gens, de fiacres, d'enseignes, de bruits. Il restait planté à l'angle de la rue du Havre, à contempler d'un œil éperdu le ballet ininterrompu des passants et de la circulation, quand il distingua la silhouette d'un homme débraillé qui, debout au milieu des dîneurs attardés d'une brasserie, l'observait avec une figure affolée. Il s'avança lentement vers lui ; l'homme s'avança de même ; ses traits crépitaient de petits tressaillements nerveux, comme convulsés de folie. Que lui voulait cet inconnu ? Pourquoi le dévisageait-il avec cette insistance d'aliéné ? Était-il après lui ? Allait-il lui bondir à la gorge pour l'étrangler ? Alors que l'homme allait le toucher, il retint un cri et sursauta avec un effroi incontrôlable : cet homme dépenaillé, épouvanté et épouvantable, c'était lui, son reflet dans la vitre du restaurant.

Il s'enfuit, effrayé par ce spectre ahuri qu'il avait aperçu et qui le talonnait en s'appropriant sa propre identité.

Il avançait avec brutalité, le menton rentré, bousculant sur son passage les flâneurs indolents qui, outrés, se retournaient, l'interpellaient, l'insultaient sans qu'il remarquât ou entendît quoi que ce fût.

Ses pas le guidaient sans le consulter ; il les suivait là où ils l'entraînaient, aveugle et sourd au monde qui l'entourait. Il ne vit pas la Madeleine en bifurquant sur le boulevard des Capucines, ni le Café de la Paix, ni l'Opéra, ni rien ni personne ; ce ne fut qu'à l'angle du faubourg Montmartre qu'il réalisa où il était.

Il s'arrêta. Où allait-il ? Il n'en avait aucune idée. Quelle heure était-il ? Il l'ignorait toujours ; pourtant, n'était-ce pas ce qu'il voulait savoir en quittant la rue de Constantinople ? N'était-ce pas cette nécessité impérieuse de se situer sur le cadran du temps qui l'avait emmené jusqu'ici ? Ou était-ce quelque chose d'autre, quelque chose qui le poussait à son insu et dont il ne discernait pas la raison ?

Il se débattait dans le tourbillon de ces tergiversations, lorsqu'il sortit brutalement de son apathie et se mit en travers du chemin d'un promeneur et lui demanda l'heure sans autre forme de procès. L'homme s'écarta avec un air apeuré et se hâta de poursuivre son chemin.

Il reprit sa route, tentant d'arrêter ceux qu'il croisait, quémandant l'heure, mais tous l'évitaient en le toisant de ce coup d'œil dénigrant qu'on adresse aux importuns ou aux miséreux.

Des lumières attirèrent son attention : des lettres de feu dessinées par des flammes de gaz jetaient leur clarté sur les passants, les faisaient apparaître visibles, nets et clairs comme en plein jour, avant de les rendre à l'anonymat des ombres éparses et dévorantes du boulevard. Il s'immobilisa, plissa les yeux pour mieux voir, fit un effort de concentration démesuré pour recomposer le sens formé par ces caractères incandescents : *La Vie française*.

Son visage s'illumina ; il pressa l'allure et s'engouffra dans le journal avec une fébrilité redoublée : ici, il trouverait l'heure ; ici, il trouverait une réalité à laquelle raccrocher les wagons désaxés de son existence morcelée.

Le quotidien était en ébullition : échotiers, chroniqueurs, correcteurs, ouvriers de composition entraient et sortaient avec empressement, des liasses de papiers ou des placards frais dans les mains, leurs pensées tellement fixées sur leurs préoccupations immédiates qu'aucun ne s'étonna de sa présence ni du désordre général de sa personne.

Quelqu'un surgit dans son dos :

« Georges ! Où étais-tu, on t'a cherché partout ? »

Découvrant ses lèvres gercées de sang séché, sa mine ravagée, Rival s'écria :

« Mon Dieu, que t'est-il arrivé ? »

Du Roy le fixa d'un regard halluciné et lui répondit :
« Quelle heure est-il ? »
Rival s'inquiéta de son état :
« Georges, tu t'es battu ? »
Du Roy récidiva, hurlant presque :
« L'heure ! Donne-moi l'heure ! »
Rival tira sa montre à gousset de son gilet :
« Onze heures et quart passées de quelques minutes. »
Georges commenta, avec une absence déboussolée proche de l'incohérence :
« Déjà ? C'est si peu en même temps... »
Rival revint à la charge :
« Il faut te faire soigner. »
Du Roy balaya l'injonction d'un revers de la main :
« Ce n'est rien. »
Un homme au crâne chauve apostropha le journaliste :
« Jacques, il me faut les corrections de ton édito pour la maquette ! »
Rival lui fit signe qu'il arrivait et se retourna vers Georges :
« On est en retard sur le bouclage parce que la cour d'appel a annulé purement et simplement la condamnation du gendre de Grévy. Ça va barder demain à la Chambre. »
Il jaugea une dernière fois Du Roy, l'anarchie de son accoutrement et sa bouche ensanglantée :
« Tu es sûr que ça va aller ? »

Georges opina de plusieurs hochements de tête. L'homme au crâne chauve insista :

« Jacques, la maison brûle ! »

Rival dit à Du Roy, avant de s'éclipser :

« Je suis en salle de rédaction si tu as besoin de quoi que ce soit. »

Georges resta immobile, étranger à la frénésie environnante ; puis, sans savoir pourquoi son corps se mettait en branle, il prit la direction de son bureau.

Au détour d'un couloir, il tomba nez à nez avec Saint-Potin, qui s'exclama :

« Ha, te voilà ! »

Face au visage de Du Roy, le journaliste eut un mouvement de recul :

« Cristi ! Tu t'es battu ? »

Georges minimisa, d'une voix qui semblait n'être que son écho :

« Ce n'est rien. »

Saint-Potin évalua la situation ; jugeant préférable de ne pas s'appesantir, il changea de sujet :

« Tu es au courant pour Wilson ? »

Du Roy rétorqua machinalement :

« On m'a dit, oui... »

Saint-Potin tira son carnet de sa poche :

« Ça t'intéresse de savoir ce que j'ai réussi à dénicher sur Siegfried de Latour et ses parents ? »

À l'évocation de ce nom, Georges fut comme subitement dégrisé et recouvra d'un coup tous ses esprits :

« Je t'écoute. »

Saint-Potin retrouva ses notes et lui livra le fruit de ses investigations :

« Tu m'avais demandé de creuser à propos d'un de Latour qui avait fait fortune dans les chemins de fer, et d'un autre qui était mort en mer. Grâce à mes recherches sur "Micros", j'ai sympathisé avec un agent de l'état civil qui m'a débrouillé l'affaire. En réalité, il n'y a pas deux mais un seul de Latour. »

Du Roy le considéra avec perplexité :

« Que veux-tu dire ? »

Le chroniqueur expliqua :

« Eh bien je veux dire que celui qui a fait fortune dans les chemins de fer et celui qui est mort en mer ne sont qu'un seul et même homme. Il est enterré au cimetière de Linxe, dans les Landes. »

Georges intégra l'information :

« Continue. »

Saint-Potin consulta ses recherches :

« Cet homme en question s'appelait Siegfried. Et tiens-toi bien, tu as connu sa sœur.

— Sa sœur ?

— Oui. Elle s'appelait... Elle s'appelait... attends... »

Saint-Potin tournait les pages de son carnet quand il s'écria :

« J'y suis : Clotilde de Marelle, née Clotilde de Latour. »

Du Roy crut défaillir tant l'abîme qui se déployait devant lui était vertigineux. Il s'appuya contre le mur pour ne pas chanceler. Saint-Potin surprit son malaise :

« Ça va, Georges ? »

Du Roy se redressa :

« Juste un petit étourdissement, je n'ai pas eu le temps de dîner. »

Saint-Potin suivait du doigt des lignes griffonnées sur une page ; son index pointa un mot illisible pour tout autre que lui :

« Dernière chose : suite aux décès successifs de Clotilde de Marelle et de son mari, ce Siegfried a recueilli, adopté et élevé leur fille, une dénommée Laurine. Comme il ne s'était jamais marié et n'avait pas eu d'enfant auparavant, elle est sa seule héritière. Voilà, tu sais tout. »

Georges déglutit, redoutant la réponse qu'allait lui donner son limier :

« Et le Siegfried d'aujourd'hui ? »

Saint-Potin fronça les sourcils :

« Celui dont parlait Drumont pour le Nicaragua ? »

Du Roy acquiesça. Saint-Potin referma son carnet :

« Le seul Siegfried de Latour qui ait jamais vécu est allongé dans un cercueil à l'autre bout de la France. Soit il a ressuscité, ce dont je doute, soit quelqu'un a usurpé son identité pour couvrir ses traces par celles d'un mort. »

Georges s'entendit répliquer, d'un ton étranglé :

« Excellent travail, Saint-Potin. Tu es vraiment le meilleur journaliste que je connaisse. »

Le visage du chroniqueur s'éclaira d'un large sourire de contentement ; il s'inclina en signe de remerciement et s'éclipsa.

Georges resta appuyé contre le mur au milieu des gens qui allaient et venaient, absorbé par la vision du dangereux précipice au bord duquel il se tenait en équilibre. Revenant brusquement à lui, il tourna les talons, rejoignit son bureau, prit de l'argent dans le seul tiroir toujours fermé à clef, puis il sortit de *La Vie française*.

Dehors, l'encre noire de la nuit avait déteint sur le grand buvard bleu du ciel.

Du Roy héla un fiacre ; le cocher l'ignora et poursuivit sa route. Il en héla plus virilement un autre, qui s'arrêta ; il donna son adresse et s'engouffra dans le véhicule.

Il ferma les yeux, respira profondément pour retrouver son calme afin de démêler l'écheveau des pensées qui l'assaillaient. La phrase de Laurine, « Laissez Siegfried là où il est », lui revint en mémoire. Siegfried de Latour n'avait donc jamais existé, ou plus exactement, il était mort depuis déjà plusieurs années ; celui qu'il connaissait, lui, n'existait pas. Il revit alors ce jeune homme élancé, précieux, racé, aux traits fins, aux manières de dandy, et une autre phrase de Laurine résonna dans ses souvenirs : « Il m'a élevé comme son fils » ; paroles sibyllines qu'il fallait comprendre dans leur signification première, mais également dans le sens de : « Il m'a élevé comme un garçon », d'où son assurance mâle avec les hommes de ferme ou un étalon sauvage. Car la seule conclusion qui s'imposait à lui était : « Siegfried, Salomé et Laurine ne sont qu'une seule et même personne. »

Le fiacre terminait de remonter les Champs-Élysées au milieu de la circulation dense des landaus et des cabriolets qui emmenaient les amoureux prendre le frais sous les frondaisons du bois de Boulogne.

Obnubilé par sa réussite, il n'avait rien vu venir ; et maintenant, le piège se refermait : Siegfried et Salomé étaient des fictions, des chimères ; s'ils se retrouvaient mis en cause dans l'affaire du Nicaragua, ils s'évanouiraient dans le néant de leur propre inexistence. À cette heure, Madeleine avait certainement en main toutes les preuves du rôle qu'il avait joué dans la corruption des parlementaires ; il ne faisait aucun doute qu'elle s'apprêtait à les rendre publiques ; la seule question était : quand ? Dans quelques jours ? Dès demain ? De combien de temps disposait-il pour échafauder une stratégie de défense valable ?

La voiture s'immobilisa, interrompant le fil de ses réflexions et de ses interrogations.

Il régla sa course ; quand il fut sur le trottoir, il observa son hôtel particulier. La bâtisse était plongée dans le noir ; pas une fenêtre n'était éclairée.

Il entra. Face au calme sépulcral et à l'obscurité qui l'accueillirent, il comprit : Suzanne était partie, emmenant mère et enfants.

Il déambula dans les salons du rez-de-chaussée baignés de pénombre ; les claquements de ses bottines sur le sol résonnaient d'une manière lugubre contre le silence ; ils le rendaient plus dense, plus profond, plus impénétrable.

Il monta dans les chambres. Les placards et les tiroirs des commodes étaient ouverts, des vêtements fripés, racornis comme des peaux de serpent abandonnées après la mue, jonchaient le lit de Suzanne et ceux des enfants.

Il traversa le couloir, rejoignit sa salle de bains, découvrit le carnage de sa figure dans le miroir ; il grimaça devant l'image abjecte que lui renvoyait le verre dépoli, se passa de l'eau sur le visage, inspecta ses dents et ses gencives, se rinça la bouche ; ses chairs écorchées le piquèrent, et cette piqûre lui fouetta le sang.

Où Suzanne avait-elle pu aller ? Chez le gros Walter ? À l'hôtel ? Paris offrait des possibilités infinies de disparition, elle pouvait être n'importe où. Cependant, son instinct lui soufflait qu'elle s'était réfugiée chez son père ; réaction naturelle d'une petite fille prise dans la tourmente d'une vie qui s'écroule.

Il tamponna délicatement ses lèvres avec une serviette ; pour la première fois, il sentit les brûlures à ses poignets.

C'est alors qu'il réalisa. Une seconde déflagration. Il ne possédait rien en dehors de la fortune de Suzanne, ou si peu en comparaison que cela en était dérisoire ; tout ce qu'ils avaient acquis durant leurs années de mariage l'avait été sur ses deniers à elle ; en cas de divorce, avec la séparation de biens qu'ils avaient consignée chez leur notaire, il était ruiné.

Il sentit une colère froide rouler dans ses veines. Il était hors de question qu'il se retrouve sur la paille ; Suzanne pouvait bien divorcer, mais elle devrait d'abord lui rendre ses dix millions. Il lui fallait la débusquer, lui parler, l'intimider, la menacer au besoin ; après tout, récupérer son argent ne serait qu'un juste dédommagement pour l'avoir supportée pendant plus d'une décennie, elle et ses convictions ridicules, elle et son droit des femmes dont personne ne voudrait jamais. Et si elle osait refuser, il la battrait jusqu'à ce qu'elle cède, dût-elle périr sous ses coups. Il pourrait plaider l'avoir surprise elle en flagrant délit d'adultère ; il paierait un gueux pour confirmer ses dires à moindres frais, il en poussait à chaque coin de rue, dans chaque caniveau ; un homme qui tue sa femme en ces circonstances n'étant pas reconnu coupable de meurtre, il s'en sortirait libre et seul dépositaire d'un immense patrimoine. Quant à son adultère à lui, constaté par un commissaire de police, il ferait valoir une odieuse machination ourdie par Suzanne pour pouvoir convoler à ses dépens avec son amant. Cette perspective l'hypnotisa : il n'avait pas imaginé que la mort de Suzanne pût lui être hautement profitable ; il pourrait ensuite s'enfuir à l'étranger, riche à millions, Virginie et Walter hériteraient des enfants, peu lui importait leur devenir si tel était le prix à payer pour sauver sa peau. Suzanne allait lui rendre ses dix millions ; elle allait les lui rendre parce qu'il lui ferait bien entendre que c'était là son intérêt.

Il dévala les escaliers et quitta son hôtel particulier, déterminé à mettre la main sur Suzanne, persuadé de savoir où la trouver.

Il n'y avait pas de fiacre disponible, tous ceux qu'il croisait étaient déjà occupés ; il résolut d'aller à pied rue Royale, là où Walter louait un appartement depuis son retour à Paris.

Il marchait en haletant comme une bête sauvage, sans rien voir de son trajet. Arrivé à destination, il monta au premier étage et tambourina à la porte. Il tendit l'oreille, n'entendit aucun bruit ni aucun craquement témoignant d'une présence humaine.

Il tambourina de nouveau :

« Ouvrez, c'est Georges ! »

Il cessa de frapper, tenta de voir par la serrure, colla son oreille à côté du judas, sans plus de succès que précédemment.

La fureur le saisit ; il se mit à cogner de toutes ses forces en hurlant :

« Ouvrez ou j'enfonce la porte ! Ouvrez ! »

Une lumière filtra sous l'autre porte du palier ; un homme d'un certain âge, en caleçon long et chemise, armé d'un fusil de chasse, sortit :

« Ça suffit ! Il y a des honnêtes gens qui dorment ici ! »

Du Roy prit sur lui pour se présenter sous son profil le plus avenant :

« Mon bon monsieur, je vous prie de bien vouloir m'excuser pour le dérangement, mais je dois absolument parler à M. Walter d'une affaire pressante, une affaire d'État. »

L'homme le fixait avec méfiance :

« Vos magouilles me m'intéressent pas. Qui êtes-vous ? »

Georges fit un pas en souriant, la main tendue :

« Pardonnez-moi, j'aurais dû commencer par me présenter : Georges Du Roy de Cantel, député de l'Assemblée nationale et directeur de *La Vie française*. Je suis le gendre de M. Walter. »

L'homme dénigra la main que Du Roy lui tendait et rajusta son fusil :

« Il est parti il y a déjà plusieurs jours. Bon débarras, ça faisait désordre d'avoir un Juif dans l'immeuble. »

Georges leva les bras en signe d'apaisement :

« Si vous pouviez juste me dire où il est parti, je vous en serais extrêmement reconnaissant. »

L'homme agita son canon dans sa direction :

« Qu'est-ce que j'en sais, moi ? Vous croyez qu'un ancien colonel de gendarmerie se préoccupe d'où rampent les Juifs ? »

Du Roy s'obstina :

« J'ai de l'argent... »

L'homme épaula fermement son arme :

« Du sale argent juif ! Débarrassez-moi le plancher ou je tire ! »

Georges n'insista pas ; en redescendant l'escalier, il entendit bougonner :

« Juifs et républicains, tous la même vermine ! »

Du Roy se retrouva debout sur le trottoir, immobile, le ventre tordu par la rage. Un peu plus bas, des fiacres déposaient ou chargeaient des hommes et des femmes rivalisant d'élégance devant chez Maxim's et Georg's, l'un des nouveaux lieux à la mode où se pressait depuis deux mois le Tout-Paris.

Suzanne pouvait être n'importe où, il ne la retrouverait pas, il était fini.

Un sentiment de lassitude s'abattit sur ses épaules. Il jeta un coup d'œil mauvais et empli de morgue à cette belle société bien propre sur elle qui venait s'encanailler dans cet endroit de plaisirs avec l'outrecuidance des braconniers, car tous étaient aussi corrompus et pourris que lui, sinon plus, puis il s'éloigna d'un pas désabusé vers la Seine.

Il s'engagea sur le pont de la Concorde, s'accouda à la rambarde et regarda en direction de l'île de la Cité. Le fleuve charriait une eau noire comme du sang malade et exhalait une fraîcheur étrangement glaciale qui remontait jusqu'à lui en épines froides.

Il frissonna. En tournant la tête, ses yeux s'arrêtèrent sur le Palais-Bourbon, dont l'imposante silhouette rongée par l'obscurité paraissait assoupie. Son dernier espoir se trouvait là, entre les murs de cette institution, ce théâtre où l'on se gargarisait de grandes idées morales pour mieux les bafouer à la première occasion. Son immunité parlementaire était son sauf-conduit, sa seule planche de salut. Jamais les autres députés ne voteraient sa levée, il en était convaincu, ils avaient tous beaucoup trop à perdre pour tenter le diable d'une commission d'enquête et d'une comparution devant la justice. Même si Madeleine publiait les bordereaux de leur compromission mutuelle, ils crieraient au faux et à l'usage de faux, à la calomnie et au coup d'État orchestré par les boulangistes ; ils s'en sortiraient ensemble, unis dans le crime et la ruine de millions d'honnêtes citoyens, ou chacun d'eux plongerait séparément.

Pourtant, une incertitude subsistait, et avec elle, le doute, un doute infime, ridicule au regard des intérêts en jeu et à préserver ; il s'insinuait dans son esprit avec plus de perfidie qu'une vrille d'acier, un bourdonnement menaçant de guêpe ou un sifflement strident de moustique : et si la levée de leur immunité parlementaire venait tout de même à être votée ?

Du Roy ricana à cette hypothèse improbable pour se persuader qu'elle ne le concernait pas, qu'il ne risquait rien ; il avait pris toutes les dispositions nécessaires pour effacer ses traces. Si les reçus contresignés de sa main étaient rendus publics, il mettrait en avant le faux et l'usage de faux ; si l'on s'intéressait à ses comptes bancaires, il renverrait sur Suzanne qui porterait à sa place le chapeau de la disgrâce. Ce dernier argument, au lieu de l'apaiser, revigora son angoisse : il n'était en effet lavé de tout soupçon de concussion qu'à condition que Laurine ait réellement fait disparaître toute preuve de l'existence du compte en banque où il avait touché dix millions pour ses services actifs ; mais de cela, il était persuadé du contraire.

Une horloge lointaine sonna deux coups, puis une autre plus près.

Il pensa :

« Déjà deux heures ? »

Il s'aperçut qu'il tremblait ; il était gelé de l'intérieur. La place de la Concorde était vide, pas un souffle de vie à la ronde ; la nuit au-dessus de sa tête était totale ;

des nuages s'étaient amoncelés, ils tendaient un voile sombre qui masquait le ruisseau roulant des étoiles et épaississait les ténèbres engloutissant la capitale.

Il décida de rentrer chez lui et marcha d'un pas vigoureux. L'avenue était déserte, maintenant. Seuls deux sergents de ville se promenaient auprès de la station des fiacres, et, sur la chaussée à peine éclairée par des becs de gaz qui paraissaient mourants, une file de voitures descendait aux Halles. Elle avançait lentement, chargée de carottes, de navets et de choux. Les conducteurs dormaient, invisibles, les chevaux cheminaient d'un pas égal, suivant la voiture précédente, sans bruit sur le pavé de bois. Devant chaque lumière du trottoir, les carottes s'illuminaient en rouge, les navets en blanc, les choux en vert ; elles passaient l'une derrière l'autre, ces voitures rouges, d'un rouge de feu, blanches d'un blanc d'argent, vertes d'un vert d'émeraude ; et plus personne, plus de cafés ouverts et allumés, seulement quelques silhouettes spectrales de flâneurs attardés, taches noires passant à travers l'espace noir, qui se hâtaient.

Il se hâta, lui aussi, tremblant, frigorifié malgré l'air d'été qui embaumait les rues.

De retour dans son hôtel particulier, l'angoisse le saisit de nouveau, une angoisse atroce qui le tétanisait et le glaçait jusqu'aux os. Il alluma toutes les lumières pour la repousser dans ses retranchements, mais il ne fit que l'accroître comme l'éclairage des lampes et des plafonniers ne faisait que repousser les ombres dans les coins en les multipliant au lieu de les éradiquer.

Il s'approcha du miroir d'une cheminée et s'y mira longuement, épiant les moindres mouvements des muscles de son visage, traquant chacun de leurs plus imperceptibles tressaillements. Plus il se regardait, plus sa figure lui semblait se déformer en une série de masques plus hideux et plus monstrueux les uns que les autres ; il ne se reconnaissait pas ; il se fit des grimaces à lui-même, les variant, les tordant, cherchant les plus horribles, les plus abominables, les plus terrifiantes ; quand le portrait que lui renvoyait son reflet lui apparut peint par la main même de la folie, il se laissa emporter par un rire immense et frénétique.

Qui était-il ? L'homme respectable qui habitait cette demeure, dirigeant l'un des plus prestigieux titres de la presse française, député de la Nation de surcroît, élu pour son exemplarité morale ; ou ce fou, cet aliéné, ce dément qui se tenait devant lui quelques secondes auparavant, le même qu'il avait vu dans la vitrine du restaurant, plus tôt, à Saint-Lazare ?

Il rit de plus belle, plus fort, plus furieusement encore, lorsqu'il éprouva une soif soudaine. Il attrapa une bouteille de cognac et, marchant à grands pas vifs, but à même le goulot ; il en hurla ; l'alcool incendiait ses gencives et enflammait sa bouche.

Cette brûlure lui rappela la rue de Constantinople et raviva son angoisse : il en était sûr, Laurine n'avait pas effacé les traces de sa culpabilité, il était perdu, il payerait pour ses crimes, il finirait en prison, lacéré par la flétrissure publique ; il lui restait son immunité parlementaire, elle seule pouvait le sauver, elle le sauverait, l'inverse était impensable, il la conserverait et il passerait entre les mailles du filet, il triompherait de nouveau ; pourtant, rien ne lui assurait cette issue favorable ; qui savait si Laurine ne les avait pas également payés, tous ces renégats infâmes, pour qu'ils votassent finalement la levée de leur immunité, ils en seraient quittes pour une petite condamnation mais en ressortiraient plus riches qu'avant, ils n'étaient pas aussi coupables que lui, ils n'avaient pas été la pierre angulaire de la corruption, lui si ; s'ils votaient la levée de leur immunité, c'en était fini de lui, pour toujours, terminé, marqué au fer rouge de la honte, même la mort lui serait un châtiment plus doux que les supplices qui l'attendaient.

« La mort, voilà l'issue », dit-il en riant à cette pensée extravagante ; se suicider était une bonne solution, en effet, une solution radicale, il n'aurait plus rien à redouter, il aurait enfin la paix, une paix définitive et éternelle ; c'était lâche, aussi, on avait beau dire, le suicide n'avait pas ce panache romantique qu'on voulait bien lui prêter, son étoffe n'était pas plus reluisante que le tissu d'un vulgaire torchon encrassé des taches de la couardise ; or il n'était pas un lâche, non, il appartenait à la race des forts, la race des puissants, la race des seigneurs, ceux qui dominent et façonnent le monde ; l'opprobre, porté haut, avec fierté, avec défi, avait du panache, lui, le vrai, pas celui au rabais de l'insondable lâcheté d'un suicide.

Ces pensées incessantes et tournoyantes l'épuisaient ; elles l'écrasaient, elles lui comprimaient le crâne, il fallait que cela cesse, il voulait ne plus penser, à rien ; dormir était impossible, trop d'agitations contraires tiraillaient son esprit ; se suicider était tout aussi impossible, il n'était pas un faible, il gagnerait encore, tout ce tintamarre n'était qu'une bataille de plus à livrer, il en avait vu d'autres depuis ses débuts dans ces égouts qui forment le monde ; enfin, peut-être, tout dépendait de ce qu'avait tramé Laurine, de ce qu'allaient faire les autres députés.

Il trébucha contre une chaise qu'il envoya valser à l'autre bout de la pièce, s'affala sur un canapé et but de nouveau pour se soûler, attisant la douleur de ses chairs à vif.

Il but de nouveau, serra les dents, but encore, et encore, et encore ; boire pour ne plus penser, boire pour dormir, pour mourir ; non, ne pas mourir, ou alors seulement dans le sommeil, cette mort si douce et éphémère ; boire pour cesser de penser, et dormir, oui, dormir ; boire pour ne plus penser et ne pas mourir.

## 8

Du Roy ouvrit les yeux, le front et la chemise trempés d'une sueur froide, aigre. Sa tête pesait une enclume, son cerveau collait telle une pâte visqueuse contre les parois de son crâne ; ses lèvres et ses gencives meurtries lui faisaient mal, il avait l'impression que l'intérieur de sa bouche avait été pelé à vif.

Il se redressa avec difficulté, s'assit sur le rebord du canapé, puis laissa planer un regard vitreux sur le désordre et le silence morne qui l'entouraient. Une lumière blafarde, la lumière d'un matin d'été au ciel blanc et bouché, flottait dans la pièce ; elle enveloppait les meubles et les objets d'un suaire terne. La bouteille de cognac qu'il tenait dans sa main avant de s'effondrer dans le néant avait roulé sur le sol en répandant son liquide brun ; une chaise gisait renversée contre un mur ; les tapis, tire-bouchonnés par endroits, ressemblaient à de la terre fraîchement retournée ; tout rappelait la confusion et l'humeur proches de la démence dans laquelle il s'était noyé.

Les événements de la veille affleuraient par bribes chaotiques à la surface de son esprit comme les réminiscences d'un cauchemar mal effacé par le jour et le réveil. À mesure qu'il en reconstituait la chronologie implacable, il se rigidifiait dans la sidération, en proie à un effarement inerte.

Il fit un effort surhumain pour se lever ; ses jambes endolories le firent grimacer ; il s'approcha de la cheminée pour lire l'heure sur la pendule. Il était un peu plus de sept heures. Il se sentait fébrile, presque fiévreux. Combien de temps s'était-il assoupi dans le chaos de sa propre agitation ? S'il se souvenait avoir quitté le pont de la Concorde sur les coups répétés des horloges battant deux heures dans la nuit noire et lugubre, il était incapable de dire à quel moment il s'était écroulé, terrassé par le délire qui l'avait assiégé.

Il croisa son reflet exténué dans le miroir. Des cernes grisâtres creusaient son teint livide et ses joues bleuies par la barbe naissante ; il avait la figure cireuse d'un cadavre, la pâleur de ceux dont le sang et les membres se figent dans la raideur immuable de l'éternité.

Il rejoignait le corridor d'un pas monotone, monta au premier étage et rejoignit sa chambre. Le même jour maussade ensevelissait les objets sous sa luminosité fade, au point que le lieu semblait inhabité et abandonné depuis des années.

Les réponses à ses questions se trouvaient à l'extérieur, dans les colonnes des journaux. Il lui fallait sortir pour savoir si Madeleine avait lancé la battue à ses trousses ; et si tel était le cas, jauger de son ampleur pour ajuster sa défense.

Il retira ses vêtements souillés de sa folie nocturne et passa dans son cabinet de toilette. Il se rasa avec soin, tailla sa moustache, se lava, se coiffa, se parfuma légèrement, s'habilla de linge frais et sobre.

Lorsque la psyché lui renvoya une image absoute de lui-même et des bassesses qui entachaient la réalité intime de son être, il descendit l'escalier. Il déambula dans les salons, les détaillant comme s'il les voyait pour la dernière fois quand, errant dans le jardin d'hiver, il entrevit l'emplacement vide où était auparavant accroché le *Jésus marchant sur les eaux* de Karl Marcowitch : les traces du cadre sur le papier peint découpaient un rectangle fané, défraîchi, presque crasseux. Quelle empreinte laisserait-il s'il chutait dans les eaux boueuses du canal du Nicaragua ? Que resterait-il de son parcours, de lui, si l'opprobre venait ternir tout ce qu'il avait accompli et construit ? Son immunité parlementaire était la clef de son salut et de sa postérité ; son maintien se jouerait à l'Assemblée, dans ce théâtre de tous les faux-semblants.

Huit heures sonnèrent aux différentes pendules de la demeure ; il coiffa un haut-de-forme, attrapa l'une de ses cannes et sortit de son hôtel particulier.

Un ciel cotonneux et bas diffusait une clarté cendreuse sur la ville ; l'air était chaud, stagnant, un écran de moiteur invisible. À l'exception des arbres, dont les feuillages abondants parsemaient les trottoirs d'une présence vivante, l'avenue du Bois-de-Boulogne était déserte.

Il marcha jusqu'aux Champs-Élysées où quelques fiacres circulaient au milieu des rares piétons qui allaient et venaient des deux côtés de la chaussée.

Il entra dans le premier café ouvert, commanda un petit déjeuner et la presse du jour. Le serveur lui apporta *Le Figaro* et *Le Gaulois*, seuls titres qu'il avait à disposition. Il le remercia, ouvrit les quotidiens avec une distance feinte tandis que son œil vorace dépouillait les manchettes et les caractères d'imprimerie. À son grand soulagement, pas une ligne n'évoquait son nom ni même l'affaire du Nicaragua. L'ensemble des papiers se concentrait sur l'annulation de la condamnation de Wilson, le gendre de Grévy, dans le cadre du « scandale des Décorations ». Cette décision de la cour d'appel lui redonna espoir en son destin : ce coquin se retrouvait gracié alors qu'il avait outrageusement bradé l'un des symboles phares de la République ; il avait par conséquent des appuis puissants, des soutiens haut placés ; ils avaient trempé avec lui dans ce commerce illicite, ils avaient usé de leur influence pour épargner leur complice et éviter qu'il ne cite leurs noms et ne les éclabousse par ricochet de sa propre disgrâce. De la même façon, sa chute à lui entraînerait celle des vendus pour le vote de l'emprunt à lots ; ils se tenaient mutuellement à la gorge, ils se protégeraient donc les uns les autres pour ne pas tomber en cascade comme des dominos.

Il refréna son enthousiasme et sa satisfaction ; il fallait attendre de voir quel événement le reste de la presse mettrait à la une, à commencer par *La Plume*, principal danger dans les tourments qui le menaçaient.

Il régla son addition et se mit en quête des actualités à l'honneur. L'avenue s'animait ; les voitures et les passants étaient plus nombreux ; la capitale s'éveillait, prête à vaquer à ses multiples activités.

Un peu plus bas, il aperçut un attroupement au coin d'une rue ; il s'approcha pour voir de quoi il s'agissait. La première chose à lui parvenir fut la tonalité caractéristique du vendeur de journaux qui haranguait le chaland ; puis ce furent les mots exacts déclamés dans l'air matinal qui le percutèrent de plein fouet : « Demandez *La Plume* avec la liste des pourris ! Demandez les noms des députés qui ont touché pour le Nicaragua ! »

À cette annonce, il sentit son cœur s'accélérer, son sang se glaça dans ses veines. Il traversa précipitamment pour rallier le trottoir d'en face, trop effrayé à l'idée d'être reconnu s'il s'arrêtait acheter un exemplaire de cette édition qu'il brûlait pourtant de lire.

Il bifurqua dans une rue adjacente où il avait aperçu l'enseigne d'une brasserie à la devanture déployée. En entrant, il découvrit avec stupeur que les personnes attablées, une dizaine environ, lisaient toutes *La Plume*. Il prit un air dégagé, s'installa à une table isolée, commanda un café et demanda au garçon :

« Auriez-vous *La Plume*, je vous prie ? »

Le serveur écarta les bras avec une expression confuse :

« Je suis désolé, Monsieur, les quelques exemplaires dont nous disposions sont déjà pris ; mais il y a un kiosque à une centaine de mètres d'ici, je peux aller vous en chercher un si vous le voulez ? »

Du Roy acquiesça en tirant un billet de sa poche :

« Vous seriez bien aimable, jeune homme, de me prendre également *La Vie française, Le Temps, Le Petit Journal, Le Matin, L'Univers...* »

Il tira un autre billet de sa poche :

« Prenez-moi tous les titres que vous trouverez. La monnaie sera pour vous. »

Le garçon s'inclina avec déférence :

« Avec plaisir, Monsieur. »

Il apporta la commande et sortit s'acquitter de sa course.

Tout en buvant son café avec une désinvolture affichée, Du Roy scrutait les autres clients plongés dans cette maudite feuille dont il redoutait la teneur des révélations. Il croisa le regard de l'un d'eux, le soutint avec indifférence jusqu'à ce que l'inconnu replongeât dans sa lecture.

Le serveur revint avec une dizaine de journaux, dont les deux qu'il attendait. Du Roy le remercia, le laissa s'éloigner et, sans montrer la moindre précipitation, il prit *La Plume*.

L'éditorial de Madeleine avait le mérite de la clarté :

> Georges Du Roy de Cantel,
> l'autre nom du Nicaragua

> Les millions de petits épargnants ruinés par cette faillite vont enfin obtenir les réponses qu'ils réclament à cor et à cri depuis des mois ; ils vont enfin comprendre de quelle manière leurs

économies personnelles ont été sacrifiées sur l'autel de la grivèlerie nationale ; ils vont enfin connaître les noms de leurs représentants qui ont préféré se servir au lieu de les servir ; ils vont enfin mettre un visage sur l'origine de la misère qui les frappe.

Aujourd'hui, face à l'étendue de la corruption de nos élites, le « scandale des Décorations » et l'annulation de la condamnation du gendre de l'ancien président Grévy nous apparaîtraient presque comme relevant d'un banal fait divers ; car il s'agit bien là d'une corruption généralisée de notre classe politique, une corruption qui gangrène jusqu'aux sommets de nos institutions.

Que s'est-il passé exactement ? À l'automne dernier, devant le scepticisme des grandes banques françaises, qui rechignaient à secourir de leurs investissements une entreprise déjà grevée de dettes colossales, la Compagnie du canal interocéanique a voulu tenter une dernière fois la fortune en faisant appel à l'audace et à la générosité des Français par l'intermédiaire d'un emprunt à lots ; emprunt que seul un vote du Parlement pouvait autoriser. Or, au regard du passif abyssal de la Compagnie à l'époque des faits, n'importe quel enfant capable d'effectuer une addition et une soustraction aurait perçu la dangerosité extrême d'une telle combinaison ; n'importe quel bon père de famille aurait refusé d'impliquer les siens dans une opération hasardeuse présentant toutes les caractéristiques d'un naufrage annoncé. Pourtant, nos parlementaires ont voté cet emprunt aux conséquences funestes que l'on connaît.

Pourquoi ? Telle est la question dérangeante que beaucoup de nos concitoyens se posent depuis maintenant un certain temps.

La réponse est malheureusement simple : parce qu'ils ont été payés pour voter cet emprunt.

Qui les a payés ? La Compagnie du canal interocéanique, grâce à une partie de l'argent qu'elle prévoyait précisément de récolter via cet emprunt, c'est-à-dire en creusant son déficit et en le rendant par là même plus difficile à combler.

Qui s'est laissé acheter ? Ils sont au nombre de cent quatre, cent quatre chéquards auxquels il faut ajouter la majeure partie de la presse française, également payée pour faire la réclame de cet emprunt auprès de l'opinion[1].

Et surtout, qui a été la cheville ouvrière de cette corruption ? Qui a joué les commissionnaires entre la Compagnie et le Parlement ? Un homme, un seul, a soudoyé cent trois autres de nos parlementaires et les dirigeants de nos grands quotidiens : Georges Du Roy de Cantel.

Cet homme, comme ceux qui ont monnayé leur vote, est protégé par son immunité parlementaire. Pour que lui et ses complices puissent répondre de leurs actes devant la justice, il faudrait que la Chambre vote la levée de leur immunité, voire celle de l'ensemble de ses élus, afin que toute la lumière soit faite sur ce scandale sans précédent.

Mais que pouvons-nous réellement attendre d'une Assemblée qui nourrit la corruption en son sein et qui, par conséquent, fera tout pour protéger ses intérêts ?

---

1. Nos lecteurs trouverons la liste circonstanciée des vendus dans la suite de la présente édition.

Du Roy tourna la page et lu l'intégralité des autres articles qui énuméraient les noms des cent quatre « chéquards », ceux des publicistes achetés ainsi que les sommes précises qu'ils avaient touchées pour leur complaisance ; à titre d'exemples, *La Plume* reproduisait plusieurs bordereaux contresignés de sa main à lui, et surtout les documents établissant l'existence du compte bancaire sur lequel il avait encaissé sa confortable commission de dix millions ; tout était décrit, disséqué, expliqué, étayé dans les moindres détails, jusqu'à la manigance comptable qu'il avait mise en place pour tenter de faire porter la flétrissure de sa forfaiture à Suzanne ; enfin, il était précisé que les preuves de ce qui était avancé avaient été remises la veille au soir au procureur de la République et que Suzanne s'engageait à redistribuer les dix millions détournés aux victimes de cette faillite. Le nom de Siegfried était bien évidemment sans cesse accolé au sien ; Siegfried ne pouvant être ni inquiété ni retrouvé par son inexistence, il devenait le seul grand coupable de cette affaire aux yeux du public. La perfidie et l'habileté de Madeleine tenaient dans l'interrogation finale de son éditorial : en pointant du doigt la manière prévisible dont les députés chercheraient à se préserver grâce à leur immunité parlementaire, elle mettait en demeure l'Assemblée de prendre ses responsabilités devant le peuple français.

Du Roy frisa sa moustache d'un geste anxieux : la séance qui aurait lieu ce matin à la Chambre serait décisive. Une alternative cruciale s'offrait à lui : devait-il ou non paraître dans l'hémicycle ? Il réfléchit longuement, pesant les risques que chacune de ces deux possibilités impliquait. Se rendre au Palais-Bourbon l'exposait à être violemment pris à partie, à servir de bouc émissaire expiatoire à ceux qui pourraient être tentés de le charger de leurs propres fautes, mais sa présence et l'agitation qu'elle engendrerait pouvait également dissuader les députés corrompus de sacrifier leur immunité par peur de subir à leur tour le même sort que le sien. Ne pas s'y rendre pouvait apparaître comme un aveu de sa culpabilité et inciter les élus vendus à immoler leur immunité avec l'ambition de le charger le plus possible à leur place, mais son absence pouvait aussi être perçue comme une menace par ceux qui seraient prêts à le livrer en pâture à l'opinion dans l'espoir de se dédouaner.

Incapable d'arrêter une résolution ferme et définitive, il parcourut le reste de la presse que lui avait rapportée le serveur. Aucun autre journal ne consacrait le moindre mot à ces révélations ; et pour cause : aucun d'eux n'avait eu en main les éléments dont l'exclusivité avait de toute évidence été réservée à Madeleine.

Repenser à la machination orchestrée par Laurine réveilla la colère sourde qui grondait en lui, et qui se décupla lorsqu'il ouvrit *La Vie française*, où était glissé un tiré à part :

> Au regard des informations révélées ce matin par nos confrères de *La Plume*, *La Vie française* se voit contrainte d'annoncer la mise à pied immédiate de son rédacteur en chef, M. Georges Du Roy de Cantel, et ce jusqu'à ce que la vérité concernant la nature exacte de son rôle dans le scandale du Nicaragua ait été établie. En effet, vu les accusations terribles dont il fait l'objet, il convient de donner à nos lecteurs des gages de la probité et de l'impartialité qui ont forgé la réputation de notre quotidien. Pour assurer le bon fonctionnement de notre rédaction, Mme Madeleine Forestier,

alias Marie Dereine de La Plume, prendra dès aujourd'hui les rênes de La Vie française ; sa rigueur et son intégrité journalistique n'étant plus à démontrer, son arrivée est la promesse d'un professionnalisme renouvelé que nos concitoyens sont en droit d'attendre de nos colonnes. À titre personnel, je me réjouis qu'une femme de la qualité de Mme Forestier accède aujourd'hui à des responsabilités de cette envergure, preuve que La Vie française reste plus que jamais engagée et pionnière dans les combats de son temps.

Du Roy se retint de hurler de rage en découvrant la signature au bas de ces lignes : *M. Walter, fondateur et actionnaire majoritaire de* La Vie française.

Il se leva brutalement, quitta la brasserie et s'éloigna d'un pas déterminé.

Sa décision était prise : il irait à la Chambre ! Ils allaient voir ce qu'ils allaient voir, tous ces scélérats, ces brigands, cette canaille en redingote et cravate ; qu'ils viennent un peu se frotter à lui, qu'ils viennent un peu titiller son immunité parlementaire pour offrir sa tête à la vindicte de la plèbe ; ils finiront à ses côtés sur le banc des accusés et des proscrits ; et avec eux, la République dans son ensemble sera jugée coupable de leurs crimes, elle montera sur l'échafaud, et c'en sera fini de leurs maudites institutions, terminé, adieu leur « Liberté » chérie, leur « Égalité » frauduleuse, leur « Fraternité » mensongère, leurs petits arrangements entre amis ; tous, marqués au fer rouge de l'infamie et relégués aux oubliettes honteuses de l'Histoire.

Il marchait d'un pas agressif, prêt à en découdre avec la terre entière, sans voir l'indifférence que lui renvoyaient les immeubles et la ville tout entière.

Parvenu place de la Concorde, il découvrit un attroupement devant le Palais-Bourbon ; des anonymes, des gueux venus pour réclamer sa tête du haut de leurs existences insipides et insignifiantes.

« Tas de veaux ! », pensa-t-il.

Il pressa l'allure, les contourna par le trottoir d'en face, se faufila dans l'Assemblée par l'entrée du personnel et s'installa dans l'hémicycle encore vide.

Il contempla avec un mépris souverain ce théâtre des vanités et de l'hypocrisie ; tous joueraient la partition qu'il leur dicterait, ou ce serait la destruction du Temple.

Les députés qui arrivaient progressivement dans la salle, seuls ou à plusieurs, changeaient de visage en l'apercevant ; les conversations animées se muaient en murmures gênés, les plaisanteries et les fanfaronnades en chuchotements lourds de malaise. Seul Clément osa le regarder en face avant de s'asseoir.

Lorsqu'ils furent au complet, une atmosphère étouffante régnait sous la grande verrière abritant les représentants dévoyés de la nation.

Charles Floquet prit place en haut de son perchoir et déclara la séance ouverte.

Delahaye sollicita la parole, le président la lui accorda. Le royaliste se leva, brandissant un exemplaire de *La Plume* :

« Il est inutile que j'énonce ici le sujet qui nous préoccupe tous aujourd'hui, vous en avez comme moi découvert les détails accablants ce matin dans les colonnes de ce quotidien. »

Il reposa le journal et se tut quelques secondes avant de continuer :

« Face au tremblement de terre qui ébranle jusqu'aux fondements les plus profonds de notre régime, il est également inutile que je vous expose les raisons qui me font proposer de nouveau la constitution d'une commission d'enquête et, par conséquent, la levée de notre immunité parlementaire à tous. »

Il se rassit dans un silence funèbre.

Du Roy se leva et demanda la parole ; le président lui signifia qu'il pouvait s'exprimer :

« Messieurs, assurément vous ne voterez pas la motion de M. Delahaye. »

Des murmures parcoururent les travées. Du Roy poursuivit :

« Vous ne voterez pas la levée de notre immunité parlementaire parce que vous êtes tous aussi coupables que moi dans cette affaire... »

Il fut interrompu par une pluie de sifflets, d'injures et de quolibets. Il laissa passer ces indignations fallacieuses sans ciller ni s'émouvoir, puis il reprit :

« Vous pouvez me huer autant que vous voudrez, vous ne changerez rien à la réalité des faits. Et les faits sont qu'une majorité d'entre vous a voté cet emprunt à l'origine de la ruine de millions de Français. Les faits sont qu'une grande partie d'entre vous s'est laissé acheter pour voter en faveur de cet emprunt. Et si l'on fouillait dans tous les petits secrets que chacun d'entre vous dissimule, les faits montreraient qu'aucun d'entre vous n'a jamais été complètement irréprochable, prouvant ainsi que la corruption est intrinsèquement liée à la nature même de notre régime. Vous connaissez aussi bien que moi les conséquences qu'auraient un tel discrédit sur votre avenir et sur celui de la France : ce serait la mort définitive de la République. Voilà pourquoi vous ne voterez pas la levée de notre immunité parlementaire. »

Il se rassit. Personne n'osait réagir.

Clément demeurait le regard fixe et les yeux dans le vague quand, tel un automate, il leva la main. Floquet se racla la gorge avant d'annoncer :

« La parole est à M. Clément. »

Le député de Vendée se leva :

« Monsieur Delahaye, je suis en désaccord avec vous sur à peu près tous les sujets de notre vie politique : votre monarchisme, votre antisémitisme, votre colonialisme ; je m'oppose à vous sur à peu près tout, et cependant je vous dois des excuses publiques, à vous, qui êtes l'un des rares députés intègres de cette assistance ; aussi permettez-moi de prendre la représentation nationale à témoin et de vous les présenter solennellement en espérant que vous aurez la bonté de les accepter. »

Delahaye, surpris tout d'abord par cette déclaration inattendue, inclina la tête en signe d'acceptation. Clément s'inclina à son tour dans sa direction avant de se tourner de nouveau vers l'Assemblée :

« Merci, Monsieur Delahaye. Je dois également des excuses à cette Chambre pour avoir aidé à l'élection de M. Georges Du Roy de Cantel et l'avoir introduit jusqu'aux plus hauts sommets de l'État. Je dois enfin des excuses aux Français et à la France pour ne pas m'être aperçu à temps des tripotages infâmes qui se sont tramés sous mes yeux, au sein même du gouvernement dont j'avais la charge. Georges Du Roy de Cantel était mon ami ; j'avais de l'affection et de la considération pour lui, je lui faisais confiance. J'ai eu tort : j'aurais dû me méfier d'un homme qui place la noblesse de son caractère dans une particule ; particule qu'il s'est contenté d'usurper par un jeu de signatures journalistiques. »

Il baissa la tête et dit :

« De tout cela je suis coupable, moi plus que vous tous ici. »

Il releva la tête et parla d'une voix plus forte :

« Je suis par ailleurs coupable d'avoir vraiment cru dans l'ambition du canal du Nicaragua. Je n'ai regardé que la grandeur que je l'imaginais apporter à notre pays sans voir les abîmes dans lesquels il risquait de nous plonger. Je suis coupable d'avoir toujours préféré le commerce à la colonisation pour asseoir l'influence de la France sur la scène internationale, tant j'étais et reste farouchement convaincu du droit des peuples à disposer d'eux-mêmes, tant j'en suis plus que jamais convaincu lorsque je constate avec amertume la banqueroute morale qui frappe les représentants de notre si belle patrie. »

Il posa les mains sur son pupitre et déclara avec gravité :

« Nous sommes confrontés à une situation aussi inédite qu'inextricable. Nous marchons sur une corniche étroite, entourés de part et d'autre d'un précipice vertigineux ; de quelque côté que nous sautions, nous n'avons aucune garantie de survivre à notre chute : si nous ne votons pas la levée de notre immunité parlementaire, nous discréditerons nos institutions par la protection que nous offrirons aux corrompus qui siègent parmi nous, devenant par là même leurs complices ; si nous votons la levée de notre immunité parlementaire, nous discréditerons tout autant nos institutions en révélant au grand jour l'étendue de la corruption qui les ronge depuis maintenant trop longtemps. C'est là un point sur lequel M. Du Roy de Cantel a raison : nous sommes tous coupables d'avoir laissé notre régime se gangrener sans rien faire pour empêcher le mal de se propager, quand nous n'avons pas tout simplement fermé les yeux à l'occasion. »

Il se redressa :

« Mais il est un point sur lequel M. Du Roy de Cantel se trompe radicalement, c'est quand il essaie de vous impressionner en affirmant que si nous votons la levée de notre immunité alors s'ensuivra inévitablement la mort de notre République. Car notre République, donnée pour morte au siècle dernier, ressuscitée à la moitié du nôtre, morte encore et ressuscitée de nouveau, ne mourra pas, sinon pour mieux renaître de ses cendres. L'Histoire peut se répéter, jamais elle ne fait marche arrière. »

Quelques applaudissements saluèrent les propos de Clément. Le tombeur des ministères continua :

« Comme vous le savez, je suis médecin. Quand un membre pourrit et menace de contaminer le reste du corps, l'amputation est la seule solution possible. Il est des cas, comme celui auquel nous sommes aujourd'hui confrontés, où même l'amputation n'assure pas le rétablissement tant l'infection s'est répandue en profondeur dans l'ensemble des tissus. Pourtant, le plus grand crime restera toujours de ne pas tenter tout ce qui est en notre pouvoir pour guérir le malade du mal qui le ronge. »

Il balaya l'Assemblée du regard et tonna de sa voix de stentor :

« Il ne s'agit pas de juger M. Du Roy de Cantel coupable pour tous ceux qui se sont laissé corrompre, mais de le juger comme tous ceux qui se sont laissé corrompre. Nous devons prendre le risque de faire le procès de nos institutions si nous voulons leur donner une chance d'en ressortir un jour renforcées et plus vivantes que jamais. Il vaut mieux être responsable de la mort de quelqu'un qu'on a essayé de sauver que complice de son assassinat par l'inaction et par la lâcheté. Voilà pourquoi nous devons renoncer à notre privilège d'inviolabilité digne d'un temps qui aurait fait pâlir Danton et Mirabeau ; voilà pourquoi nous devons sans plus attendre voter la motion de M. Delahaye ; voilà pourquoi nous devons impérativement voter la levée de notre immunité parlementaire à tous ! »

Une partie de l'hémicycle lui fit un triomphe tandis que l'autre accueillit cette profession de foi avec une certaine circonspection, voire sans aucune réaction.

Quelques orateurs intervinrent encore pour préciser ou amender la motion, dont Friand qui souligna l'obligation de frapper vite et fort, et pour cela fit admettre la nécessité de placer en détention provisoire tous ceux qu'incriminaient les preuves déposées la veille au soir entre les mains du procureur de la République ; puis la proposition fut soumise à un vote à bulletins secrets, afin de permettre à chaque député de se positionner en son âme et conscience, affranchi de la pression que pourrait faire peser sur lui le jugement des autres.

Le décompte fut long ; on recompta plusieurs fois, les enjeux étaient trop lourds pour se tromper ne serait-ce que d'une seule voix.

Quand il n'y eut plus de doute sur le résultat, Charles Floquet annonça :

« La motion de M. Delahaye, amendée par M. Friand, est adoptée par trois cent une voix contre deux cent soixante-treize voix. »

Le président fit ensuite appeler le procureur de la République et les forces de l'ordre pour qu'ils procèdent à l'arrestation des suspects à l'issue de la séance.

Dehors, les nuages s'étaient dissipés ; un ciel d'un bleu insolent rayonnait sur la ville.

Lorsque Du Roy sortit menotté sur le perron de la Chambre avec les cent trois autres « chéquards », il vit que l'attroupement qu'il avait croisé en homme libre à son arrivée s'était considérablement agrandi ; c'était maintenant une foule hostile qui réclamait le sang des coupables en compensation des souffrances et des humiliations qu'elle avait subies.

L'attention de Georges fut attirée par une voiture fermée qui stationnait à l'écart de l'autre côté de la chaussée. Le visage penché par la fenêtre du véhicule, il reconnut Laurine qui contemplait sa déchéance ; la jeune femme toqua contre la portière et disparut dans l'anonymat de l'attelage qui s'éloignait sur le boulevard Saint-Germain.

Du Roy la suivit un instant des yeux puis, tournant et relevant la tête, il aperçut au loin, derrière la place de la Concorde, le portique de l'église de la Madeleine d'où, plus de dix ans auparavant, il avait eu l'impression qu'il n'allait faire qu'un bond jusqu'à celui du Palais-Bourbon.

Et, alors qu'il descendait au milieu des gendarmes et des insultes des badauds ces marches qu'il avait mis tant d'obstination à gravir, sa pensée revint en arrière, au temps où il débutait encore dans le monde, cette époque où tout lui semblait à portée de main, et devant ses yeux éblouis par l'éclatant soleil flottait l'image de Clotilde de Marelle rajustant en face de la glace les petits cheveux de ses tempes, toujours défaits au sortir du lit.

*Tant qu'on monte, on regarde le sommet, et on se sent heureux ; mais lorsqu'on arrive en haut, on aperçoit tout d'un coup la descente, et la fin qui n'est que la mort. Ça va lentement quand on monte, mais ça va vite quand on descend.*

Guy de Maupassant, *Bel-Ami*

Dans la même collection

**Carl Aderhold**
*Rouge*

**Catherine Bardon**
*Les Déracinés*

**Hervé Bel**
*La femme qui ment*

**Jérôme Chantreau**
*Avant que naisse la forêt*
*Les Enfants de ma mère*

**Pierre Cochez**
*La vie serait simple à Manneville*

**Vincent Engel**
*Le Miroir des illusions*

**Carine Fernandez**
*Mille ans après la guerre*

**Dominique Fortier**
*La Porte du ciel*

**Gérard Gréverand**
*Le Capitaine à l'heure des ponts tranquilles*

**Brice Homs**
*Sans compter la neige*

**Fawaz Hussain**
*Le Rêveur des bords du Tigre*

**Arthur Loustalot**
*Ostende 21*

**Cédric Morgan**
*Le Goût du vent sur les lèvres*

**Anne-Sophie Moszkowicz**
*N'oublie rien en chemin*

**Alexandre Najjar**
*Mimosa*

**Diane Peylin**
*La Grande Roue*
*Même les pêcheurs ont le mal de mer*

**Évelyne Pisier et Caroline Laurent**
*Et soudain, la liberté*

**Claire Renaud**
*Nous aurons des lits pleins d'odeurs légères*

**Catherine Rolland**
*Le Cas singulier de Benjamin T.*

**Fabrice Tassel**
*Courir dans la neige*

**Caroline Vié**
*Ni tout à fait une autre*

**Vincent Villeminot**
*Fais de moi la colère*

Pour en savoir plus sur l'actualité des Escales,
vous pouvez consulter notre site Internet
**www.lisez.com**
et nous suivre sur les réseaux sociaux

 Editions Les Escales

 @LesEscales

 @LesEscales

*Achevé d'imprimer en décembre 2018
par Normandie Roto Impression s.a.s.
N° d'impression : 1804222*